魔指

储福金女性长篇小说系列

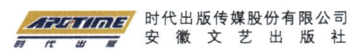

时代出版传媒股份有限公司
安徽文艺出版社

储福金

储福金,江苏宜兴人。一级作家,享受国务院特殊津贴,江苏省作家协会副主席。先后毕业于中国作协鲁迅文学院与南京大学中文系。发表及出版长篇小说《黑白》《心之门》等十二部,中篇小说《裸野》《人之度》等五十多篇,短篇小说《彩·苔·怆》《缝补》等百余篇,散文集《禅院小憩》等两部,文学理论文章多篇。作品被翻译成英、法、日、塞等文字。获中国作家协会1992年度庄重文文学奖、江苏省政府文学艺术奖、紫金山文学奖、《北京文学》奖、《上海文学》奖、《钟山》文学奖、《天津文学》奖、《芙蓉》文学奖、《百花文学》文学奖、《小说选刊》年度大奖等。

储福金女性长篇小说系列

魔 指

Mo Zhi

储福金 ◎ 著

时代出版传媒股份有限公司
安徽文艺出版社

图书在版编目（ＣＩＰ）数据

魔指/储福金著. 一合肥：安徽文艺出版社，2020.3
ISBN 978-7-5396-6496-5

Ⅰ.①魔… Ⅱ.①储… Ⅲ.①长篇小说－中国－当代 Ⅳ.①I247.5

中国版本图书馆CIP数据核字(2018)第236265号

出 版 人：段晓静
策　　划：朱寒冬　　　　　统　　筹：张妍妍　刘　畅
责任编辑：姚爱云　　　　　装帧设计：褚　琦
....
出版发行：时代出版传媒股份有限公司　www.press-mart.com
　　　　　安徽文艺出版社　　www.awpub.com
地　　址：合肥市翡翠路1118号　邮政编码：230071
营 销 部：(0551)63533889
印　　制：安徽新华印刷股份有限公司　(0551)65859551
....
开本：880×1230　1/32　印张：10.25　字数：300千字
版次：2020年3月第1版　2020年3月第1次印刷
定价：39.80元
....

(如发现印装质量问题，影响阅读，请与出版社联系调换)

版权所有，侵权必究

追寻与自我(代序)

创作是个人的艺术表现。

这道理简单,便如见山是山,见水是水。

我坐在写字台前,我想在作品中表现出"我"来,这个"我"应该是独特的,应该是有别于其他作家的。

然而,我们写出的作品却往往是一个调子的,往往是一种语境中的,往往是雷同的。

这是受外在的影响所致。写作总是要受外在影响的。

我们的社会是飞速发展的社会,我们的时代是千变万化的时代。

还记得儿时生活的大城市,响着叮叮铃声的有轨电车在街上穿行。铺着青石的小街小巷里,排列着青瓦的平房与阁楼。多户人家合居在一个院落。夏日的夜晚,街巷两边摆着竹凳与躺椅,坐着和躺着摇着蒲扇的人们。冬天的夜晚,从玻璃窗看出去,高高的工厂烟囱梦魇般地耸立在夜空中……

而今身居的大城市,无数座大厦高楼如同积木般堆立着。街道上,汽车排着长长的队,有时很缓慢地移动着。夜晚,五彩的霓虹灯跳闪着,夜空染着一片片的深玫瑰色光晕。

中华民族已有几千年文明史,传统文化渗透在我们的血液中,积淀在我们的精神中,那是我们心灵的根脉。以儒释道为主流的中国传统文化,深邃而广博;以唐诗宋词元曲与明清小说为代表的中国文学,伟大而具有高度。

而我们走进了现代,科学的发展使我们的一切与世界接轨,西方的思想潮流、现代的文学潮流,裹挟着形形色色的理论汹涌而来,变形、荒诞、魔幻……正合着现代人内心的纷杂。

那么丰富的世界,那么丰富的文化遗产,那么丰富的社会变化,如何不影响我们的创作?

而我的具体创作,如何将这外在的影响,艺术地表现在一个文本之中?

文学创作的世界是宽广的,应该能供任何创作者走出一条路来。然而你一旦走出去,便发现你要走的路前面总有先行者,无数条路上有着无数的先行者。行走的"我"迷失了,写出来的作品总有着别人的色彩,总有着别人的形式,总有着别人的调子,总有着别人的思想。

似乎眼前山不再是山,水不再是水。

前面的路,有的路是热闹的。热闹的路是大路,是人走得多的路。每一段时期都有这样的路。正因为走的人多,得到的赞叹和掌声也多,走的人也就走得兴高采烈,走得手舞足蹈:没有寂寞,没有孤独,没有漂泊感,没有忍受感。那是合乎时尚的路,那是合乎机缘的路。走上那一条路是容易的,不用猜谜,不用选择;拣人多的地方去拥,找声音大的地方去奔,寻眼光集中的地方去走。

在那条路上走,很难寻找到自我。一切是流行而时尚的。

流行和时尚的根本是从别人那儿借来的,是和别人共通的。

也许你一时走得很顺,但你会发现你行走的力量,乃是借了别人的力量,而凭你自己的力量你寸步难行。你只能安慰自己说,似乎没有人是全新的,似乎没有人能具有绝对的自我,似乎所有人都在别人的阴影里。

其实文学作品只要是你写出来的,只要有你的生活,只要有你的经验,就能算是你的。每一篇作品从某一点来说,都是独特的,除了抄袭。而从另一点来说,每一种作品,哪怕是再伟大的作品,也都有前人之迹可寻。然而,独特和模仿还是可辨的。

只有你把自己的所悟所感都投入作品中,把你感悟的一切都化入自我,你从模仿到绕开,从绕开到化解,你立定你自己的中心,你心无旁骛,你视独创为根本,用你的方式,注入你的经验,反映你的情感,表现你的思想,是你对人生的认识,是你对人生的体悟,是你化生活内容归于朴素、归于自然的形式。这形式不管是繁还是简,不管是柔还是刚,不管是大还是小,不管是尖锐还是和缓,不管是高歌还是低吟,有了这形式你才能有独特的自我。如此说着是容易的,其实是多么难,你从许许多多条路中追寻一条自己的路,也许只有大幸运者才能达到,才能显露,才能真正地表现出来。即便是卡夫卡,生前也对自己的作品产生怀疑,直到去世后他那独特的作品才被人们接受,并成为经典。这太艰难了,也太幸运了。

也许无数个作家中,只有一两个真正创新了;也许无数创新的作家中,只有一两个才完全显现了自我;也许无数个显现了自我的作品中,只有一两篇才得到了成功。

如何寻找到那个"我"？我自然会受各种影响,我是一个各种影响塑造的我,我又如何表现出艺术的自我来？

艺术创作的一切都可以变化,手法、形式、主题、人物、虚构、写实、语言,一切的一切都可以随时而变。但有一点最基本的是无法变的,那就是独特性,即独创性。一旦模仿而共通,不管相通于多伟大的作家,不管相近于多伟大的作品,不管披上了多么炫目的色彩,都摆脱不了平庸。外来的资本能衍生出经济的繁荣,外来的制度能改变社会的结构,但借来的艺术创作,不管别人如何赞叹和拍掌,骨子里总含着嘲讽。

追寻自我的路是孤独的。
只能是孤独的。

站在孤独的路边,为孤独的行人赞叹和拍掌,本身的心境也是孤独的,也需要耐得住寂寞,也需要耐得住热闹的诱惑。

真正确立了自我的作家并不多,乃是有大天分者,乃是大幸运者。走完那一步需要更多的学问、更多的知识、更多的感悟、更多的思想、更多的哲学、更多的经验、更多的技巧、更多的生活体验。

根本的是能化一切为自我,化得干净,化得完全,化得精粹。根本的是需要有一种自我的力量,自我独特的人生建造起独特自我的力量,自我独特的人生体悟,自我独特的哲学乃至宗教的中心思想。这样才有力量化那一切外来的影、外来的技、外来的气、外来的形,才能真正化魔为我,才能真正确立自我。回复一个完完全全的我,一个透透明明的我,一个自自在在的我。而通向这一个目的,乃是长长的、深深的过程。其间,你自己必须是宽泛了,你自己必须是博大了,你自己必须是深刻了。你自己有了真正的力量,才能采百家之神,融百家之长,才能体人生之博大,悟人生之根本,皆化为自我。

你必须达到超越。

重要的是,孤独的路未必是真正通向本我的路。寂寞身后事。永远不停下来看一看、犹豫一下的,可能是天才,也可能是傻子。可能是最大的成功者,但更多是无望的失败者。

时时拓宽自我追寻的那条路。避开所有的诱惑。一直往前走,永不停步。哲人常常是这样说着话。有一天,我突然看到一盘录像,那盘录像上有着我的形象,我活动着的形象,同乎镜子又异乎镜子里的形象。一瞬间,我觉得陌生。我觉得那是作为自我形象的陌生。那就是我吗?在那录像中,我周围的友人都显得真,显得熟悉,唯独那个我,却显得假,显得陌生。我只是凭习惯凭常识认得那便是自己,那便是我。

偶尔读自己的作品时,也往往会有一个念头浮起来:那便是我写的吗?那便表现了我吗?于是对整个自己追寻自我的路生出了一种疑惑,我究竟在哪里?那称之为本我的也许永远只是一种跳闪着的诱惑,同样是一种虚幻的诱惑。在我追寻的时候,它永远会如星星一般在远处闪着亮。

也许在我不再追不再寻的时候,它就在我的身边。它便成了我自己。于是山依然是山,水依然是水。

也许那完完全全的自我只在一种理想中,只在一种想象中,在一种追寻的过程中。然而你还是可以对每一篇你写出来的作品问一声:从本质上来看,它是属于你的吗?真正是属于你的吗?你一生中有一篇完全属于你自己的作品吗?有一篇真正表现了你自我的作品吗?

我只有永远走下去的一条路。

2019 年 10 月

一

　　我醒来的时候,是早晨六点五十分。我正对面北墙上的挂钟,时针指着七,分针指着十二,是正七点。这只八角形的宽边挂钟,习惯性地比正常时间快十分钟。我看钟的时候,便会在意识中减去这十分钟,这也形成了习惯。我躺着看钟,钟的嘀嗒声响在了感觉中,我想:弄不清是钟的习惯形成了我的习惯,还是我的习惯容忍了钟的习惯。

　　钟的指针也显得宽宽,和边框一样是深棕色。钟盘上的数字和数字间的分点也是深棕色,整个钟显得笨拙厚重、单调纯朴,看得清晰。我说不准这只钟是什么时候买的了,反正我未成年时它便挂在了我家的墙上,也曾跟着我下过乡,那时家里给我准备了一个箱子一个包,挂钟便搁在了箱子里,那是我所有的东西中唯一的一件奢侈品。以后我的居所变了多次,但这只钟一直挂在我床头的墙上。这一年来,我习惯醒来后在床上躺一会,就面对着这只钟,意识中还留着残梦的影响,挂钟的形象恍惚地存在于背景中。有时在我感觉里,我和钟的中间浮着我的一只手,伸着食指,在随着指针缓缓地转动着,又像是拨动着那指针,一点点地把指针拨前拨正去。

　　我一动不动地躺着,神思杂乱地流动着不少断断续续的意识,似乎过了很长的时间,眼前恍惚一下,又看清了钟上的深棕色的指针,分针指在了二字上。也就过了十分钟,七点正,我开始起身,这也是我的习惯。我按习惯在半个小时内梳洗过吃了早点便出门去。

我乘公共汽车到了北京路,北京路是横贯市中心的一条路,这是二十世纪八十年代春季的一个星期日,市中心路上显得特别热闹,许多的人都在两边的人行道上流来流去,也有人走在了马路上,自行车便骑到了马路中间,公共汽车就开得很慢很慢了。我站着,等载了客的公共汽车开过去以后再过马路,车迟迟没有启动,车门口正挤着人。我只是静静地站着,微微地抬着一点头,眼前马路上的那些人和车在我的感觉中成了一片流浮的影,而在那流动的一切中,我的身姿成了一个凝结的影。

在马路的斜对面,敞开着的铁栅门里,一片宽场过去,是一幢俄式的旧楼,楼的尖顶下面四方阁面上是钟,四面都能见到钟,应该是很大的钟,很大的指针在缓慢地移动着。我看着钟的时候,恍惚间,总有钟在这流动性太大的地方走快了的感觉。

我走过马路,走进这幢楼里,马路上那么嘈杂的声音仿佛都被过滤了,楼里安安静静的。这是市图书馆,今天是馆休日,我从高而宽大的阅览厅走过,心便觉沉寂下来,有着一种柔柔的安逸感。我走进小门,拐了一拐,转到内部的资料室,便在一个办公桌前坐下来,挪过手边的一本硬面书看了起来。

我大学毕业以后,就分到了这里工作。除了早年我有过当医生的愿望,在图书馆工作便是我最满意的所在了。在这间资料室里工作就两个人,另一位秦老师是个少言少语大半头白发的男人。平时上班,我们都安安静静地做着自己的事,偶尔就有关业务对一两句话。秦老师总会找出些破旧的书来装订,一页页细细地翻着,一边抚平着卷折的边角,在我的感觉中,他仿佛在对久别的故人细细地叙着旧。我不是个好奇的人,做完手头卡片的事,也就找出书来看,许多时间中,这间房里都默默无声。

也许是我习惯了这样的氛围,多少个馆休日,我都像上班一样准时到资料室。坐着看书的时候,我似乎还感觉着身后秦老师在细细地抚着旧书,那只是一缕微微的感觉,更引我的思绪在书的天地中沉落下去,又飞展开来。

我自下乡插队后,便一直过着单身生活。我是回原籍老家插队的,在我出生后的十多年中,我从来没去过那里,但我一下子接受了那里的人,那里的天地,那里的生活,那里的一切。我中学的同班同学都由分配集体去了边远地区,集体的生活总会比单个的生活多一些欢乐。我那时还没有自己做主的能力,待到我一下子接受了乡村的艰苦孤独的生活,我也一下子使自己融入了孤独。母亲在我下乡期间去世了。老家乡村中的那些和父亲有关的亲戚,都和早已离去的父亲一样疏远。我在老家的乡村有一间祖传下来的小屋,一间窄窄的木结构的旧瓦屋,梁柱发黑悬挂着一条条暗絮的旧瓦屋。我在那里生活了八年,做过了所有的农活。七年以后我参加了头一次恢复的高考,考上了大学,回到了原来的城市,我家原有的房子发还给了我,这使我不用住进八个学生一间的学校宿舍里,也使我没有过过那种纯粹的学生生活。我自己也觉得已经无法适应那种群体生活了。喜欢群体,那是一种幼稚的不成熟的需要。

我在看《五灯会元》,我的思想沉浸在这本有关禅与禅僧的书中,有时我的眼光停在了某一行字上,而我的思绪却在打着旋,更多的是在一种疑惑间,这种疑惑出于我的本性,我总是对书本所表现的那些高层次的思想生着逆反的念头。在大学的一个阶段,我看过黑格尔的哲学,对那种很庞大的体系,也生着疑惑。有时我会觉得体系都是人为地编造出来的,和编造的文学作品差不多。我看过一个时期的文学作品,和后来看的哲学书一样,我都丢开了。我看过许多门类的书,都找最好的看,但都没沉湎其中。我只顾向前地看着一类类的书。我从小就爱看书,小时候,母亲把有"疑问"的不合时的书都藏起来不让我看,下乡以后我就更少看到书,这些年我如同补足着看书的瘾,只要有独处的时间,我就坐下来看书。

谁也不知道我看了多少书,我不怎么接触人,我也从不在与人接触的时候"掉书袋",那许多的书只是落入我的思想中,我的思想便如一个很大的黑洞,落进去的都不见影踪。我也弄不清自己看了多少书,我只是觉得看书的生活才是我真正的生活,一种合着我作为人的愿望的生活。插队与插队前的那许多年,我只是在过日子,而不是在生活。那时候我只有肉体存在着,靠肉体接触世界而存在,我的思想是简单地懵懵懂懂地附在肉体上。思想着的人才是生活着的人,这便是我的认识。这其实是一个哲学命题,一个哲学式的立论。我认为自己并没有确定的哲学观点,我不愿自己有这样的观点,因为我清楚,一旦观点确定,都有偏颇之处。然而我毕竟看了那么多的书,那些思想都融入了我的头脑,我不可能没有确定的想法。

也许只有秦老师能了解我看了哪些书,但他似乎永远对自己手下的书之外的都不感兴趣。对在这样的环境中能有秦老师这样的同事,我是十分满意的。

二

  时间静静地流过去,我合上了书本,抬头的时候,感觉有一面钟,指针指着正一点。那是挂在我家墙上的钟,移动着深棕色的指针。看了五个小时的书,其间,吃过一点从家里带来的点心。我收拾了书,关上资料室的门,走出图书馆大楼,走到对面的江边公园里,那图书馆的大钟便敲响了一下。我来这里应一个约,我很少和人相约,这却是一个常规内容的约。

  约我的是我大学里的同学钱雅芬。这是我在大学里难得相交的一个女朋友。我们真正的相交是在学校的最后一学年中,那是一个雷雨天,偶尔坐一起在学校食堂里吃午饭时,雅芬说到了一个小学的校名,那正是我上过的小学,于是对上了话,因为雷雨的时间很长,我们的对话也长了些,说到了那所小学周围的几条马路几条巷子,雅芬报着一个一个的名字,还说到了石桥下的几个小商店的位置和小吃铺的点心。

  我们肯定在一所小学里读过书,还是一个年级的。小学里每个年级只有三个班,三个班经常开展竞赛活动,那么我们还在一起活动过。我和雅芬交成了朋友,这是看上去很不相称的一对。雅芬喜欢说话,我沉默寡言,雅芬爱动,我好静。其实还有许多相对的地方,我明白相对才相合,也就容忍着,使自己带点欣赏地注视着雅芬与自己不相谐的性格。

我在一棵榕树前的木凳上坐着,好一会儿都没见雅芬的身影。我并不着急,每次相约雅芬总会迟到,我清楚这一点。我也清楚,雅芬就会出现在那条柳荫路口上,迟到的她会带着怎样的表情,说着怎样的话,这对我来说,也已习惯了。

一切是习惯的,并且我还清楚我的这个同学又给我介绍了一个恋爱对象。"文革"以后恢复高考考进大学的学生中,上山下乡过的"老三届"占多,有不少是已经结过婚的,也有不少都有了对象,剩下的也都在学校时加快了步伐。在同学的感觉中,一结束上课便离校回去的我,肯定家里有着丈夫和一大堆的家务,也许还有着一个孩子。这样,我的身边也就少了以择偶为目的的异性,曾有一两个年长成了家的男性寻话交往,也因我静静的态度而变得淡远了。雅芬是在校时谈了门亲,一毕业结的婚,给我请柬时反复说了要我合家去喝酒,最后还是看到了我一个人,追问起来,才知我还是单身。

"你每天晚上……就一个人?……"雅芬当时这么问过,自然我还是笑笑。于是,后来我注意到,结了婚的雅芬便在我面前显现着已婚妇女的样来,仿佛她领过了什么通行证。接下去她便担负起给我介绍恋爱对象的责任,近十年来,她不屈不挠地给我介绍了近百个恋爱对象。她说谈恋爱就是要谈,不谈怎么恋爱得起来?这一句话就有着一种荒诞的意味,既然还没有恋爱,又怎么叫谈恋爱?但是恋爱又是要谈的。我怕我又是钻入书本语言之中了,我总会对日常语言进行一种莫名的审视。记得贝克莱大主教写过一本书,开头就谈道:明明地球是向太阳转去,而我们总会说太阳升起来了,应该是地球在转动,而我们说恒星太阳在动,我们无法不顺应荒诞的日常,而无法去计较,因为那样我们将被视为不正常。我不知道谈了近十年谈了近百个的恋爱对象,还继续在谈着,是不是不正常?然而我必须保持着我的正常。我通过这样的方式来接触社会,并在图书馆里始终保持着纯工作状态。我不想在图书馆里遇见人时,产生出非书本的想象。我愿意谈恋爱,表示我的内心还有着这样世俗的愿望。有时我审视内心真正的自我,我会感觉到那里确有一种真实的需要,有着一点带着肉体的粉红色彩的欲望。

我靠着椅子挪动一下身子,在我的旁边坐下来两个年轻的男女。他们看着我坐下来,年轻的男人还朝我做了一个手势,意思让我往边上移一点,那神气样子像要我让路似的。要是早先也许我会自动让开来,还留一个微笑给他们。但这男人的神气使我只是略略动了动身子。年轻男人似乎很无奈又显大度地朝他身边的女孩做了一个手势,于是他们就在我身边坐下来,说着他们自己的话,并且昵笑着。那个女孩看来还很小,还不到二十吧,眼圈画了很黑的眼影。他们并没占全那一半座位,他们是贴靠着、搂紧着,说着亲昵的话,就听那女孩不时发出一点肉体反应似的轻轻的嗔笑声。接着还响着一点其他细微的声息出来。我不知道他们算不算是在谈恋爱,他们几乎不谈什么,他们更多的是发出一些响声。也许只有他们才有资格谈恋爱。我只是朝前望着,前面是一片水,风微微地拂动着柳枝,我的感觉定格在眼前的一片上,似乎一切都没有变。近十年似乎什么也没有变,又似乎变了许多许多。这种谈恋爱方式和我离得很近,又离得很远很远。

将近十年前的一天,也是在这座公园里,也是在这张长靠椅上,雅芬约了我,见面后告诉我,她总算给我找到了一个人。什么人?当时我很不明白地问。恋爱对象啊。她一边笑着一边说,她的笑是特别的,看多了我发现似乎有着某种程式。雅芬说,有关谈恋爱的事,别人不挪一挪,你大概是不会动一动的。

我听雅芬说着一个男人的情况,想着那个将成为恋爱对象的男人,他是完全陌生的,却牵连着了恋爱而又应该是亲密的,那个男人在我过去的岁月中完全隔开着,一点关系也没有,却又可能成为我以后生活的中心,以前便有"夫乃天字出头,是君,是主,是纲"的说法,总而言之,他可能会是我人生的主宰。

那次谈恋爱的事很快就结束了。雅芬说,谈恋爱看起来容易。我感到奇怪:一个男人和一个女人见了面,谈着一些自己的情况,也就是谈恋爱?恋爱从雅芬嘴里谈出来,有着一种现实经验的味道,我却觉得有一种超乎之上的荒诞意味。我用思辨的意识回顾过去,我的现实农村生活,多是以生存为主的。许多的做法却往往超越生存。比如一些饿着肚子搞的运动,那是政治的。而谈恋爱,本是生存的需要,目的是为结婚,现实之事,然而从雅芬嘴里说出来,又有着超乎现实的感觉,含有荒诞的变异之数。这种变异之数,不具有浪漫性,又有含糊性,近乎艺术的概念,却又没有艺术的形式。许许多多的人在这上面费去了许许多多的时间,使我觉得正是人生中的一种多余。我喜欢有明明确确的指向。

雅芬终于来了,她在柳荫路口,举起提着小包的手摇了摇。我站起来迎她的时候,我身后座椅上两个紧靠着的看似忘情地做动作的一对迅速地分开来,他们便占领了整个椅子。

我突然想到,我的心里是不是对恋爱太过敏了?

雅芬向我这里走过来,走近的时候,她嘴里说:"老宫,你早来了吧?"

我笑笑。钱雅芬把"老宫"叫得很亲昵,声音也不低,她并不管旁边人的眼光,走到我身边。她的装束入时,不再有大学时那种学生气,显得雍容大方。

雅芬打开手中的小提包,取出一小盒包装精致的巧克力,拿了两颗给我,自己拈一颗放在嘴里,咬一咬,再吸一吸,并示意我也吃。咬在嘴里的巧克力流出一点液汁来,味儿有点辣,我就咳嗽了一声。

雅芬笑了,用手指指盒子,那上面写着酒心巧克力。我知道雅芬的丈夫在食品公司工作,每次她都会带些精致的食品来给我品尝。

"这一次我给你介绍的恋爱对象,是社会上最吃香的……"雅芬轻轻在我耳边说。

三

　　这个男人的头发是黑黄色的,应该是黑的,却给人有黄的感觉。我听雅芬介绍他的名字时,注意力正在他的头发上,而没有听清他是叫黄大兴呢,还是叫黄大进。我想他应该叫黄大兴吧。他的头发根部矗直,在齐半腰处开始朝后倒,那齐整的色和齐整的形,却有着一点不和谐的感觉,让我想到了罩子。头发罩在了他的头上,罩下额头皱纹清晰。应该说那里的皱纹并不算深。这两年来,我就注意到雅芬给我找的恋爱对象,额上的皱纹都不可忽视。我先前听雅芬说到他是四十六岁,四十六岁的黄大兴额上的皱纹并不算深的,他的样子也不算老,看上去要显年轻一点。雅芬说他有叔叔在海外,他是准备自己开一个酒店的。海外关系等于资产,而资产又等于资本家。投入资产的一个酒店,装潢精致,海外派头,里面摆着一些飞机座,高级音响放着外国曲调,于是坐在柜台后面便是老板娘了。我想着自己坐在吧台里面,身后是一个立着各种形态琳琅满目外国酒瓶的酒柜,映着幽幽的光色。我奇怪,雅芬每次都能找来当前最时兴的男人。前不久还找过一个承包厂厂长,厂长把车子停在公园的外面,时常会朝那个方向看一眼。他和雅芬说着承包的好处。他所有说的,雅芬都事先对我介绍过的。雅芬说不用怕承包会赔钱,其实这些人都是有后台关系,才能承包到的,没什么风险,只有赚钱没有贴钱的。而这种人却又都有些冒险精神,身上有些色彩,很能造成影响,有钱有势也有声名,用承包的优势为自己在社会占一点位子。早先雅芬还曾给我找过一个作家,说是发过不少作品的。再前有官员,有医生,有科学工作者。有些职业的人没有找过,我有时看到那些职业的人,就会隐隐地为他们生出些不平来。

黄大兴说到他将要有的酒店,说话不像一开始那么拘谨。我也不再有这种拘谨,雅芬总说我改不了女人的拘谨。要不是她每次都在旁边,我不知怎么能谈下去。这是我与别人谈恋爱不同的地方。雅芬自会有那么多的话引着对方说,而我却像是个旁听者。我很认真地望着说话者的脸,我的神思在浮动,就像现在我注意着黄大兴罩子般的头发。

他的头发是染过的。雅芬凑个空子在我的耳边说。随后她又露着笑去引着黄大兴讲有关酒店的话题。于是我的注意力从他的头发上落下来,当然我的注意力也不可能完全在他的头发上,我早看到他头那边的一个小男孩在走动,刚满周岁吧。小男孩走得歪歪拐拐的,但总也不倒,走近一个土斜坡,碰着一个垃圾桶,也没有摔倒。看来男孩母亲已是很放心地让他单个走动。男孩就朝一棵树走去,那边有一道栅栏。母亲正在和一个熟人谈话,看来谈话的男人并非她丈夫,因为她谈得很起劲。我透过眼前黄大兴的脸,看着那个小男孩一步一步地往有点斜坡的土坡上走。同时我听雅芬问着开酒店的费用,还有酒店的地点。就在黄大兴说到一处门面房子的地点时,那个孩子终于摔倒下来了,歪着身子往下滚。于是我就一起身跑过去,在我跑起的时候,我看到那个母亲也朝孩子摔倒的方向跑动,我几乎和那个母亲赛跑似的,先一步把那个孩子扶了起来。那个孩子大概觉得滚得很好玩,并没有哭,而当看到我这个陌生的女人面孔,他却哭了起来。这时那个母亲接过了手,她很清楚她的孩子的反应,没朝我看,把孩子抱起来回身而去,一边嘴里对着孩子说话,一边朝那个男人笑。我也回身走到黄大兴和雅芬的身边去,我走得很慢很慢,一边呼吸着路边特有的气息。黄大兴因为那个母亲的态度为我鸣不平,说这个母亲不管孩子,也不懂得礼貌,说难怪现在做好事的人太少了,实在是做不得好事的。

我突然对黄大兴的话有了兴趣,我问他:"你想给你的酒店挂一块什么样的招牌呢?"

黄大兴回答我的问话不像刚才与雅芬对话那么自然。他一边想一边对着我的目光说:"一块招牌,应该是大大的,就挂在酒店的上面。我很不喜欢一块很小气的铜牌子,刻着几个字。要大气。我们这座城市的人都被人认为小气。这块招牌要看上去就醒目,要让人家看到了就想进店里来。"

我问:"那么,招牌用什么名称呢?"

黄大兴说:"店名嘛,要洋气的。现在城市里流行的就是洋气,叫什么天皇星、赛金斯、贝尔格斯,或者叫伊丽莎白。反正有一种味道,叫人吃不准的洋气味道,人家就会进门来。其实还是求实惠,城市里的实惠还是最重要的。"

我问:"那么,牌子请什么人来写呢?"

黄大兴说:"我看还是请装潢师傅。他们会弄得很洋气的,只要把要求提给他们,他们就会去搞。我就不想请什么书法家,搞书法的也就是写几个字,写得老百姓也看不懂,张口要几千元,图一点和气,钱就掼到水里去了,其实一点不实惠。进店吃饭喝老酒的人,并不管写招牌的人有什么名气,他们是吃实惠的。"

我后来又问,牌子用什么样的材料来做?黄大兴显然被我一步步实在的问话吊起了兴致,他临时发挥般地说着,说得很流利了。雅芬却没再说话,只是带点微笑的神情看着我们。一直到后来,她看看表,说了一个钟点。钟点的意识回到我的感觉中,我不再说话,后来,大家就说几句告别的客气话,起身走路。

四

我的晚饭经常是在一家饭店里吃的。那家饭店离我的家不远,我在那里吃饭完全是因为习惯。这一天我进饭店的时候,我注意地看了一眼饭店的门口,想看一看它的招牌。我自插队回城住到童年的房子后,在这里一直吃了十多年,而在我的朦胧的童年记忆中,这个小饭店便就在路口的位置上,从桥上下来,一个三岔路形成的三角区的路右边。这三岔路也拓宽了,早年的高低不平的花岗石路已经变成了平整的水泥路。路面应该是缩进去了,饭店却还在那个位置上。除了位置,饭店已经变了又变,单是门面,残留的最早记忆中,那是敞开的,每天早上门口摆着炸油条的锅、烘烧饼的炉,靠门口是卖筹处,里面是几张四方桌,几个长条凳,再里面是厨房,有一个朝外的水泥平台,以便让人端下好的面条或者小馄饨。中午和晚上的时候,门口还放着做油条和烧饼的炉,里面是吃饭的顾客。墙上会贴着一些撕了角的红纸,是一些那时习见的宣传标语。到我回城的时候,感觉上似乎变化还不很大。只是在近十多年来,那门面变了又变,现在向外也是一溜的淡茶色的玻璃窗,朦胧可见里面装潢了的地砖、天花板、吧台和雅座。隔几年有几天变上一变,开始有点新鲜,很快又习惯了。我还是走进它的门,坐在角落一个靠窗的位置上。饭店的菜价也变过多次,里面的服务员也变过多次。我也还是趋向那习惯的位置。我每天都来得早一些,大概总是晚上最早的一批。我总是要两个菜一个汤,对我来说不算是太大的开销。我不和饭店那变过多次的服务员或经理交往。曾经也有过熟面孔来搭话的事,但都因为我的冷淡而作罢。也许搭讪成了熟客,可以得到一点优惠,但我并不在意这个。我并不想为能得一点好处而多了许多的寒暄。我只是来吃饭的,来解决肚子问题的。

这一天,我进饭店门的时候,注意地看了一眼饭店的门面,似乎多少次在这里进出,我还从没真正地注意过它的门面。这一望,我便觉得这个门面仿佛不是我经常出入的饭店,而有了一种陌生感。门角像招贴画似的画着一幅抽象派的画:一个大圆圈,圈半是红半是蓝,带着虚的光圈,有一个箭头从圈边弯着向上升起来。或许这就是店标。我一时没有看到招牌,也许招牌贴在那个圆圈里面了。玻璃门上也还贴着彩色的字,上面有雅座、包厢、空调还有生猛海鲜等字样。弄不清这些我以前曾经见过没有,我用手碰到门把手的时候,感觉到那一切还如昨日。走到往日的位子上,一个姑娘跟着我,我习惯地报出菜名的时候,朝那个姑娘看了一眼,我发现她几乎还是小孩子。我不知我是不是天天对着这个姑娘,她束着一个马尾巴,胸前罩着一个白围腰,她的眼光中带着稚气,露着像是规定的笑,似乎奇怪我没按习惯报那两菜一汤与二两饭。我望着她的脸,问:"这儿是什么店名?"

"什么?"她问。

我重复了一下我的话,她还是没反应过来似的朝我望着。我又说了一遍,尽量把我的话说清楚,并朝门口点点。她似乎终于听清了,突然转身跑到门口,拉开了门,朝门外看了看,又跑进门,她在那儿与吧台里的服务员说了几句什么,再跑过来,她的眼睛从那边带来了狐疑,那边几个店里人也都朝我看着,像发生了很奇怪的事。她看着我,开口说:"你问这干什么呢?"

"我只想问问。"

她还是望着我。我从她神情的奇怪看到了自己的奇怪。我遇到过这样的事,这年头在服务行业碰到大大小小的事,特别是由于营业员的过错而发生的争执,不能指望领导出来解决,只会拥上来一窝蜂帮腔的营业员。社会整个地为错而讳。

我说:"你没有错,店也没有错,我只是问一问店名。"

那个姑娘似乎听了一会儿才听明白,回过头去朝柜台那边看了看,随后说了一声:"金海湾。"

这显然是这些年时兴出来的名称。我无法知道饭店过去的名称,想这女孩也不会知道。一个经常进出某饭店吃一顿晚饭的女人,突然间问起该店的店名来,也许这确实是使人奇怪的事。一个平常的人突然表现出不怎么平常的举止来,也许更令人奇怪。

"你叫什么名字?"

我在她记菜名的时候,又这么问她。她还是呆了呆,随后很轻声地像做错了什么似的告诉我,她叫曹三娥。她说"三娥"的时候,我听出了她的乡村口音。曹三娥给我端来了饭菜,我觉得超过了习惯的数量。吃完这顿饭我超出了习惯的时间。就在我结了账要提包起身的时候,饭店的门开了,走进来两个人,一男一女,他们肯定是店里的生客,进门后眼光向店里扫了一下,又相互看了一眼,仿佛这才认定要在这个店里吃一顿饭。给我结了账的曹三娥过去迎着新客人,招呼着,引他们去空席上坐。那个男人便移过脸来。

男人一开口说话的时候,我就听出了他是谁,他的脸转过来时,我偏过了脸,但我还是从前面半掩的靠背椅上部看清了他。没错,他是冯立言。我还迅速地看到了在他头边的女人的脸。虽然我应该是很熟悉她了,但我还是觉得她在我的感觉中,整个的有着一种陌生感。女人特别安静地站着,她的眉毛微微有点下垂,她的眼光中显着一点平白的无聊,似乎是由店中的灯光而染上的,而移过来的冯立言的脸上,染着了一点落寞。一瞬间,他的脸似乎被灯光映得有点平板,在我感觉中分明地显着那点落寞。

我没再伸头,我还是隐约地看到冯立言对着女人的眼光,他的眼光主要落在她的神态上,他是习惯地注意着女人的反应。女人在一个座位上坐了下来,我只能看到她露在椅背上的小半个后脑的黑发了,冯立言走到她的对面去,准备坐下来的时候,眼光随意地朝前看了一下。我注意到他的眼光投向我这个方向,我没有躲避,于是眼光在距我们各自一半的地方碰上了,凝了一凝,滞了一滞,团了一团。后来他往我这边走来,我便抬起了头,仿佛等着他似的,露着我的笑来,那是我对着冯立言时习惯的笑。

"真是你?"冯立言似乎有些吃惊,但他的神态表现得并不太明显。他的惊讶只在我感觉中。我还是笑着。

"你今日和我一样有雅兴。"我一下子显得很会说。

他走到我的身前,很快地扫了一眼我面前的餐桌,看得出我已经吃完要动身了,他也就没有坐下来。在我面前站着,他安静的神情中带着一点惶惑,我用我的笑去迎着他的惶惑。我们还从来没有在不期而遇的场合中相见,我的感觉中有着他的惶惑,也有着自己的一点不安,我取过餐巾纸来轻轻按一按我的嘴。

"你怎么……"他问。我知道他的问话是:你怎么在这儿吃饭?你怎么一个人在这儿?你怎么这个时间在这儿吃饭?

我举起一根手指来,往前点了点,我让他注意他的女人。他随我的手指转过身朝后面看看。女人没有过来,只是在他朝我走来的时候,她的头偏了一偏,我没看清她是不是看到我了,现在她还是在椅背上露着小半个后脑,依然显得那么安静,安安静静地显现在我的感觉中。她的这一形象是我完完全全熟悉了的。我的眼光朝着她,但我的神思已不在她那儿。这一刻精神集中着,凝结成一点,刚才吃饭的时候那点疲惫沉重感一下子消逝了。

"我的妻子。"

"我知道。"我点着头。

"我们出来走走,难得的……你说过,我需要走出去。我就带她出来,老在家里是太闷了。我们都不想去闹市,就走到……真没想到会在这儿遇到你……"

他盯着我的眼睛,他说话的时候,眼睛静静地盯着人,对方的精神都被他的眼光凝定了。他的黑眼眸仿佛凝定不动似的,上面有一个亮点,亮点也凝定不动。有时看久了,感觉那儿被两道白光打穿了。

我习惯地笑了笑。我的笑意仿佛是一道温柔之气,从那亮点中透进去,使那里软化了。我的眼光移动了一下,移过周围座席上的人,移看着窗外一条略略拐弯的路,路的尽头过去是一个旧煤厂,旧时厂前的一段路也总是黑黑的。我说:"这里也快繁华起来了,安静的地方正在一点点地缩小,很快都没有了。你知道还会留在哪里吗?"

冯立言望着我,我不知道他是不是在想着我的问话,我的问话总会让他恍惚。我又举起一根手指,向前指一指,他再回过头,那边还是他女人的小半个后脑。

冯立言又回转头来,似乎只是随着我的手指习惯地转了转身。

"你不想把我介绍给她吗?"

"不要吧……"

他的口气里带着一点询问。我表示顺从他的意思。我提包站起身来,依然含着惯常对他的笑和他一起走向前去。走到前面座位的时候,我回身向跟着的冯立言,并同时朝他妻子微微点头一笑,用明显的眼光招呼了一下,就出门去了。我能感觉到,他们两人的眼光都跟着我。出了门,我拐向了石桥的那一边。街面上已经亮起了路灯,那边路灯暗些,朦胧间能看到整修过的石桥隐隐地斜在前面。石桥那边是一片刚砌起的黑沉沉的高楼。

五

  我夜里又做梦,我做的梦动作的幅度都很大,我总在梦里跑着、浮游着,不知要走向哪里,也不知道已经走到了什么地方,或是一片水,或是一片地,或是一片荒野,或是一片山林,都是我醒着的时候并没有见过的地方。有时候会有莫名其妙的东西来追赶我,或是一条狗,或是一条蛇,或是一个男人的阴影。我东躲西藏,常常会感觉追赶的东西就在我的身前,我拼命地飞奔起来,在最危险的那一刻,我突然会飞起来。我常会飞起来,腾身飞起来,这是我梦中感觉最放松的时候,身子游浮着,下面黑蒙蒙的一片,有隐隐的房屋和山河,我完全像只已经飞起来的鸟,甚至像是一个会飞的人。飞过的梦以后,我会想到,我会不会曾经是一只鸟?庄周梦蝶,他是变作了一只蝴蝶而飞,我却是肉体而飞,只是在一片幽阴的世界里飞动,那么是不是我的灵魂在飞?我尽情地飞着,什么都无法阻止我,我会感到风在动,在我耳边响着风声。一切都随着我的感觉出现,我感觉要看下面,下面便有一片世界;我感觉有风声,风便在我的耳边响着。而往往我感觉到自己的力量弱了往下坠落,便会落下来;我感觉我飞不起来,我便拼命扬着手,奔跑着,就是飞不起来。我的心在着急,可是越着急越飞不起来。有时飞落在一片瓦上,仿佛怎么也使不了劲,我再也飞不起来,却又无法从那高处下来。踩着斜的坡度,脚下怕使了劲会踩塌下去,我仿佛陷入无法解脱的困境。慢慢地我会感觉到我的梦境,我的意识在活动,那是梦的意识,却又具有非梦的意识,我正在梦的边缘,我还意识到:我应该飞,飞离出这个场景。意识完全起着作用的时候,我便醒过来。醒过来的我一动不动,我意识着"我"和我眼前的时间。在一片黑暗中面对着习惯的一个钟,钟的指针在黑影中闪着荧光。时间的感觉便渗进意识中来。在醒与梦的边缘,往往会过渡到一个新的梦境去。在新的梦境中,我运动着,我意识到我飞快地运动着。

这一天,我做了一个很安静的梦,我走到了一片看上去有点熟悉却又陌生的地方,我置身于一片小巷。梦间隐隐的意识中,我面对的境地,常带着与现实人生的关联,特别多的是旧时插队时的境地,只是在那间旧瓦房前显着的几个乡下人的面容,很快变得奇异。安静的境地往往使我的心收缩着,心境是一种苍茫,这种境地是不由自主的,我沉溺于其间。

那片小巷,有一两处阴影,爬着牵藤草,瓦上围墙上长着野蓬草,隐约能看清黑影中的色彩,嗅着了那点腐朽的气息。一幢旧式的楼,阴阴的半截,看不清上半截,朦朦胧胧地有一种压下来的感觉。蓦然活动了许多的人影,靠近着我的是母亲。我感觉到是母亲,母亲在做着什么。已经身处一个过道上,梦里的母亲似乎永远在扯着毛线,毛线抖抖地弯曲成一片蓬着灰的气息,在她的脚下成了一堆,慢慢地高起来。父亲只是一个背影,凭着背影我感觉那是父亲。他对着墙,凝着似的对着墙,一动不动。仿佛在他的凝视下,墙倒了上半截,从墙的这一边我便能看到墙的那一边了。很大很大的玻璃窗,落地玻璃窗,乳白色的玻璃窗,窗里透着亮,那边是一些古雅的家具,看上去很沉重。家具都是乳白色的,一张窄窄的床,被子凌乱地散铺着,一角耷拉到床脚下来。我想多看几眼,仿佛我是在扒着墙看,我有点扒不住,我使劲地去扒。我在梦中出着汗,手在打着滑,我终于落了下去,落在很深很深的地方,下面是一个很深的陷坑,圆形大口的,黑乎乎的。我直直的身子落下去,那一刻我想我应该飞起来,我能飞,但是我就是刹不住身子,我似乎要飞起来了,我还是在往下坠,迎着我的深坑仿佛在合拢来,拥着我,团着我。我使劲地想飞起来,但已经被团着了,挤着了,有一种火热热的感觉,都在身子周围挤紧着,我的身子整个地都被围着团着了。滑湿的感觉。温暖的,火热热的温暖的感觉。我想哼出来,但我的意识在起着作用,不让我哼叫出来。我便使劲粗野地哼叫着。我想完全地沉到这种感觉中,我在哆嗦着,我的意识便生升起来,我就感觉不到温暖了,仿佛出了热水似的,浑身湿漉漉的,很难受,一种湿黏的难受感。我想摆脱,我想飞起来。我应该飞出去,只要飞出去我就能摆脱这一切。我跑了几步,跑的时候,像飞机助飞似的浮起来,我身下有点飘飘的了。我就要飞起来了。我突然看到在我的面前,有一个人。那是一个瘦削的男人,他的背影朝着我,像父亲一般的背影。他回过身来,我看到了一张脸,那张有点熟悉的瘦长的脸。我突然地感到,这张脸我似乎既面熟又陌生,好像就是冯立言,但似乎又不应该像他,我还是很熟悉他的。他朝我笑着,瘦长的脸拉成了圆形。我使劲地看着他,我的眼光穿透了他的脸,他的背后面,我看到有隐隐的光,一小片红红的光,我想那是太阳,太阳就要升起来了,温暖的感觉荡漾开来。我想看那日出的场景,我意识着:太阳升起来,太阳快升起来,那片红红的太阳在涌啊涌的,似乎怎么也冲不出来,仿佛有网网着它。快冲顶,冲顶啊……太阳就要升出来了,在太阳的阴影里,形成的黑色的深色边框,我看到了两根指针,长的指针指着了正中……

  我就醒了。我睁开眼来,梦境和眼前现实的感觉,像隔着一层,隔着很薄的一层境地。从梦到现实仿佛只是穿过了一道自然空间,我身子摇动了一下,感觉回到了流动着的时间中来。我躺在那里,默默的几分钟。我的内心里感到了一点什么,突然想到了一个人。我已经记不起他的名字,应该是个很熟悉的名字,但我就是记不起来。他在我的过去的岁月里出现过,他的形象清晰,带着朦朦胧胧的一串旧感受。从离开农村进大学以后,我摆脱了那种纯物质的生活。我把旧的生活都隔绝在大学的校门之外了,很少再具体而实在地去记忆那过去的事。旧事只是一些残影,一些从身上脱落下来的如黑影般的残物,是缺乏了本质的平面物。现在这一个黑影般的朦胧形象,将我和那旧的生活串联起来,许多的人和许多的事都一下子到了我的心里。我搓了搓脸,坐起身,按习惯起床来。我将在十分钟内做好一切,出门去。

六

父亲是个形象上端端正正的人。他坐得端正,立得端正,行得端正。这来源于他打过仗,当过军人。小时候的我,看着端正的父亲有一种敬畏感,他在家的时候,我不敢多讲话,也不敢哭。父亲在家的时间是标准的,标准的时间回来,标准的时间出门。我已经记不清他的说话了,他似乎很少说话,他的说话都在标准的十秒钟之内。他会应着是或者不是。除此之外,我就很难记清他的话了。我不知他是不是和母亲有过很多的话。母亲和我说话的时候,便常会说到父亲说过的什么话。她用父亲来吓唬我,也用父亲的话来教育我,就是父亲后来不在了的时候,她也常常用这样的方式来和我说话。她会说上好长的一段近乎哲理的话,她引用《红楼梦》或者《三国演义》中的语言来说话的时候,也都说是父亲说过的。我想大概父亲和母亲在一段时间里,也是说过了很多很多的话的。

有关父亲的闲话,我是通过孩子的口知道的。这些孩子是杂院里和我共同玩耍的小伙伴。那时我还不懂那些话的意思,我只知道那些说父亲不端正的流言改变着父亲在我心中端正的形象。我抗拒着那些流言,但那些孩子的语言像毒针似的,刺在我的感觉中。他们唱着一首有关父亲的歌:歪歪拐拐,拐到哪儿去?拐到洞里去,洞里有条沟,沟里有条虫,虫一跳,崴了一只脚,虫一跑,掉了一个瓢,咕噜咕噜滚下来,滚到泥巴塘,灌了一皮箱,皮箱打开来,里面一只大蟑螂。我不知道这首儿歌是谁作的,和我父亲有着什么关系,但那些孩子唱的时候,便用眼光看着我,那种眼光是恶毒的,没有比笑啊笑的孩子的眼光更刺伤人的了。直到现在我也弄不清那首儿歌的意思,它在我的意识中生了根。有时,我也会莫名地就把它哼了出来。而我对父亲的感觉便都在这首儿歌里,连着了父亲端正的形象,那形象上浮着一点奇怪的附加物。那时我扛着锄头在田里,等着太阳落下去。翻开来的土被太阳蒸出一股残粪的气息,我感觉里哼着这首儿歌。这首儿歌对我便有了另外的一点意味。父亲端正的形象变得飘飘浮浮。

父亲的这一切连着一个女人,而那个女人的后面又拖着一条长长的尾巴。可以想象到端正的父亲是怎样落到一个女人的陷阱里去的。那是一段长长的时间,在那段长长的时间中,交错着外在的力量,但那个女人是胜利了。她一点点地用力量展开网来,慢慢地把父亲拖到了她的网中去。到父亲完全没有端正的形象的时候,她便丢开了他,于是,父亲便永远地去了。

扛着锄头,我有时会想着女人对端正的父亲说的第一句话,那些男人和女人初识会有的第一句话,被我都想遍了。我一步步地想着父亲可能问的或答的话。她会一次次用怎样的表示,用怎样的手段,我也都想过了。到后来,凡是和男人接触的第一句话,都没有逃脱我曾经有过的想象。我不记得我是否见过那个女人,然而,我却能想象到她的样子和她的表情。

母亲独自在一个小屋里,她总是低着头在做着什么。我很少看到她抬起头来。她低头的样子从前面看过去,只剩一片前额和一根鼻梁,白皙的一片。不管她是坐着做针线活还是站着扫地、做菜,她都低着头。有时她会抬一抬头,看我一眼,我相信她的眼睛是世界上最美的。同学母亲中谁也没有她那么美的眼睛,她的眼睛像蒙着一层很优美的雾色,里面是蓝幽幽的,很深很深。谁也没有她那么幽蓝的漂亮眼睛。多少年后,我站在一块透着光的绿水晶前的时候,觉得有亲近感,仿佛面熟而陌生,一时以为也许前生它曾经属于过我。我后来想到了母亲的眼光,顿时恍悟那种熟悉感便来自母亲的眼光。母亲的眼光仿佛总在叹息,我相信她的叹息是一种无声的传递。我不知还会有什么比这种叹息眼光更漂亮的。我也想到,那也许只是女儿眼中的母亲眼光。她只是对着我的。不管是在旧屋里,还是被赶到了一个单间的小屋里,我一直感觉着母亲眼光的叹息。那个小屋里东西挤得很满很满,然而,母亲的眼光总是显得意味深长。

我还记得父亲去世的那一天。那一天下着一点蒙蒙的细雨,我和母亲坐在屋子里。就在这一间屋子里。那时的屋子里都是一些旧的家具,一个赭黄色的有很多抽屉的柜子,一面已经有点锈斑的老式镜子。雨在窗子外面下着,正对着窗子的镜子里,映着一片雨色的蒙蒙亮色。我看着低头缝衣服的母亲额头之上的一片头发,恍惚看到这些头发瞬间变得灰白。时间在母亲的头发上飞快地流动着。母亲抬起头来,她的眼光和我的眼光相对,我眼光有点游移地飘忽了一下。原来我没有认真地看过母亲的头发,她也没有这样认真地看过我。她的眼光很深很深地吸着我,我恍惚被吸进了很深的地方,浮游在一片海水之中。我想在那眼光中找到一块可以抓住的礁石。就在一瞬间,母亲那清清如水的眼光中,升浮起来许多如珊瑚般的晶体。我便叫了一声:"妈妈。"我觉得我抓紧了那些珊瑚。我需要抓住,我希望抓住。母亲对我说话,她似乎是第一次对我说日常生活以外的话。她的口齿显得有点含混不清,和她的眼光一样变得朦胧起来。母亲说:"你父亲是迷住了,他是被迷住了,他不知吃了她的什么迷药……"母亲还说了一些话,似乎是对我说的,又不知是不是对我说的,仿佛只是在对她自己说的。我只记得她说的"迷住"这两个字,到底她还说了什么话,我也记不清了。她是不是说了引诱,我也不清楚了。母亲似乎很会说话的,无论用什么方式说话。母亲的话对当时还幼小的我是深奥的。我当时有点慌张,但我还是看着她,引着她说下去。我的眼光在那一刻肯定也是成人式的。我希望母亲把一切说清楚。母亲仿佛一时看清了我,那一瞬间她的眼光凝滞着,和我的眼光一起凝滞在时间中。我动不起来。后来,母亲低下头去,继续做她手上的事。而我似乎又觉得刚才母亲的那些话和她的眼光,都是我自己后来想象出来的。

在我下乡去以前,我的父亲已经去世几年了,也就是说我和母亲单独生活已有好几年。我每天都在忙着收拾我的东西,想着下乡将要过的生活,想着要离开眼前的一切,我的心上有着一种近乎轻松的感觉。杂院的墙上常常会贴批判的大字报,依然是与父亲有关的毒针般的话语。我根本没有想到这一去再回城时,就不会再和我的母亲相见了。我不知道母亲是不是意识到她将面临的和我所面临的。母亲帮我收拾着东西,她低着头想一会,便去取一件东西放在我的箱子里,或放在我的包里。我靠墙站着,看着她把一件件的东西往我的包里放,想着那些东西的用处。她取了一块搓衣板往包里放的时候,因为包满了,她放不进拉链包口中去。她放了几次,都插不进,我就走过去,帮她张开了拉链包口,她把搓衣板放进去以后,两人使着劲把拉链拉起来。我知道,母亲还会拉开拉链把什么东西放进去的。到拉链拉紧了以后,母亲似乎一下子松了一口气,她抬起头来,我的眼光又和她的眼光相对了。那天,外面依然是下着蒙蒙的雨,我们的家搬到了一个小阁楼上,阁楼上面有一个天窗,虽然蒙着灰,但还显着亮。我靠母亲近,我看清了母亲那深深幽幽的蒙着雾一般的眼光,那蓝色上面蒙着一层潮湿的水汽。母亲说:"只有……你父亲跟着你了……他会的,他对你总归是……的,你不要像你妈妈这样,你不会像的……你像他……"母亲的话断断续续的,但我还是明白了,她是说着父亲的话题。父亲的话题总是沉重的。我照例没有说话,我不知怎么对母亲说话,我一直认为我在城市的时候还是孩子,我是一到农村便一下子成为大人的。我的心是一下子宽起来的,这应该归功于田野里的太阳和风、乡间的农活,连同那些农村的人生话语。城市的一切都隔开了,我处在一种必须自己努力才能活下去的境地中,谁也帮不了我。我不想再去想什么,也没有精力去想和记忆。

七

　　图书馆对我来说,总有一种安谧的气息,静静地渗进感觉中来。一排排的书架,自上而下插着整整齐齐的书。从书架中穿过去,穿过长长的架廊,有着梦一般的感受。无数的手在这里留下了痕迹,无数的手写成了书上的文字,书是手的记痕。手在书之上显着虚浮的象征,各种各样的手,各种各样手的形状幻化成一只巨型的手,伸着警世的手指。那些文字以铅字的形式一个个流动般地排列着,流去的是静静的时间,无数的时间在流动中无声无息地被掩埋了。书又在多多少少的手中翻开来,在手指的翻动下又流动着无数的时间。书重新回到书架上,静静地站着。整个书库,许多的思想凝固在一个个框架之中。穿过书架的架廊,我默默地,一串感觉浮动着,我不再让那些浅层流动的思想渗透进我的意识。

　　十年。十年中,我的手下传过多少书。而那些没有经过我手的书,也都在我头脑的书架中存在着。思想和时间的概念,有时会让我生出一种苍茫的感觉来。我无法用手指抚摸每一本书,而一本本书浸透了多少人多少的思想与时间。以时间做单位的思想,以思想流动凝成的时间。绝对的时间使我深感我个体的时间的有限。我无法用手指翻过那一张张的纸页,更无法阅读那一个个铅字。如果让每一个字体都在我眼前流动过去,也许只要一小排书架的书,便能流过我的整个一生。而由字体幻化成的各种思想,我便更无法理会清楚。有一阶段,我怕去感受那静静的书架的印象,我只是让身子穿过去,让手指把一本本书的上角斜倒,再抽出来。

在这座图书馆工作的人,都知道我是沉浸在书里了。他们用"热爱"这个词来形容我。图书馆里除了书便是人。在人的群体里,自然有着社会性的结构。当官的是一个五十多岁的男人、一个四十多岁的女人。他们一个是陈馆长,一个是吴馆长。其实还有两个被称作馆长的,他们都不怎么来。其中一个看上去六十岁开外了,大概是退了休的老馆长。还有一个看上去五十来岁,却也不怎么来。老馆长来的时候,常会到资料室坐坐,和秦老师对坐着,聊不上几句话,有时就那么对坐着。老馆长很有一种当官者的样子,天庭饱满,地阁方圆,说话时中气很足。真正当家的馆长是陈馆长,听说他也只是个副馆长。我弄不清这些,也并不关心这些。在馆里,除了开会的时候,我几乎不和当官的交往。吴馆长和我照面更少,大概在我进馆以后三年吧,有一次她在馆里看到我,还问我要找哪一个部门,并告诉我,书库里是不可以乱跑的。而陈馆长却在一次大会上,称我是图书馆的活字典。他批准我为先进工作者,以后多少年我都毫无争议地占着这个称呼。

这几年,外面的社会越来越热闹了,而这座图书馆大楼还是那么安静。只要走进这座大楼,自然便带了三分安宁的气息,不由得让自己的脚步静下来。书库就如同一座敞开的古墓,里面绝大部分的书都葬着死去者的思想。慢慢地,社会上流动的热潮,也卷进了馆里来。工作人员开始了流动,曾经一度学知识的热潮,那和书本结缘的文学热和基础科学热的潮头，都一潮潮地退着。这里不再是热门的地方，进了馆后，会听到馆里工作的人津津有味地谈着外部社会的动静，说有拿工资几万的，有拿奖金几十万的，有做生意办公司赚钱几百万的。钱永远是流着的热物，而书永远是静寂着的冷物。靠近着书的人便会流到钱热财旺的地方去。开始走的是几个家有后台的，后来走的是脑子很活络的。图书馆里也不那么宁静了，会听到叽叽喳喳议论的声音。看到陈馆长对着那些议论无可奈何的神态，我也就明白了，为什么陈馆长会记着我，并表扬我。因为我是一个从来不参与议论的人，我是一个天生与书之死物为伍的人，我是一个真正能静得下心来的人。在他的眼里，社会上的那些欲望离我很远，我是真正能守定的人，一个古典传统的人。

　　叽叽喳喳的声音开始蔓延，蔓延到图书馆的各个地方，也进入了资料室。我只是听之任之，神态不变。这些天资料室里多了人，有时我到书库里去取书回来，我的座位上也坐着人。有好几个人或坐或站地在那儿聊天，他们的中心坐着一个姑娘，周围都是小伙子。如果说这个姑娘还是女孩的话，那么周围的都是男孩。他们都穿着流行服装，牛仔裤，夹克衫。他们说着笑着，旁若无人。资料室里很少有这样的男孩来光顾。那个女孩见我进资料室，便报着一本书的名称，带着恳求的微笑，带着恳求的嗲气，让我再去取一下。我应该认识这个女孩。我知道她是我们图书馆里的工作人员。我想不起来在什么场合知道这一点的。大概是从那些男孩的嘴里了解到的，他们总对女孩说你进图书馆来如何如何的话，我想到她是刚分配到这里来的。我也是从男孩嘴里知道她叫马晓晴，有人叫她小马，也有人叫她马晓晴。我后来才知道她并不叫马晓晴，马晓晴是一个影视女演员的名字。他们大概认为她像她。我并不知道马晓晴真正长得怎么样，我只知道这个笑模笑样的女孩喜欢说话，喜欢和那些男孩聊天，什么话都能聊，一点禁区也不存在。她在图书馆里工作，却不定什么岗位，可以不做任何事。她只是和围拢来的男孩聊着天，说着许多的话。这一天，我拿着女孩要的那本书重进资料室的时候，他们看着我，有两个男孩是新面孔，他们不知说着什么，便都在笑。室里只有秦老师依然埋着头在一页页地抚着那旧书。他虽然还坐在老位子上，但也被挤到了一个边角上。

那些男孩的眼光朝着我，中心的眼光是那个女孩。他们的脸上都带着笑，我想大概他们是看到了我身上有什么不妥的地方。一般的人处于别人的眼光下，自然会想到自己身上的不妥处，也自然会低下头来把自己检查一下。但我并没有动，我只是手里拿着那本小马请我找的书。

小马嘻嘻地笑了一声。那些男孩也都笑出了声。他们的眼光里跳闪着有趣的意味。我看着他们显露着年轻的脸，生着青春痘的脸，一个个个子老高，多带着一点哈腰，显着那种精气神过多反而疲疲沓沓的样子，而被围在当中的小马却显着神采飞扬了。我常会在一个街巷口看到这么围着几个年轻人，他们嘴里哼一支流行曲，哼着哼着，猛地拉老高的声音唱一声，也有人跟着唱一两声。他们喜欢这么围站着，让多余的无聊的时间流过去，当然当中有一个女孩就更有味了。

他们开始说着他们的话,似乎一直说着,没有被打断过。那个脸上因挤弄青春痘后残留不少红斑的男孩,晃了晃身子说着:"没什么意思的,要叫我老那么紧张,我不会干。活着是干什么的?弄那么紧张,不就整个一个傻鳖?……"

"再怎么的事,弄得紧紧张张,就没味儿了。我就是这个样儿,有什么?有什么呢?"那个小个儿也跟着说。

"现在的事,说有什么就有什么,说没有什么就没有什么,说来说去就是那个样子。我说只管自己走,想走就走,不想走,拖我也不行。"那个一口土音的肩很宽很壮实的小伙子说。他穿了一件运动衫,蓝高领,运动衫在他身上绷得紧紧的。

"是的,是的,人就是这个样子……"

小马坐在那里,她一直神情随便地听着男孩们说话。她没说话,但她又像是在一个个地点着他们说,一副欣赏他们说话的神气。

我听着他们的话,突然一股气涌到腹部,胃神经给弄得麻丝丝的。知觉是灰色的。我觉得听不懂他们的话。他们的话听上去都很简单,并无什么奥秘,却让我感到一点也听不懂。也许他们的话是有个前提的,我没有听到,但没有了前提的这些话,却让我的意识有一点木木的。似乎有一种超乎人生的意味,又似乎有一种潜入人生深层的意味。应该是一些无色彩的话,却不知如何又有着超乎感觉的玄虚的色彩。我不由得脱口说:"你们在这里说什么?"

那些眼光又都朝着我,他们的眼光里含着奇怪,似乎是因为我打断了他们的说话,又似乎是诧异我怎么会听不懂他们的话。这样的话都听不懂,怎么叫人看得懂?他们朝我望着,那眼光里仿佛我是天外来客。那眼光似乎在说:你怎么不懂?又似乎在说:你怎么会懂?反正他们会认为我不是他们圈里的,我这个接近中年的女人,和他们隔着了一个长长的时代,而偏偏又从不说话的女人,怎么会问出这么一句话来?我也突然觉得自己一下子在旁人眼里是那么古怪。本来我生活了多少年,从没有觉得自己古怪过,这一瞬间我就像个怪物。

这时,进来了吴馆长,我没有注意到她。她看看我手中拿着的书,用很尖锐的声调问我:"你拿着的是资料书,有证明吗?"

我把手中的书抬了抬,这是个下意识的动作。我不清楚她是不是认得我是资料室的人,或许她是询问借出资料书的证明。其实这里借书并不重证明,只要有图书馆的工作人员带来就行。一般没有证明的人是进不了资料室内部来的。眼前的一圈人都看着我,有点奇怪地看着我。我任由着他们的眼光,还是没有说话。习惯的感觉回到了我的身上,我不再觉得我古怪。

吴馆长一副很严肃的表情。她严肃时,眼皮有点下挂,眼光很深沉地对着人。随后,吴馆长的眼光在资料室里扫了一扫。她似乎一点没把那些小伙子扫进眼里,而在依然坐着面对旧书的秦老师身上略停一停,便移开去,最后落到还坐在当中晃着腿的若无其事的小马身上,吴馆长便露出一点关怀下一代的神情,口气里带着关切的责备:"你在资料室工作很好的嘛,首先应该抓一抓内部的混乱。"

我没有想到小马会是资料室的新成员,但我没感到奇怪。

小马还是笑着,似乎是若无其事的模样,对吴馆长说:"你说我到资料室好啊?"她像在征求一个亲戚的意见。

吴馆长说:"好,当然好,在资料室里可以多看点书。"

小马说:"这里好看的书还是不多的。"

吴馆长说:"没有好看的书可以再进,我一直认为图书馆应该进更多的书。"吴馆长说着和小马招呼了一下,没有看一眼其他的人,就转身走了。

小马站起身来,把我手里的书塞到那个穿运动衫的小伙子手里。

八

一个星期四的晚上,我坐车到体育馆去,出租车司机是个健谈的小伙子,长着一张扁瘦脸,按面相来看,不是善相。好多个晚上我都坐出租车,看到的司机,没几个是善相的,也都爱谈话。每次我从同一个地方上车,也到相近的地方,但没有一次车价是相同的,每每司机谈得多,车价也就高。不知是不是谈话也被算入了车价中。这辆车的司机,从我上车开始,便说我显得年轻,他说看得出我是一个官太太,丈夫的官还不小。

我说:"你从哪里看出来的?"我的话里带着惊奇。

司机动着方向盘,他很快地超过一辆公共汽车。他说:"气质,我看的人多了,一眼就能看出人来,你有一种特别的气质。一般人家出来就是做的气质,还是做不像的。"

我不置可否地笑着,我说:"那么你能猜到我要去干什么吗?"

司机朝我看一看,他笑着,一点狡黠的神态中,却显出他单纯的善意来。他说:"你是去会一个男的,当然不是你的丈夫。"

"你怎么知道我会的不是我丈夫呢?"

"我看的是样子,一看样子就知道。你化了妆,一化就显得年轻,你的样子就像未婚的姑娘了。"

"我像未婚的姑娘了吗?"

"很像了,要换了我的这双眼睛,别人就看不出来你已经是官太太了。"他笑了,手过来动一动录音机的键,但没有音乐声,只听到咝咝的声音。我看到电子计时器在跳闪着。我定神看的时候,车晃了一下,车从一辆板车边拐了一下。司机朝车窗外歪头骂了一声很粗野的国骂。那一声骂显出了他的本来面目。我却笑起来。他偏脸看我。我还带着笑意,眼看着前面。

我说:"我倒是真的没结过婚,我是去见一个异性朋友,可是我一点也没化妆呀。"

司机又朝我看看,他笑笑摇摇头,那神态明显不相信。

"我和官一点关系也没有,我就是一个平民百姓。家在下只角的平民百姓。我是不骗你的。"

他又朝我看一下,我相信他能看到我脸上显出来的与刚才不一样的神情,是带着小市民气的、骗着人又掩饰着的神情,像压抑着笑,又显得很郑重的神情。他的车猛地拐了一下,险些撞到路边上去,车在一个红灯前停下时,他又开口说话。

"看不出你来。真看不出你来。我想,你大概是演员。对的,当演员的,演员就是真真假假的,还是瞒不了我的眼睛,你肯定是当演员的。"

"我怎么是当演员的?你看我像个演员吗?我其实很讨厌演员,总是做得过火,不像是真的。不过说回来,人生就是一场戏,人生里的戏,哪一个都在做,都做得不假。"

"我就是喜欢看演员的表演。"

"就因为那是假的,知道他是演的,就看他怎么作假。"

"做得不好的戏也不好看。"

"要把假的做出真的来,这就是我讨厌演员的理由。太没有劲了。用现在大家的话说,累不累啊?人活着,就很累了。"

我和司机说得热烈,车就到了,停在了体育馆的大门口。晚上没有活动的体育馆里,灯火暗暗的。司机就亮了车灯收钱。这天的车价特别高。我不知电子计价器怎么跳的。不过说了那许多的话,说得很高兴,我无法再和他理论价钱的问题。我就交了钱。我让自己保持着一些好心态。

我提着包进体育馆。体育馆建在一个坡上,依坡筑着一级级台阶。灯光在两边的树丛中闪着昏黄的光。我带着点笑意,刚才热烈说话的气氛在感觉中。那个司机唯一猜对的,是我要见一个男人。应该说我在赴约前确实对自己的容貌修整了一番,用我的手指在我的脸上、身上都花费了一些时间。但我并没有用任何的化妆品,只有对自己容貌缺乏自信的女人才用化妆品,那是让人看得出来的作假。我没有对司机说假话,我不喜欢让人家看着就知道是作假。

不开灯的体育馆的球场,静默的四围看台,水泥的台阶如凝定了一片死寂。球场上一圈,城市的铁青天空,染着一点深玫瑰色,映着场上一大片的灰蒙蒙。倚着铁栏杆看着球场,白天里球场的争夺和观众的喧哗,都在感受中。我感受的不是眼下这一片寂静。我血液里流着热感,那是我想象的感受,我平时并不喜欢体育。

我沿着栏杆走过去的时候,我看到那边阴影里,他也正走过来,与其说看到,不如说是感觉到的。他来了,我总是几乎和他同时到这里。我感觉的钟的指针是指着了七点,照例快了十分钟,实际是六点五十分。

他是冯立言。冯立言向我走来,可以看清他的脸了,他还是那样单纯的神情。我习惯看到他脸上的这种神情,心里有一点感觉浮上来,让我自如地迎着他。然而,在我的规划中,希望看到他的复杂。规划已有多少年了?他却还是眼前这种神情。我有时候会想着,人的本性到底能不能改变?

他走到我身边来,他向我走来的步子有着一点快慢不匀的节奏,也许是这里的台阶逼仄的缘故,也许他步子的节奏是变了。早先我看到他的步子总是平稳的,就是因为加快而有点跳跃,还是匀称的。他和我一样是接近中年的人了,中年人应该是更稳实的步子了。他在下台阶时,身子突然矮了一下,那只是一瞬间,他的身子弯了弯,还是很快朝着我走过来。

"你来了。"他说。似乎这也是见面时他习惯说的第一句话,我感到声调上有了变化,很难说得清变化在哪儿。他依然带着一点相见的高兴。我回答他一个微笑。这也是我习惯的笑,是习惯对他的笑,笑中带着我对他习惯的温和知交的神态。我是用心去笑的,我的笑里含了许多的话,显现着只有和他才可能说的话。

他走近我,他的脸朝着我,也现出笑来,像是应着我的笑。他穿着一套西装,一套银灰色的西装,系着一根领带,一根蓝底夹着白花的领带。他出现在我面前的时候,总是穿着很讲究,我想他肯定也是费了一番修饰的工夫的,不像那天在饭店里看到的随便的样子。

　　我说:"你好啊。"我的声音里充满着愉快、轻松。

　　他说:"你好。"他的声调也呼应着我。

九

冯立言是我生活中的一个谜,谜是我造成的,也只有我一个人来猜。自从我接触了他,并知道他简单的身世,我就把他当成一个谜,谜底则是他整个的人,整个的人便含着他的过去、现在和未来。这样,我就慢慢地去猜。

佛家说缘,我与冯立言的交往,从看到他的形象,从听到他的声音,从嗅到他的气息,几乎是一开始我就有一种旧缘的感觉。我和他认识,似乎是在一个很平常的场合,具体场景我都已经忘记了。后来有一段时间,我总在设想着我和他初次见面的场景,我设想了很多,顺着他的性格和我的兴趣设想了种种的对话和神态,在这一点上,我已不亚于一个高明的小说家。那一段时间,我确实乐此不疲,设想的场景浮动在我独处的思想中,每一种设想都安排得那样丝丝入扣而真实可信,以至于后来,我自己也弄不清我和冯立言的初次相见究竟是如何的了,这样说当然是在时隔好几年之后。有时我会想到,我和冯立言最早的联系应该是很早以前,我并不相信有前生的说法,那么,大概是在童年吧。

冯立言从小就和母亲一起生活。在他的记忆中,在他家进出的男人,都不是他父亲,有个男人要他叫爸爸,母亲一声不响地看着他,也不叫他叫,也不叫他不叫。他记得有一次他是叫了,那是个夏天,那个男人用胡子轻轻扎得他身上痒,他就叫了爸爸。围着一个红布兜的他就想着要叫一声。叫了以后,他又问那个男人:你为什么不能是我爸爸呢?那句问话又似乎是自问。那个男人脸上因他叫了爸而笑着,却又因他的问话而露出一点惶惑。这自然是以后长大了的冯立言的感觉,那时他还小,很少有记忆。但在他幼小的感觉中,是想叫那个男人爸爸的。后来他忘记了那个男人的长相,也记不得那个男人什么时候不再来了。母亲也再没提过那个男人。那是他人生中有过的唯一叫爸爸的一次。他弄不清母亲是不是喜欢那个男人,他只记得那个男人来的时候,他的母亲便换了一副神情,和以往的母亲全然不同。他也记不清母亲换的是什么神情,那只是他当时的一点感觉。他以后还能记得这一点,证明在他幼小的印象中是深刻的。

他是在他母亲的羽翼下长大的,和那些习惯生活在女人中的孩子一样,冯立言生性懦弱腼腆。童年和孩子们在一起的时候,不管别的孩子如何地闹翻了天,他都是静静地在一旁看着,这对他有一个好处,就是孩子在一起打闹起来,大人过来从来没有责怪到他的头上来。大人都会说,你们看冯立言多乖。大概是那些大人说多了,而引起了孩子们的反感,有一段时间,那些孩子专门来惹他,他们把炉里的煤球灰弄碎了放在他的颈子里,用绳子绊他摔一跤,盆一掀弄得他满身是水。他都是不作声地回家去,让他母亲给收拾干净了,再站在门口远远地看着那些顽皮孩子哄闹。在学校里的时候,他更多地和女同学在一起。到了讲究男女有别的年岁,下课时男同学都去了操场,女同学都在教室里,他便在教室外的校园里寻个地方,一个人安安静静地坐着看自己的书。

就是在闹翻天的时代中,冯立言也是安安静静地待在家中,看他的书,有时也会站在门口看看外面游行的队伍,看看晚上拉出灯来斗站在凳上的"黑七类"分子。后来斗到他的母亲头上,他就更躲在家中了。那时候,正是他情窦初开的时候,他对家对面小店的一个女孩产生了不为人知的情愫。他经常站在门口看着小店门口,等着那个女孩走出门来。有时实在熬不住,他就走到小店里去,装着选要买的东西,心跳得不行,一旦见那个女孩在店里,他又很快地买了一件便宜的东西就往家跑。很快那个女孩的家里被抄了,她的父母被赶到店门口,站在桌上挨斗,那个女孩被戴红袖套的人圈在桌旁。他第一次靠近女孩身边,他很想对女孩说一两句话,但他说不出来。他大着胆子拉拉女孩让她坐下,那个女孩看他一眼,他们的眼光碰了一碰,他相信他的眼光中是含足了情感的。但那个女孩没再看他,她的眼光集中在那些戴红袖套的人身上,她用乞怜的眼光羡慕的眼光看着他们跑来跑去。从那以后,他的恋情开始淡了,但他还一直关心着那个女孩。那个女孩要比他大两岁吧,毕业招工进了厂。而他面临着的是上山下乡,他对女孩的恋情变得越发不合实际。他去了市郊的农场,那段恋情就结束了。有时他回城,看到那个穿了工作服的女孩,还有一种说不出话来的感觉。

冯立言去农场四年光景,母亲因病提前退休了,她到农场旁边找了一间农舍,就住在那里,每天烧了饭菜让做完农活的冯立言去吃。冯立言便脱离了集体,还和母亲一起生活。他在大田里做活的时候,看着那间砖墙草屋的农舍里冒着烟,有时还会看到母亲提着篮子去街上买菜,雨天里,郊路都给踩成了烂泥道,她一步步地滑着向前走,就像溜着冰,东一滑西一滑的。穿着雨衣在田里的冯立言,便想母亲是老了。母亲老了的感觉在他心里坠下来,直坠得很深很深。他向母亲提出,自己搞个病退或者想其他的办法回城去。母亲只是摇头。她让他读书,让他考大学。但是每一次的招生都是推荐,根本轮不着家里被批判过的他,也轮不着有一个母亲照应着很少在广阔天地中经风雨的他。他无法对母亲说这些,他只是把弄来的那些旧资料书,看了一遍又一遍,那些书都已在他的心里滚瓜烂熟,这使他在恢复高考第一年,便以最高分考回了城,选了一个靠家不远的普通大学就读。大学毕业以后又分进了一个正统的机关。他一度遵从母亲意志想考研究生,就在那一段时间,他遇着了我,是我让他一步步地走出了他母亲的圈子,走上叛逆他母亲的路。几乎是我知道他的身世的同时,我就开始介入他的思想,我不想看到他那种在母亲羽翼下养成的安静。我就是看不惯他的安静,这不像一个真正男人的安静。他应该从安静中走出来,他应该和这个时代合拍,他应该有自己的人生烦恼和痛苦。我和他的母亲打了场战争,一场争夺的战争。我把他与他母亲的关系扯裂撕开,那中间连着的是痛是苦是泪。这是一场心理上的战争,我的目标是让他从单一母亲的生活中走出来,他应该是他自己。结果是我取代了他的母亲,在精神上成了他的牧师。

"……开始和她在一起的时候,我并没有这种感觉,她许多的做法我不喜欢,但时间长了,从她的角度想一想,我还是能理解的。

我只有理解。她总是说没意思,她说上电影院看电影没意思,她说打牌下棋没意思,她说春节放爆竹也没意思,有时候我实在怕听她说没意思。慢慢地习惯了,我自然也就接受了。有时我会想到我母亲的做法,现在我一天天地感到母亲也是辛苦的,她只是想我好。我清楚这也是一种习惯。和以后妻子的习惯一样。母亲的悲哀是需要我,不想让我摆脱她,而妻子也有这种需要。人都会有这种需要的吧。有时我也会想到我也有这种需要,这种需要是美的。可以说是情感之美,人与人之间的情感美。那天妻子拿着一张照片底片看了半天,我没看清她在看什么,她专注于一件东西的时候,时间往往就不起作用。我后来随便地问她一声,看的是什么,她说,那是结婚时家里养的一株吊兰,头一年抽出枝叶开出花来的时候,给碧翠翠的吊兰拍了一张照。可是以后没心思再管花,花就都死了,居然再也没想起这棵吊兰来。那张吊兰照片,也因没有人管不知丢哪里了。现在翻出底片来,底片又发了黄不好洗印了。她说想起来很对不住生长在我们家的花呢。"冯立言说着他妻子,像在低低叙着温情的话,像过去叙着他母亲的调子,他母亲也回到了他的叙述中。一切都是我熟悉的。多少年中,我在他的叙述中熟悉了他的母亲,熟悉了他母亲的行动、气质、语言和一切习惯。我也熟悉了他的妻子,我比他的母亲还要早知道他的妻子,并且我给过他妻子最大的帮助,应该说是我帮助他妻子成了他的妻子,同样这是他妻子并不知道的。一切都在默默中。当时我并不在意谁能成为他的妻子,我帮助他的妻子在他的心中占领位置。这是一场长期的争夺战。我有时会怀疑自己究竟有没有力量来打赢这场战争,自己究竟在做着什么。但我有的就是耐心,在这场战争中我所有的心智都得到表现。他的母亲在这场争夺失败后不久就去世了。然而那以后,我又发现他一样地陷入了他妻子的罗网中,我发现那是他自己需要沉入一个女人的生活中。从那时开始,他妻子的一切在他的叙述中,有着完全实在的意义。我同样了解了他妻子的容貌、她的语言、她的动作,以及她的一切习惯,也许没有任何一个其他人比我更了解她,而我只是在"金海湾"饭店里才和她有第一次的见面。

最早他向我叙述一个瓜子脸细眉长眼梳长发的文静姑娘时,说不清为什么,我立刻说好好好。接下去我就在他叙述姑娘的容貌时,赞赏她的漂亮,在他叙述姑娘的行动时,赞赏她的柔静,从他对姑娘行动的叙述中,赞赏她的细腻。我没加选择地赞同他的选择,是用来对抗他的母亲,让他从他的母亲那里拔出身来。在他母亲以后,他妻子的形象便不断存在于他的叙述中,使我感到了腻味,我也就开始了鼓动他把眼光移出家庭的说教。

冯立言坐在我的身边,我们如同一对恋人似的靠近着、相对着、絮语着。我看着他的脸,他的脸就在我的眼前,我看着这张靠近着的男人的脸,皮肤虽然白净却也显粗糙。他说话的时候,眼眸凝定了,正对着我。那里隐隐地有着一对我的形象,仿佛摄定了。这时,我便可以认真仔细地感觉着他,一个熟悉的脸,多少岁月和时间使这个形象变得熟稔亲近。我忘了最早与冯立言相交时所有的感觉了,多少年中我几乎和男人是隔绝的,但谁也不知我与这个男人密切的程度。我把手轻轻地按到他的手背上,那里是温温的,我的感觉中,一种微微的涟漪荡漾开来。他还是继续说着他的话,他的感觉沉进了他的说话中。这种朋友式的交往,是多少年来确定了的,从来没有过变化,我从来没有让它产生过变化。他遵从着我,这也正是冯立言多少年中和我继续着这种分不清是古典式还是现代式的朋友关系的原因。他安静地对我叙述着,他的声音流开去,在空旷的球场上,有着微微的回音,我的心便如那空旷的广场。我看看四周暗蒙蒙的球场,我想着球飞起来穿过球门的时候,全场的人在那一瞬间,也许心血管里都带着激动,一种共通的激情,只系着一个球,系在一个和他们的生活并没有什么功利关联的球上,人生应该有这样超脱一时的激情。我有过这种感觉吗?我静静地听着冯立言的叙述,我和他一起,也许会让人想到心理医生和病人的形象。可我不是医生,他也不是病人。

"你就是能管那些花,那花又能活多长时间?"我用一种温柔的调子问他。冯立言说花的时候,仿佛沉在了过去的事情中,他的心智都游往很远的地方,我的话把他引了回来。我接着说:"花还可能活在盆里,虽然活着但是它的形态不变。美是一种习惯,美是一种惰性,美是一种柔态。你长时间对着摆脱不了的柔态,你的心也就柔化了。你称它为美,是因为你习惯了它,你无法摆脱它。你是想自己能在习惯中不变地生活下去。美是四平八稳的,美是对称的,美是因习惯而生的迷惑,美是有毒的,美是生命力低沉时的一种感觉。在你的感觉被柔情软化时,你就会觉得和你关联着的过去的一切,都有一种美感。美便是一种老人的感觉。"

我说起话来的时候,便带上了一种雄辩的色彩。许多的语言顺嘴而出。它们是流出来的,仿佛早就在哪里沉睡着,一下子醒了过来,蠢蠢欲动着,争相地涌出。我尽量说得轻柔些,说得合乎他的习惯。

"我想,美总是美,相对于丑。"他争辩着。

"相对是会转化的,丑往往由于习惯而转化成了美。那正是因为习惯而变迟钝的感觉。看一种东西,你只要看久了,产生了习惯,也就有一种美感。习惯产生自然,一个人再丑,你和他接近的时间长了,也就不觉得丑了。那些丑处分解开来看,也顺眼了。有没有习惯产生美的理论?也许每一件事物都不丑,丑只是人们一时无法接受的时候产生的感觉。也许每一个事物都有美感,美在一切之中……"

我也争辩着,我清楚有东西在我心中复活,许多的意识都在复活,展现着恶魔般的形态。我清楚语言的复杂性,我用足了力量来表现。那些力量也是不请自来。我的语言有着一种炫目的色彩,有时我自己会被这种色彩迷惑。冯立言便看着我,他对着我的眼光不再是凝滞的了,荡漾着一层层的波,向我涌过来,在暗蒙蒙中显着比天色还要淡的清清之色。

"美就是美,习惯了的丑在感觉中只可能是不丑,但不是美。"

他强调着自己的观点,他的声音显得越发柔和。我不容反驳地说:"不丑是什么?丑和美都是一种感觉,不丑的感觉不就是美吗?"

"不丑就是不丑,而美就是美。"他说。

我就笑了,我用笑去包围他,轻轻地围着他、抚着他。有多少次这样的争辩,我们互不退缩,到后来互相并不在意争辩的内容,只是眼光中含着一些另外的内容。我能感觉到涌过来的眼光中带着的热力,他握在我手中的手也带着一点热力,轻轻地反过来掩着我的手。我把手抽出来,抬到他的额前。他的头发是柔软的,有时会有一两根竖着,风吹过时轻轻地晃动着,我似是随意地将了一下。他的神情安静下来,眼光依然是清清之色。

"那时候,我母亲常说,人可以在安安静静当中,体会到一种东西,让自己满足。只要能安静下来,人自然会满足了。要不永远也不会有满足。那时她说的我还不懂。她说话的时候,脸朝着窗子。窗子外面是小院墙,她总是望着那个地方,我有时不清楚她是不是对我说话。"

冯立言又提到了他的母亲,我就静静地听着。我的安静让他有点不安,他转过脸来朝着我。他的眼光在求我说话。

"你觉得和你妻子在一起与和你母亲在一起有不同吗?"

我问他,我看到他的身子一颤动。那只是我的感觉。和妻子相处,是他脱离母亲的开始,与以前的生活整个地变化了。

"我有时候回到家里,见她也坐在那里。她老坐在一张椅子上。最早的时候,她喜欢在家里忙着什么,出出进进的,把家里的东西弄出一点响声来。那个时候的妻子,最喜欢吃鱼,她把鱼放到炒菜锅里的时候,油炸出来的声音,鱼在锅里的跳动声,连同锅冒烟的气息,还有她总会有的一声欢呼尖叫,让我想到和母亲在一起时的那种沉寂。现在好像她很少买鱼了,也弄不清她买了鱼是怎样下锅的了。反正我不再听到这些声音了。有时她坐在那里好长时间也没声息,做着事也没声息。这也和我母亲一样。母亲死后,她坐在一张旧椅上,安静地看书。我会感觉她的样子和我母亲一样。她坐的位置也是我母亲习惯的位置。"

冯立言说着妻子,言语中带着一点沉下去的调子,他的声音在夜晚空旷的体育场里,染了黑夜沉沉的味道。我听着多少年来习惯了的调子。他说妻子时提到了他的母亲,于是,他把妻子也融入了母亲的调子中。那是他生活的调子,一时我觉得那种调子带着我,走进他那在叙述中没有变化的家中。我一次也没有去过他的家。我从他的叙述中却仿佛已经千百回地在那里出进,我待在一个隐身的角落里,看着他与他母亲在一起。房间靠左墙有一个旧杂木柜,那是他母亲的旧物,柜上放着一台旧五灯收音机。在柜的两边放着大橱和床头柜,那个床头柜的镜子是月门形的,镜下的小梳妆台上放着一把旧式厚把木梳,把上光滑滑的,被手磨得黑亮,上面带着几根花白的头发。我又看到他和他妻子在一起,妻子的梳妆台上放着几瓶化妆品,还有一个青碧色的小化妆盒。我一时恍惚,便看不清里面走动的是他妻子还是他母亲。在这一恍惚间,我似乎还嗅着了他家房间带点潮湿而显霉斑的天花板散发着的陈旧的混合气息。

我回转身,从窗台望出去,高楼下面一片屋脊,几间连成一片的旧平房上,排列着田垄状的瓦线,窗前伸着几根绿枝,透过绿枝,我幼年时的旧生活隐隐约约地浮现。

我说:"我来给你讲一个我过去的故事。"

他坐在我的身边,我的身子侧过去,朝着他。我的一只手按着他的手背,轻轻地稳实地压着。在我们的两边和后面,是一片伸展开去的空空的座位。恍惚间,仿佛无数不具形态的人正齐整整地坐着,无声地对着我。我的另一只手搭在栏杆上,栏杆被抓久了,有了暖意。在抓与不抓的边缘,能感到些许凉意。我对着他和他身边的一片空寂,开始说话。我听到我的声音从每个座位传开去,又回旋来,从我身后的一片空旷的球场上传回来,带着许多虚无者应和的回声。

十

  我一直认为我是个早熟的女孩。人们说,早熟的孩子一般都性格内向,外表沉默寡言。早熟的生理反应,使热乎乎的内火在身体里烧,脸上便烧出一颗颗的青春痘来。我在小学时常会对这种长青春痘的女孩叫一声"烧包"。当然叫的时候,还并不完全懂得意思,但已经知道了"烧包"与男人和女人有关。初进中学时,我学着高一年级的女孩,沿袭着学校传下来的男女生隔离的传统,在课桌上画线,在偶尔触碰时翻白眼,动作和神态都弄着许多的格式。

  那时,我其实不懂青春痘与成熟有关,我只知道那是"闷"出来的,也就叫"闷骚"。我自认为的早熟是我不喜欢和同龄的孩子一起玩,我喜欢出风头,我好哄闹,我喜欢在人多的地方表现,人越多的地方我越唱啊跳啊得起劲。说实在的,我是向往成熟。在学校里,我老是喜欢在老师们身边转,只要他们有什么活动,我都会是忠实的观众。那时老师最多的活动是打羽毛球,我便在旁边看着,帮他们捡打出场外的球,跑得飞快。然后再站下来,看着球从这人的这一边飞向那人的那一边。

  有一次,老师打完了球,擦着头上的汗回办公室去。我便拿着他们的羽毛球与拍子跟着,肩上背着自己的书包。在办公室门口,老师接过了球与拍,便和我聊几句,问我放了学怎么不回去。我说家里没意思。老师说,那么找两个伙伴去玩玩哪。我说和他们玩没意思。于是这个老师便回过头去,和那个老师相对一笑。我虽然脚步是往外走了,但我的耳朵还听着办公室里,就听里面的老师说了一句:这孩子早熟。

　　我想老师对我的这句评价当然是好话。那时我确实不喜欢和一般孩子玩,他们玩的东西吸引不了我,我觉得那玩得太小,太没意思。我看过一些书,我喜欢有一个诗人的诗句,那个诗人名字我后来忘了,那具体的诗句也忘了。我只记得在他的诗里反复出现"生活"这个词。"生活"这个词在那里沉甸甸的,很重,很满,很有力量,很有色彩。我喜欢背书里的一些沉重的句子。我觉得只有大人才开始了真正的生活,而孩子只是不懂事地玩和乐。我渴望成熟,我想我是渴望生活。

　　我的家在一条旧巷子里。在巷子顶头有一户人家,那家人家有三个孩子,一、二、三,三个男孩。三个孩子的年龄靠得近,似乎是三年里连着生下来的。生下来后他们的母亲就不管他们了,弄不清是死了,还是弃家走了。三个孩子在家的时候就打打闹闹,打来打去,闹来闹去。也不知是为了什么事,那边屋里就打闹起来,响起椅子桌子凳子在地上的移动声、楼板轰隆隆的震动声。没多久声音便会从家里响到巷子里来,就听一串跳着蹦着的脚步声响出来,在巷子里蹿动,巷子的水泥地都咔咔地响动,震颤着一排旧式房子。

　　巷子里的大人都不喜欢这三个孩子,说他们太皮了。按说几个没有了母亲的孩子应该会受到同情的,但他们实在太皮了。连我也觉得他们太皮了,常常一个赶着两个逃着,从你身边逃过的时候,会撞你一下,把你撞疼了,险些把你撞倒了。有时会见他们三个都揪在一起,倒在一起,在地上压着滚着,躺在底下的似乎有意地不起来,揪着上面的摇着晃着,拖着扯着。当所有人都没劲了再站起来时,一个个身上都是灰泥,衣服上也便有磨破的地方。

我并不喜欢这三个孩子,我那时自己也是孩子,但我喜欢看着他们,他们永远是三个人在一起闹,单独一人的时候,那孩子眼中便显着抵触旁人的眼神。他随便地站在那里,好像在想什么顽皮心思,弄不清他们想做什么。我曾经想和他们其中一个说点什么。他只是歪着脸,斜着的眼光中带着抵触和疑惑。我喜欢看他这种神情,我弄不清为什么喜欢看他们这种样子。后来我才想到我是喜欢看他们这种眼神,而我为什么喜欢看这种眼神便又说不清了。我那时候还小。

他们的父亲是个中年男子,在那时的我看来,他年龄很大了,是很成熟的男人了。他总是迈着有点急匆匆的步子从我家门口走过去,穿出小巷。他走路的时候,头有点低斜,像是在寻找着左边地下的什么东西。他从不和人打招呼,就是从我面前走过去,也不朝我看一看。白天他都在工厂里,弄不清他做的是什么工作。有时他在家休息,却很少出门。偶尔出来,在门口站一站,也不搭理小巷里的人。我注意到他的眼光,我不能说喜欢他的眼光,我只是注意看他的眼光。他的眼光和他的孩子们的不一样。他的眼光中带着一种空洞的、忧郁的、茫然的神色。当然这也是我长大后想起来时才知觉到的。有时他的眼神会莫名地出现在我梦里。其实,那应该是一个鳏夫常有的眼光,一个觉得生活无意义的累乏的鳏夫常有的神情。

　　真正引动我注意的并非这个男人的眼光。对还是一个孩子的我来说,他的眼光太空洞了,连同他的三个孩子和他的那个看进去总是黑洞洞的家,都只是一种背景。真正引动我注意的是有一天发生的一件事。那一天我从楼上下来,是盛夏季节,暑假的一个傍晚。我弄不清那天小巷里怎么会那么安静。也许是经过了闷热的雷雨后,我带着一点女孩突然的忧郁和不痛快,从楼上下来,走出门。我也不知自己要到哪里去,一出门,便嗅着了一股雨后小巷那种清新凉爽的气息。我的感觉从烦闷往清凉过渡的一瞬间,我的心情在很快地转变的那一瞬间,我看到了他,那个中年男子。他坐在他家的门口,他肯定也是出来透凉快的。他上身穿着一件背心,他的两条光胳膊抬着,他的脸也抬着,他的两只手也抬着,一只手拿着一根线,还有一只手捏着针,他在穿针。他身后是一扇低矮的窗,窗子方框的背景里,依然是黑洞洞的。而他坐在暗与明的交界线上,他的手抬在了清清的光线间,映着雨后青碧空蒙的天色,和屋脊角后很鲜艳的彩虹。他两只空握着拳捏着针线的手抬高着,周围仿佛围着一圈光晕。他的脸仰着,半是明半是暗的,暗处微显朦胧,明处映着光晕。那个形象在我的眼中凝成一片,似乎很长时间都一动不动。他肯定是线穿不进针眼。后来我才感觉到他的手在微微地动。终于他把线穿进去了。他的整个动作都是缓慢的。后来,他移下手来,在他的膝上,搁着一条说不清是哪个孩子的黑青色的短裤,那条裤子撕出了一条口子,一条磨破又扯开的口子。

他低下头来补那条裤子,他把裤子半举着,他的手就捏着那条裤子。我很仔细地看,才看清他的手很缓慢地在动,那根针在吃力地找着出针的位置。我目不转睛地看着他的样子。我看过母亲缝补衣服时的样子,但这个中年男子缝补的样子完全超出了缝补,那一个形象突然打动了我的心,直印进了我的心底。他费劲地拿针在布上刺着,像是在搅动,很缓很慢地在搅。那条裤子耷拉下来,从手到腿像一挂歪着的布幕帘,那幕帘微微地颤动着,过一刻会晃动一下。他一点没有感觉到我的注意,正全神贯注地对着他手中的针线和裤子的破口子。我看到他的黄黑粗大的手、粗大笨拙的手指。他捏布的样子像是抓提着,他捏针的手指像是把握着。他的手时而抬起来,很费力地抬起来,抽拉着一根晃晃悠悠的线,细细的扯得长长的线在背景的霓彩云光中飘浮。针尖抬起的时候,在他的头顶上,辉映着一点光亮,那点光亮随而落进布里。他的手歪歪扭扭的,我感觉着那点光亮向前缓缓地游动着。那一刻,我突然屏住了呼吸,我觉得有一点窒息了,心间涌着一股气。我不敢把那股气大声地喘出来。我按着了自己的胸脯,我觉得那一刻,那儿正在膨胀开来。这是我生理上有胸脯隆起感的开始。我觉得那粗大的手指捏着了我的心,心上有一根线被手指牵着,牵在那根闪着光亮的针上。那手背上暴着青筋,黑黄的皮肤上显着粗纹,胼手胝足,正是我那时在学校里接受的歌颂劳动者语言的意义。我觉得手指上正牵着连着实在的生活,是厚重的生活、真正的生活。自然那是我过后才意识到的,那一刻我只是凝着神。

他终于把手放下来,那条短裤落到他的膝盖上。他用手指去抚着打补丁的地方。那块补丁有点不平伏地拱出来,仿佛皮肤上鼓起的一个包,圆鼓鼓的包,一条蚯蚓似的拱着。他朝趴着的那条肥大的蚯蚓看着,他的手指抚到了上面。他轻轻地抚着那道黑线缠绕着的口子,缓缓地抚来抚去,他像是要将它抚平,又像是在抚着他的手艺,欣赏着自己针下的结果。线还没有扯断,在补丁的头上垂落下去,针在线头上晃动着。从线的尾端看去,布上的针脚歪歪扭扭的,宛如初见他的手指的某一点印象。他的手指一点点地在针脚上抚过去,抚得很轻很柔,比他刚才行针还要慢。手指上的粗皮抚在针脚线上,仿佛发着吱吱的声息,颤动着那根随线垂落的针,微微地跳颤。也不知他在那补丁处抚了多长时间,我只是着迷似的望着。他的头低着,看不到他的面部表情,但我能感到他的如醉如痴。他宽厚的身子仿佛都显得轻巧虚浮,融入了手指。所有的感觉,所有的神志,所有的意识,都集中到了那一点上,牵着了我的感觉我的神志我的意识。我仿佛也感觉我的所有一切都融到了他的指尖下,在布与指尖之间颤动。那一瞬间,我仿佛熟悉了针,熟悉了布,熟悉了线,熟悉了手指。我融入那里,随着手指爬动,跳颤。慢慢地,我完全化作了那块补丁那片针脚的三寸之地。

那一刻是如何结束的,我已忘了。仿佛是他的三个孩子突然又闹开了,引他进了屋。而我一直站着,脑子里不知想的是什么,我的眼前是巷子尽头的一面带窗的矮墙,一片熟悉的景,却显着了一种陌生的色彩。我的人生似乎一直是在自己内在的感觉中,这是第一次投向外部,感觉经过许久许久的飘浮落到了实处,踏进了厚重之处。

第二天,我在家中抽屉里找出了针线。我再寻找家里的破衣服,翻遍了抽屉,发现家里的衣服没有要补的,有破的也都让母亲补好了。好不容易找到了一件准备当抹布用的破汗衫。那件汗衫,铺在了我的腿上,洗得干干净净的汗衫,白白暗暗的颜色,稀稀疏疏的布纹,松松软软的布质,都没有那种我想得到的感觉。我还是在上面扎起了针,针刺进了洗旧的汗衫布上,像刺着软皮,线都吃进了布中。我把它缝完以后,就丢开去。我在家里找不到一块具有男性意味的硬块布,所有的布都带着我和我母亲的细柔的气息。

有好几天我都神思恍惚。我站在家门口,我用耳听着隔壁那三个孩子的哄闹声。每当看到中年男子的身影出现在巷子头上时,我的心便会一阵抽搐,随即能感觉那儿跳得厉害。我垂下头,我看着他向左斜歪着的脸。他的手不是垂下的,也有一点斜弯抬着。我望着他的手,他的拇指和食指硬撅撅地直着,仿佛做着一个手枪的姿势。他走进他家中云。我等着他出来,我等着他走出门来,还坐在那里铺开破衣裤缝补。我用耳朵去捕捉他家房间里的声息,想着他正在做什么。间或那里又会发出一阵哄闹声,一阵木家具脚与木地板的摩擦声。似乎他根本没有去管他的孩子。我想到我似乎还从来没看到他与他孩子说话的样子,也没听到他与他孩子说话的声音。我猜不出他是用什么样的方式和他孩子交流的。有时我会感觉到那儿的声息突然安静下来。我想到那是他干预了。我还是没听到他的声息,不知他是如何干预的。

终于有一天,我在门口看到他家最小的男孩飞快地跑出门,一下子便摔倒了。我立刻发现了小三子的裤子破了一个口子,也许是摔在水泥地上擦破的,也许是在家中顽皮时扯破的。小三子刚爬起来,我便及时地向他招呼了一下,小三子用疑惑的眼光看着我,那眼光像一头警惕的小兽。我指指他的裤子,小三子低头看了看,用手把挂落下来的破布刮一下,那块布露着毛边,晃颤颤地,挂在他的屁股上,露着他沾了泥的一片屁股肉。小三子再抬起头来,孩子的眼中是一种茫然的、无所谓的神情。我从中感觉着他的做父亲的眼光。

我朝小三子招手,朝小三子微笑。小三子弄不清我的意思,只是朝我望着。我朝他走去,小三子有点迟疑地往后退着。小三子平素常会这么退着走。我向前走一步,小三子就往后退一步。我朝他笑一笑,小三子也朝我笑一笑。小三子笑起来很难看,脏脏的花脸上,眼挤得很小,嘴朝左歪着一点。我再向前走一步,小三子就再退一步。我站住了,小三子也就站住了。小三子把这当作了我和他做的游戏。小三子的神情中,带着平时的顽皮。我再进一步,小三子就再退一步,并且不用回头地身子转了半圈,背朝着他家的门,眼看着就要退到他家里去了。我朝他点头说:"来。"小三子却朝我摇头,说了声:"去。"小三子脸满是好玩的神情。我实在没有办法对付他,我真想朝他扑过去抓住他。小三子大概从我的眼神中,看到了这一企图,也就做出了反应,身子带了点收缩,准备随时逃开去。我想到这肯定就是三个孩子经常做的游戏了。我心里有些紧张,我怕有人来,我怕破坏了这一个机会。我突然想起一个点子。我朝后退了一步。小三子显然没想到我会这样。我还是对他笑着,带着游戏的神情。小三子也就朝前跳上一步。于是我就一步步地退到了我的家中。小三子在我的家门口犹豫了一下。我继续模仿着他好玩的神情。他终于踏进我的家门。我一步步地倒退着上了楼,小三子也跟上了楼。到了楼上我坐在了凳子上,哈哈地笑了起来。小三子也坐倒在地上,跟着我大声笑。小三子的笑声和他的说话声一样,有点含混不清。笑表示游戏的结束。我和小三子说着话,并拿出了针线。我让小三子把裤子脱下来,表示要给他补上。小三子没有拒绝我的友好,只是在脱裤子的时候有点犹疑,大概不好意思光屁股吧。我的神情鼓励着他,小三子不想拒绝和他做过进步退步游戏的我,就脱下了裤子。很快他就毫不在乎地光着屁股,在我楼上走来走去,东张西望。我开始补裤子。我把裤子放了膝上,手指捏着破处,再把它提起来。我提裤子的那一瞬间,我感觉到我的心猛地颤动着,一点说不清的滋味在心间挤着涌着。我把针刺进布里,尽量缓慢地动着,再把针从布里挑出来,封着那条破口。一针针地,我感觉整个的我就在针下,每一刺都让我有一点兴奋,一点刺激的颤动。我感觉我是坐在他的家门口,坐在那一张小凳上,面前是一条伸展出去的巷子。我缝得很好,仿佛我天生就会缝补。我的手缓慢而略显笨拙,那只是我仿着他。我的感觉都在我的手指底下游动,在针上游动。仿佛手指不是我的,我想象那是我在他的手指底下游动。就在我的感觉都融入布、针和线中时,突然一阵声响,我这才发现眼前光着屁股的小三子,转着上半身看着我,他的面前是倒着的一堆东西。我母亲的笔和纸簿,以及几本书,都散落在了地上,还碎了一只茶碗。小三子的脸上又带着了准备逃逸的神情。我还没有从感觉中完全出来,我也不想从感觉中出来。我用一个简单的眼神要他安静。小三子似乎听懂了我的话,有一刻就那么站着。很快他又动起来,光着屁股在楼板上走来走去,还去扒着窗子,双手撑着窗台。我的感觉被他引去,很怕他会翻落到窗下去。小三子不断动着的脚步也影响着我。我叫住了他,再次让他安静。小三子又站停了,只一会,他已经耐不住了,他说他要回去了。小三子说话的时候,望着我手上的裤子。我又朝他露着笑,但他还是显着要走的神情看着裤子。我突然想到了我的盒子里有两颗我买的糖果,那是我用集起来的零用钱买的一分钱一块的硬糖。那时有糖吃便是很大的奢侈了。我把糖取出来,捏在手指尖上,我看到小三子的眼都放光了。我和他讲好了条件,让他必须坐着不动慢慢地把糖含着吃。小三子终于坐在墙边安静地吃着糖了。小三子轻轻地含着糖,身子有点晃动,但不出声了。我继续捏着针缝补裤子。我很快便能准确地刺到我要刺的方位,但我还是笨拙地让针缓缓地刺过去,慢慢地把针抬起来,让线缝紧补丁破口。在小三子含完两颗糖的时候,我补好了破口,我的手指在补丁上轻轻地抚过去,他的神态在我的感觉中,感觉凝在手指上,轻轻慢慢地抚过去。手指下有着高低不平凹凹凸凸的立体感。我微闭着眼,感觉中是粗大的手指缓缓抚动的形象。

　　我习惯了站在门口,看着他的三个孩子顽皮。很快,我又发现了小二和老大的破衣裤。我采用了各种方法,让他们上我的楼,让他们脱下衣裤让我缝。我准备了糖果,每次两块,以求他们的安静。后来,我发给两块糖果叫他们下楼去玩,让我一个人静静地用手指捏针,缝补他们的破衣裤。这是我独自在家最大的兴奋。每次只要坐下来捏着针,提着裤子,对着那一条破口,我就有一种迫不及待的冲动,一种迷迷惑惑的沉醉感。以后,他的孩子只要衣裤上有一点破处就拿来给我。再后来,三个孩子在家里翻找出了他们父亲的破衣裤来找我,以从我手里换去糖果。有那么一段时间,我已习惯了从他们手中拿到破衣裤,坐下来缝补着感受着。我觉得我和他的家靠得很近,我和他靠得很近。我不再觉得他的孩子是"皮蛋",他们一个个的脏乎乎的花脸一点也不难看,都显得那么有趣。我怕看到他,又想看到他。只要看到他歪斜着头走进巷子的样子,我便会生出一种奇异的感觉。

　　只要有几天他的孩子没有拿来破衣裤,我就站在门口,看到三个孩子中的任何一个,便用眼光招呼,用眼光询问。没有破衣裤的时候,三个孩子似乎都忘了我,他们在家里哄闹,就是闹出门来,也是奔着跑着,不理会我,也不停下来看一看我,全不管我的眼光跟着他们。他们一玩过头,便互相拽着拉着,一旦有谁的衣裤被拉扯破了,一旦响着了刺啦的布破的声音,哄闹便戛然而止。那个破了衣裤的孩子便露出得意快活的神情,当着其他两个兄弟的面脱下衣裤,来到正等着的我的面前。为了嘉奖孩子给我带来的激动,他们从我手上拿到的糖的数目从两颗加到了三颗、四颗,直至五颗。我把我所有的零用钱都拿去买了糖带回来。那段时间孩子中流行集糖纸,于是我买的糖果也尽量花花绿绿的。我看到三个孩子有时会把糖纸拿出来比着、对着、数着、斗着,争显着富有。这在我的同年龄的人之间也流行,而我对这样的玩意根本不在意。

有一次,我站在门口的时候,正看到小三子从巷口走回来,他是玩弹子输赢糖纸去了。我和他对一对眼光,便知小三子把糖纸都输光了。他的眼中带了点对糖与糖纸的渴望,而我的眼光同样也带着渴望。小三子的眼眨巴眨巴了一会儿,突然便跑进他家的门里去了,没多长时间,小三子又跑出来,身上穿着一条短裤,手上拿了一条长裤。小三子把长裤丢在我的身上,就向我伸出手来。我看到那条长裤上,裂开了一条口子,那条口子上是齐齐的光边,没有平时破布的毛边。我立刻就想到了这条破口的缘由,我红着脸,我什么都没有说,我只是转身进房,我给小三子选了几颗糖纸特别漂亮的糖果。

在我的针下,破布口子拢起来,我的针已经能够很顺当地刺到要刺的点上,我在习惯中尽量把针脚缝细了,缝密了,时不时地停下来,带着了一点欣赏的眼光看着缝得平整的针脚。我一针一针地每一针都缝到位。我其实完全能很快地缝完,但我还是慢慢地下针,慢慢地出针,延长着缝针的感觉。我独自坐着缝着,最后,再抚着那补好的补丁,手指缓缓地笨拙地抚过去抚过来。无数的感觉都在我的身体间晃动,无数的意识都凝作一点。慢慢地我的想象自然地进入了那个夕阳辉映下他在门口缝衣服的情景中去。我化入那个情境中,我在那个情境中流连忘返,像过足了瘾。从那个情境出来后,便会觉得情绪兴奋饱满,也会有一点失落感。我觉得我已无法离开对那种情境的感受了。

整个长长的暑假,我都沉湎在缝补的情境中。我在母亲面前装着天真活泼的样子,在她有时关注的眼神前装着若无其事,而我的内心恍恍惚惚便进到习惯的情境中。我有时会迫不及待地渴望着那一刻,迫不及待地进入那情境中间。每隔一段时间那种渴念便浮起来,如同饥渴,如同烟瘾。我会烦躁不安,我的内心里仿佛有许多的东西摇晃着、动荡着,那种感觉拼命地升浮上来。偶尔我站在门口看着跑来跑去的三个孩子穿着满是补丁的衣裤,我清楚地看着那一处处经我手指缝补的地方,那上面似乎还浮着我的感受,那些感受片片块块地晃动着,让我有一点莫名的意识。然而,我并不去深究这点意识,我只是渴求着自己进入那个情境。

有一天,我站在门口等待的时候,我突然感觉到了巷子尽头的那间房子里的特别的安静。我的感觉总浮游在那扇木板门里的暗蒙蒙的屋间,我有时凭里面的一动一静便会知道是哪一个孩子的脚步声,是在楼上还是楼下,还是在楼梯上,是碰撞了哪一处的哪一件物品。现在这些声息都没有了。我有点怀疑我的听觉,那里不可能没有声息的。

接着的两天,那间屋里还是没有动静,不管是白天还是晚上。有时我坐在楼上,会恍惚听到有哄闹声,跑下来一看,还是静静的。小巷里间或有两个退休的老人聊几句天,他们向我投过浑浊的眼光。我终于看到他走进巷子的身影,他还是脸略斜向左边,头有点向前冲着般地前行。我真想张嘴问他一声,他的那些孩子到哪里去了?但他从我的身边走过时,我一下子便说不出话来。我只有眼睁睁地看着他侧背的身影,那副斜着的宽肩膀,那件总是穿着的旧青布上衣,肩上接缝处发了毛,显着灰灰的暗白色。我张了张嘴:"你家……"我是发出了声音,不知是我声音轻了,还是他根本没在意我这个女孩,或许是他心里有事。他步态毫无变化地走向前去,走到他的门口去。我就失去了再说话的机会。我还从来没有开口和他说过话。我几乎没见过他和巷子里的人说话,偶尔与人目光相对,也最多是点头招呼。我快快地转过身来,觉得如果他回转身来看到我的样子,肯定会认为是很难看的。我嘴里重复念着:"你家……"把两个字的声音念响些,再念响些,不住地念着。我感受着当时我说话的样子。我觉得我肯定是蠢得不得了。我的脸热着,浑身都热着。

这么过了两天,我实在忍不住了,我慢慢地散步似的走到巷子尽头,对着那间房子看了好一会儿。他家的一扇薄板门关着,搭口上钩着一把铁皮锁。我把身子蹭到门边去,注意到周围并没有人,我就去拉锁,我知道这把锁只是做样子的,是防君子不防小人的锁。我曾看到过他没用钥匙手一拉就拉开了锁。但我拉了两下都没拉开,锁扣像有弹性地弹着。我屏着气使了一点劲,锁很响地拉开了。于是我很快地钻进门。我把门掩上的同时,便嗅到了一股强烈的味道,被闷着的带着潮湿和腐酸的味道。一种和我家截然相反的味道,我和我母亲生活的房间里气息是淡淡的,而这股味道是浓烈的。虽然我已从他和他三个孩子的衣裤上嗅习惯了这种味道,这股强烈的味道还是使我晕了一下,使我的胃本能地反应了一下。我镇静下来。我感觉这味道让我沉醉,我很快习惯了浓烈的味道,我还多嗅了两下。我把楼下都看了,很简单的一张桌子和几张凳子,似乎就没有其他东西了。朝巷子那边沿下去的一个半间矮屋,就是有木板窗的那半间,黑洞洞的,里面放着一张床。我脸上带点笑,似乎随时迎着突然从床底下或者哪个角落里钻出来的孩子。我小心地爬上楼梯,那是一张竹梯,晃晃悠悠的,梯边缠着几根锈铁丝和黑麻绳。楼梯上面是个勉强能抬起头来的阁楼,有个老虎天窗,从上透进来一点光。阁楼上放着一个柜子和一只旧箱子,还有一张床,床头床脚都乱乱地搭着衣裤。还有些小杂物随便地堆放着。三个孩子是出门去了,我以后才想到那些孩子是到哪一家亲戚家去了。当时我不会想到什么。我的头是晕晕的,意识都在大脑皮层上活动,顺着一点指使、一个驱动。我走过去把一件件的衣裤都翻看了。随后我又翻开了柜子,接着又打开了箱子,我把里面的衣物都取出来,开始我的手有点不听话地抖动,慢慢地顺了,安定下来。我把取出的衣物按习惯一件件叠好再整齐地放回。我发现几乎每一件衣裤上,都有着我补的补丁的针迹。每一处我都用手轻轻地抚了一遍,再叠整齐放进去。那许多的曾经我手的衣裤,全都堆在我的眼前,它们溢着我嗅习惯的气息,袒露着我看习惯的样子,一种从心中喷涌出来的热血,在我的体内上下流动,最后都涌向了下腹部,我在那里感到了一种从来没有感到过的反应,从我身体内发出来的一点气息溢出来,混合在眼前的衣裤上。

我不知我在阁楼上站了多久,我没有感觉到从天窗透进的光,已经黯淡了。我只是抚着一件件衣服一条条裤子,再把它们齐整地放进柜子。突然我感觉到了一股浓重的味道,同时我下意识地转过身去。我看到楼梯的口子上,站着他。他到底什么时候站在那里的？他站在那里,背着亮,脸上是阴暗朦胧的。我一下子怔住了,我觉得一下子下腹部发着紧,身子发着软,而脸上发着热,仿佛上身的血都在脸上奔涌,而下部的血都在下腹凝结。我只管盯着他的眼睛,他的眼在阴暗中显着两点亮蓝。我想说什么,但我还是说不出来。我想不到要解释,也想不到要表示,我什么也想不到,我只是望着他,我的身子只有我感觉颤动着,如高热以后一般发着软。

我感觉到他在移动,在向我走近。我一动不动地站着,我感觉他动得很缓很慢。他伸出他的手来,他的手指抬起伸过来,在他的手指下,我化作一根针,由他捏着而动,我化成一片布,显露着破口。他像抚着布的补丁,抚遍补丁的上上下下。一切都任由着他,任他抚在我的脸上,我的身上,我的一切地方。我像挂下的布一样微微颤动着,如垂落着的针一样微微颤动着。

突然我感觉到了箍在我身上的力,很粗重的力。我被箍紧了。同时,我的眼前出现了一片浓重的阴影。带着阴影的脸,蓦然放大了,显粗了,前额耷拉着散乱的黄灰头发,拱起的鼻子边带着凹点斑点的皮肤,都合成一片阴影,阴影加深了,而一双变得很大的眼,里面露着红彤彤的两个火球一般,红到发暗,也融成一片阴影。阴影向我压下来,接着是一股近乎风箱般的呼吸声,喷着黏湿湿的一团,贴到我脸的皮肤上。我一时不知是怎么回事,也许是出于突如其来的本能反应,也许是突然想到了多少年中明的暗的接受了的关于流氓的话语,也许是害怕极了,我觉得我身体内的一股流动着的气,浪漫地流动着的精神之气,被一下子挤压出来,从嘴里喷出来。我也没想到从我嘴里出来的声音会那么大,我很长时间都听着我自己发出的尖叫声的回音。那回音在阁楼上回旋着,他被那声音震出去了好几步远。于是我看清了眼前的他,那些放大了的阴影中的蒜头鼻子和斑点毛孔、发红的眼睛和花白的头发,都那么清晰地显在我的眼中,而我尖尖的声音在那形象上回旋般地,削剥着一层一层,永无止境似的回旋着、削剥着。我体内所有凝结在下腹的热力,都仿佛从嘴里一气吐了出去。我一时间觉得身上有一种寒彻入骨的冰意。以后的多少日子里,我的梦境中都会回到这一幕,我仿佛还能听到我的回声。我的感觉中满是他放大了的脸。梦里我想着,他应该举起他的手来,用手指朝我晃一晃,也许那声音就停止了。我自己也讨厌那声音,却无可奈何地听着那回音。

没几天,在暑假结束前,三个孩子回来了。我又听到了他们哄闹的动静。我独自在楼上的房间里。我对着打开的书看着。我听清了母亲对我说的话:要开学了,该复习复习功课了。再以后我就上学又开始了校园生活。那一学期中,我真正感到了自己的沉静,我想快活但做不出快活动作来。我总是很晚才回到家中。我的心里总是空落落的,什么也都没有兴趣。我真正地感觉到在我周围的学生的浅薄。我真正地明白了早熟的意义。

到那年寒假,我再回到家里,我看到小巷尽头的那家人家出进着一个瘦高个子高颧骨的女人。她的脸永远是挂着的,永远是一种悲哀的神情。他家的三个孩子也似乎一下子变大了,在家里出进的时候,都显得文文静静,不再听到他们的哄闹声和嬉笑声。我对他们已失去了兴趣。有时他们还会在没有大人的时候,朝我挤眼笑闹一下,倒步蹦跳一下,我都只是看一眼,没有任何表示。我自己也觉得自己太沉静了。

那以后两年吧,我面临毕业,上山下乡一片红。我踏上了社会。在我身上和在我周围都发生了许多的事。发生了许多的事后,我偶尔再回想到那一段事,我觉得很奇怪,我怎么会那么喜欢缝补补丁的,而且是补着那样的衣裤。我搬过一次家,偶尔回原来住过的地方,在旧家门口就嗅到小巷尽头人家的气息,当初我怎么会嗅习惯了的?

那也只是少年时的一些感受了,离开那个时间也已经有二十多年了。

十一

秋季里的一个星期天,雅芬把电话打到图书馆来,邀我到她家去。她在电话里说她的丈夫出差去了,她的儿子又送到母亲那里去了,她说她的家里静得让人害怕。她用了"害怕"这个词。她知道我喜欢安静,平素不喜欢串门跑人家,不愿与人寒暄交往,就是她的家,我也是极少去的,她的那个丈夫我只见过一次。她如此说,我也就去了。

雅芬出来开门的时候,正穿着一件睡衣,长袍式束腰的睡衣,满面精神,根本没有一点害怕过的表情。房里响着轻音乐,她舒舒坦坦安安怡怡的样子。

我在铺着镂花纱巾的沙发上坐下来,雅芬过去拿出了一个说不清是饮料还是酒的瓶子,用手夹着两只玻璃杯子,问我想喝些什么。我也有一年多光景没到她的家里来了,我发现她的家里从装潢到摆设都换了不少的物品。而她的喜好也添了不少。她的动作和架势都像我曾经从外国电影上看到过的生活镜头。后来雅芬开了电视,我很快从国内电视剧中看到这种场景和动作。雅芬模仿这一点时,似乎总显得很在行,比国内电视剧的演员还多了一点味儿。她坐下来,用手指托着玻璃杯的架势,都很是舶来品的味儿。

"我和你不同,我是一个人怎么也安静不下来,我总要找一点事做的。"

雅芬斜倚着沙发,声音有点懒洋洋的,也如仿着的味儿。雅芬曾经对我说过,她如果能像有的女人一样退职下来不上班做事就好了。她说她就烦在单位里所谓的工作。她从议着要帮我找的对象,议到对象的标准,最后议着了她的丈夫,便有了她的一番感慨。

"这'事'与那'事'不同,此'事'与彼'事'不同,字义和内容完全不同,不能等量齐观。"雅芬绕着字眼。她喜欢绕字眼,总是兴致勃勃。确实,我没有见过她有安静的时候,有悲哀的时候。

她啜饮一口杯中的说不清是酒还是饮料的有色液体。在她眼里我总是一个忧伤的陷于毫无意义的事中的独身女人。所有的一切就因为我是独身,缺少一个男人。

"我真不知道你怎么能够安静得下来的。你做的事,都不是该做的事。当然也是事,说来说去,不是自己的事。人应该是自己的,起码应该是自己的。你就是你,你必须首先是你。你没有自己,你失落了自我。你做的是些什么事呢?收书借书,把书从这个人手中拿了,放到书架上,再从书架上取出来,放到那个人手上。这里面,书,书架,这人的手,他人的手,都通过你的手,你就做着手与手交往的事。你的手都在忙着不是你的事,做着非你的事。你却那么安静耐心地做着非你的事。你却不会感到难受。你觉得那就是你该做的事,完全需要去做的事。其实那不是需要,其实你的需要是为自我做事。你需要做的事,如倒一杯酒,自己能喝,如开一下音乐,自己能听着。真正的必须要做的事,就是这样的事,是自我的事。这才是你需要做的。

"你会说,这是享乐主义。中国就是主义太多。人的生活就是要享受,享受是人最需要做的事。或者是围绕着享受而必须做的事。就拿喝酒来说,喝酒是享受……你不喜欢喝酒,我就拿吃饭这件最根本的事来说,吃一顿好饭也是一种享受。有时为了吃到好饭,就只有花工夫去做,需要买需要烧,做饭就是做事,这就是围绕享受而必须做的,这就是为了自我的享受必须做的事。做和吃,都是事,但吃是根本,也就是说享受是根本。为吃饭而做的买和烧的事只是为了吃而不得不做的事。弄清了这一点,弄清了根本,我们便尽量省略和减少不得不做的事,比如可以省略买菜做菜的过程,直接到饭店去吃饭。再比如旅游,看风景是一种享受,为了看到风景,我们要走到景点去。这一段旅行之路,是我们不得不走的,这一段旅行时间是不得不费的。为了减少这一段'事',我们可以坐车,为了再缩短不得不做的事,我们还可以坐飞机。社会的发展是什么,就是缩短我们为享受不得不去做的非享受的事的过程。当然为了吃,不但要买要烧,还要有收种的事,还要有养牲畜的事,种出吃的来,养出吃的来,酿出喝的来,都是不得不做的。但不要忘了做那些事都是为了享受而派生出来的。就因为这样,很容易混淆两类不同性质的矛盾,这两类性质总会被混淆。就因为我们去种我们去养的同时,我们做事而生产出来的就不只单纯供我们自己享受,于是便有交换等等商品社会的概念出来,乱七八糟的概念都出来了。于是这中间还有一个更重要的东西出现了,那就是钱。钱这种第三必需类的产生,竟然在很多的人那里成了第一需要。以抓钱的事为目的,而迷失在钱里。整天为了挣钱的事,忘了钱只是为了享受这第一类的事。为了钱而去做做不完的事,那是很低级的人,是很想不开的人,是很庸俗的人,是很愚蠢的人。还有一个精神的问题,悬空起来的精神问题,也是派生出来的一个为我还是为他的问题。提出这个争论,都是为'他'就失落了'我',忘记了最根本的自我享受,每个人都没了自我,也就没有了为他。还是那一句话。你会认为完全是利己主义的。其实都不为'我'享受,那么提倡者很可能便是最大的利己者。都混淆了两种性质,忽视了自我的人生,也就被最大的利己者利用了。

"上次给你介绍的那个男人,他其实对你很满意的。他很喜欢你的气质、你的谈吐和你生活的背景。他说,到后来,看你那么本能地奔跑去扶那个要跌倒的小孩,并和小孩的母亲争着扶小孩的时候,他说他有点吃惊。当然,做好事没有什么不好。你是去做'事',但你做的事和做事的本能性,使他觉得和眼下这个现实社会很远。他认为你做的事不能说不对,但作为伴侣的话,他就……他就朝我摊摊手。我明白他的意思,正是我和你前面说的,你在做'事'。你出于本能和习惯做的事,却不是根本的本能。同时你做得太热衷了,你被以往做'事'的概念弄迷失了。用时髦的话说,那还是一种传统的,完全不适应改革时代的概念。你被传统教育束缚过头了,让不得不做的'事',形成了你做的习惯的惯性。生活在你身边的男人,除非把你当工具,否则他会无法忍受的。"

雅芬在那里喝着酒,时或动一动身子,让自己坐得舒服一点。她似乎一直在说,在与我争辩着。我弄不清是不是说了自己的观点,是不是说了与她的话相左的观点,是不是说了被她的话所驳斥的观点。她像一个牧师一般,假设和诱发我潜在的观点,并与之争辩着,滔滔不绝地争辩着。她一气说那么多的话。在我的感觉中,只要和我相对的人,都会对我说很多的话,都会说得滔滔不绝。眼前的雅芬还有冯立言,我不知是他们因为对着我才会说很多的话,还是我因为他们能对我说着那么多的话,而和他们相交。

　　雅芬说着话的时候,神采飞扬,一改她懒洋洋的样子。她握着酒杯的手不停地转动着,红红的酒液映着她的手,她的手指微微地抚动杯颈。她的手和她的身子一样显得丰腴白皙。我偶尔想到,她对我说的那许多的话和帮我做的找对象的事,是她所说的哪一类事呢?是第一类,还是第二类,还是第三类呢?肯定不是第三类,似乎也不是第二类,那么,能搁在第一类中吗?按她做事的原则,除了不得不做的事,便应该做第一类事。那么她从为我说话做事之中获着怎样的享受呢?不过,我还是很愿意接受她的一切,作为朋友所做的一切,是很难得的。我并不去多想为什么,在这个问题上,我没有雅芬想得清楚。她对问题看法的清楚也让我吃惊。我很愿意听她说话,她的声音脆脆的,和冯立言有点沙哑的嗓音不同,听着的时候,便有点恍恍惚惚的。我也弄不清自己应着了什么话,也许说出了口,却忽视了自己的声音。有时也忽略了她到底说的是什么,她的话只是在声音里透过我的听觉。

　　除了和冯立言在一起,我都好像自己感觉不到自己。

　　雅芬说了一会儿话,放下酒杯,提议去超市买些菜回来,晚上可以好好饱一饱口福。我们于是就上了街。雅芬领我出了宿舍区,前面是一条大街,她领我在街上一家家商店里转。我平时没有买东西的习惯,是从不转商店的。就是进了商店也总是直奔所要买东西的柜台。雅芬却很有兴致地走进经过的每一家商店,几乎转遍每一个柜台,一边看着,一边议论着柜台里的商品。

这么转了好一段路,我感觉中的时钟指针转了一个圈,便不由得说一句:"你这里离菜场真不近。"

"不远呀。"雅芬应着,随后她笑起来,脸上浮起快乐的色彩,"其实直走过去也就十来分钟吧。如果费十来分钟赶着走,这便属于我说的第二类事。现在我们逛着街,就把这个过程化成了第一类事。你不认为女人逛街是一种享受吗?不就像看风景一样吗?你应该懂得欣赏街景,看一个个商品橱窗,便是欣赏美的享受。对人的教育就是要拓宽第一类事的区域,也就是拓宽享受的区域。比如欣赏音乐,欣赏美术,欣赏影视,欣赏各种艺术的美,欣赏各种自然的美。多拓宽一种,享受的区域就宽泛一片,也就给人多一种享受的可能。要不接受高等教育干什么呢,就为了可以多挣钱吗?"

雅芬在街上又说开了,她说着的时候,神采飞扬,也就没有进商店去。

从菜场买了菜回来,雅芬拉着我在厨房里,她一边烧着我拣的菜,一边和我聊着天,展开地叙述着她的观点。有时她会停下炒菜的铲子,铲子在她手里像酒杯一样转着。我示意她锅里冒烟了,她才转过身去,手上动着,嘴里还说着。

晚饭的菜不少,雅芬望着满桌她自己烧的菜,嗬地叫了一声,眼睛放着光亮,嘴里发出一声快活的吸动口水的声音,拖着长长的尾音。我被拉着喝了一点酒。喝了酒的雅芬,脸红起来,在她白皙丰腴的脸上出现了两块红晕,真可谓艳如桃花。她不住地说着什么,似乎说的什么她也含混不清了,只是重复着她的第一类、第二类和第三类事的话题。一直吃到很晚很迟,杯盘狼藉。她对我说,我是她最好的朋友,最谈得来的朋友,是知音,是红颜知己。我从来对喝酒有一种负担感,有一种内在的排斥感。但酒喝下去,从不会影响我清醒的意识,只是感觉中有点微醺,微微地晃动,意识到时间在流转着。我不喜欢无所事事地流转时间的。

　　天色已经晚了,似乎有点醉了的雅芬,叫我今天不要回去了,就和她一起睡吧。她说到"睡"的时候,带着一点醉意的暧昧味儿。她半闭了眼,脸上的神情因酒而夸张着。躺下来的雅芬,继续亲昵地说着朋友知己的话。她说,我们都像是同性恋了。雅芬突然显得很亲昵地问我,感觉没有感觉过同性恋。她的话因为酒而更随便了,也带着我的感觉随随便便地放松着。我也笑着。不知是酒的原因还是我自己的内在也想放松。雅芬说,要说同性恋的话,也真算是同性恋。她说她老会想着我。只有我这个同性朋友老在她心里。可是她也弄不清,同性之间的友情和那同性恋的感情会有什么不同,同性恋到底会有什么样感觉的享受。

　　"你伸手过来抚摸抚摸我,看是什么滋味。"

　　她仰着脸,朝我媚笑着。懒洋洋的笑,她的脸上带着玩笑似的神情。她的脸由于保养得好,显得细白,泛出一种潮红,如涂了胭脂的色彩。她平躺着的身子显得很丰满,到处都饱满地隆起着,丰满而柔软的形态。我就朝她伸过手去,我的手顺着她的脸抚下去,真是如脂如玉。我的手指有点震颤感,我从来没有过这种触摸的感觉。我的手下是柔柔软软松松暖暖的。我努力屏住了自己的感觉,也不让意识流动。我的身子想向她靠近,我想拥住她,我想向柔软松暖的躯体靠近。她却突然笑了起来,大声笑起来,她的身子直摇晃着,头也晃动着,笑声很尖很脆,我的手不由自主地停下抬了起来,她才收住了笑。

"不对,不对,真不对劲,你的手指把我抚得痒死了。我就怕痒。到底和男人的手不同。不对,到底不对的。"

雅芬尖声地说着。她说我们还是算了,只能是同性朋友,没办法做同性恋的情人的。她又说,不对的到底不对的。她在快睡过去的时候,在我耳边说,她一定要给我介绍成一个男人。她说时把一条胳膊搭到我身上来。

十二

去雅芬家后的几天中,我每次早晨起床都会晚上两分来钟,仿佛感觉中的那只钟的时间只快了七分多钟。那指针在两分多钟内虚移着,我闭着眼睛去意识它的时候,能感觉到它仿佛被卡住似的,很艰难地摇晃着。我很想用手指去帮它一下,我在感觉中,举起意识的手指伸过去拨着它。

那几日,图书馆里也不怎么安静。我能感到仿佛有莫名的动静。仔细听也是习惯的声息,似乎只是许多的书页在翻动。我不知莫名的动静是从哪来的。小姑娘马晓晴又已经有好几天没有在资料室里露面了。我去书库取一本资料书的时候,朝旁边房间的门里看一眼,那些房间里的人面前照例都有一杯水,过一段时间,他们照例会议论几句什么,多半议论的是当前社会上的所见所闻,那也是我听习惯了的。我想那莫名的动静乃是缘于我的心。

在书库里,我看到了陈馆长。出于对领导的尊敬,我习惯用眼光招呼他一下,这是我从小受的教育的结果。陈馆长朝我看了一会,他看着我把书插进书架。书架那一头的书有点斜倒,这一头就显紧了。我走过去,把那边的书摆摆直,再回转身来,到这一头把书插进去。我做这件事的时候,显得很有耐心。我能感觉到陈馆长在一边看着我的眼光,到我侧身想要离去的时候,陈馆长发出了一个声音,我便站住了。我掉头看他,只见他眼中含着了一点特别的眼光。陈馆长总在整个馆里走来走去,偶尔找人谈一谈话。他找人的时候,都带着这点特别的眼神,仿佛隐着许多的神秘。陈馆长的额头显得特别宽,皮在额头上绷得很紧,这使他的眼有点儿朝里抠,射出来的眼光深深的。他朝我抬起了一只右手,几根手指贴在脸边上搔痒似的动一下,便回转身去慢慢地走。我明白他是叫我去,我就慢慢地跟着他。他有几次都是这样叫我去的。

他并没有走回他的办公室。他和我谈话一次都没在他的办公室。我都有点弄不清他的办公室究竟在哪里。书库隔着好多个房间,好多个房间都有着一排排的书架。他进到旁边的一个小的房间里,看到那里没有人,便引我进去。他把门掩上了,做这些动作时,他的眼光中含着那点神秘。他只是找一个无人之处,其实大书库里也没人。他只是找一个小的地方。他喜欢在一个小的地方谈事。

"你发了文章吗?"陈馆长这么问我。见我茫然地望着他,他重复说着,"文章?……谈书的知识的……印成铅字的……"

见我还是没有反应,他很细微地动了动头,发出一个叹息似的声息,仿佛便要结束这一次谈话。他走向门口,靠近我的时候,便又轻声地问:"知道要评职称了吗?"

应该说,我知道评职称的事。我曾听图书馆里的人说到过,这已经有好些日子了。一度我的耳中常听着"职称"这两个字。我也听他们说到过,社会早已评开了,只有图书馆给延搁了。所有的话都只是在习惯的议论中,我觉得离我很远,并没在意。

"按说你应该是可以评高一点的,但评职称是件复杂的事,不光在于实际工作,评委看重的是文章,不管什么文章都能算,只要是印成铅字的。你找一找吧,好好找一找,不管是什么,只要印成铅字的。"陈馆长的口气中带着关心,带着宽松,又仿佛让我去找一本不知放在了哪儿的内部资料书。

我知道职称是怎么回事,雅芬曾经给我介绍过一个听说是刚评定了职称的男人。一开初评的职称是很香的。那个有点秃顶的男人,一个劲地对雅芬说着他的职称是怎么争来的。听他说起来就像是经过了很大的一场战争,他口气中满是得胜归来的荣耀感。后来我听清楚了所谓评职称,便是给每个工作的人评一个有高下之分的档次。图书馆有助理馆员,算初级职称;有馆员,算中级职称;有副研究员,那是副高职称;有研究员,便是正高职称了。有一段时间里,馆里老有声音说到初级中级副高高级的,似乎也有好长时间了,都已经显得淡了。很淡的事情现在由陈馆长口中说出,似乎一下子逼近来。

坐回到资料室的那张椅子上,我面前是一本打开来没有看完的外国书,书中讲一个新当权的国王下去体察民情,到处是很穷的地方,那些食不果腹的老百姓,都惧怕上面的威势,见了官们说话都是战战兢兢、唯唯诺诺的。于是国王想到精神是一个民族的根本,那些官的腐败也都起源于人民的精神不强。于是国王开始实施一种民主的措施,让老百姓可以大胆地揭露官们的罪恶,可以大胆地议论天下大事。结果老百姓民主了,都有了民主思想,最后推翻了国王的统治,把他送上了断头台。

这个故事对我来说,并没有太多的意义,看到国王要用老百姓来整治官们的时候,我就想到了结局。现在我看书很少发现有激动我的新东西。我仿佛早已接受过了。我还是对着这本翻着的书看了好一会。我想假如我来写一篇评介文章,我可以由此谈到许多方面,谈统治术,谈社会发展,谈民主,谈腐败,谈历史,谈哲学。从哪方面都能谈,许多的文章就是这样产生的。恍惚我也是写过这类文章的,它们仿佛是我流动过的思想。然而这类文章我基本不看。我只看本来的故事,本来的故事是第几类的事呢?

下午,资料室来了一个戴着眼镜的男人,他的脸很小,一副眼镜几乎盖了他大半个脸。他一进门便很快从口袋里掏出名片来,递给了我,还过去给秦老师也发了一张。秦老师半起身拿了,看了看,放在面前,依然抚着面前的旧书页。我似乎见过这个男人的脸,想他大概来过资料室。我又疑惑自己是记错了,我有时会感觉到所有来的人都是大致的模样,都仿佛见过了的,都仿佛在什么地方接触过了。在资料室里多见的是介绍信,还难得见发名片的,出于礼貌我朝那张名片上看一眼,看到一个很难记住的名字,旁边却很醒目地印着几个黑字:二级舞蹈家,后面括号中是"副高"。

有一点奇怪的感觉在心里流过去。我又看他一眼。他的腿不短,身子却显着了短,那么小的脸,这样的形象能上台吗?也许他早先是上过台的,在他青春年少的时候。他在台上跳了多少年?跳到副高,需要跳多少年呢?

他又递过介绍信来,上面注明要借两本有关舞蹈形体学的书。他在我看书目的时候,向前俯着了一点身子,他的声音一句高一句低,很像是在跳着舞一般。

"舞蹈的美,在中国还不能流行。关键在于解说不够,宣传不够,每一个动作都是可以分解的,都有着编舞自己的意思,编舞的想象通过舞蹈者跳出来。只有当人们理解了那个舞蹈的语言,才能真正理解舞蹈的美。否则舞蹈者在台上跳得起劲,而台下的人只知道他跳得起劲,看到他多转几个圈,就鼓鼓掌。就像现在看京剧,到武戏开打时才鼓掌。其实京剧的开打水平比武术师要差,甩枪也比杂技要差,京剧的美在一唱一做上,现在的人很难理解。所以,京剧和舞蹈一样,眼下最关键的是缺乏解说。知道了才能理解,理解了才能欣赏,欣赏了才有兴趣。所以关键在于解说,我就是在做这关键的事,这是根本的事。我写过十多篇这方面的文章,有登在杂志上的,还有登在报上的。舞蹈界都肯定我的文章,他们都重视宣传,所以我的副高职称申报,只差三票便是全票通过。一共是十个评委,通过必须超过票的三分之二,六票正好是三分之二,我是七票,这一票多重要。而超过的这一票,正是对我工作的承认,是认识到我写的文章比台上的舞蹈更具重要性。"我给他去拿书,我拿了三本新崭崭的书出来,一边细细掸去了上面的灰尘。他直盯着我的手,很快地伸过手来,用五个手指捏着了上面薄薄的一本,说:"就是它,就是它,你看,就是它。你们这儿有它,在这个国家级的大图书馆正有着它……"他吸了一口气,眼看着我,镜片后面映着光,他说:"这就是我写的书。"

晚上在外面吃了饭,散步回家,我总是习惯对着窗子独坐半刻。窗外有一棵白兰树,初春里在没有叶子的树枝上,会先开出大朵大朵的花来。慢慢地花萎了,落下来。花边发着萎黄,落在雨天里积水的泥地上。到暮春白兰树才长出叶子来,夏天里叶子嫩绿,到秋天,叶子变得深了,一种陈旧了的绿色。隔着一层纱窗望过去,在夜晚的灯光映照下,那里摇摇曳曳朦朦胧胧的一片叶色。习惯的色彩只是呈现在眼前,有时似乎并没意识到,并不在知觉中,却总能给我一片沉下来的宁静。

享受了宁静以后,我没有再看书,我打开了抽屉,从抽屉里翻到了许多写着文字的纸,那些变了色彩的纸使我觉得一种陌生的熟悉感,那些纸上的一个个字,也让我有陌生的熟悉感,那些字都是我曾写下的,我总会想着把自己看书时的一点想法写下来。我一个个字地写着它们,写得很认真。我的手指之下,出现那一个个蓝黑墨水的字,有清晰一点的,有深色一点的,有重笔痕,有轻笔痕。那些字都带着一点瘦削的秀气。它们一个个地排列着,组成了一些我所流动的思想。现在,我看着它们,很难想到它们是表达着我的思想,它们都分解了,成了一个个独立的字,勉强把它们组合起来,我实在不知是不是我的思想了。我对那些由字排列成的思想也感到陌生的熟悉,不知是不是从我脑中流出来的想法。

纸很多,翻出来摆了一堆,我费了很多的时间,去翻看一下那些字的组合。这算不算是文章呢?在文章中,显着了不少的意思,可以称之为思想吧?我也弄不清,那些思想是不是我从书里看到过的了。我也很难说它们就是我写成的。恍惚都是从别的书上流到我的脑中来,又流到我的手指下,流到了纸上。我又觉得那些书上的文字原是我纸上的字组合的,它们都到了书上。想来想去,我觉得头昏。我去取了一只钢精面盆来,我将纸点着了火,火很不容易起,烧着了一点,灭了,纸角上出现一点黑灰。又点着了,烧着了字时,字处还残存着一点字影。一张张纸放进钢精盆里,燃着了,冒着一点青烟,袅袅绕绕的。我嗅着那点烟气,感觉烟气里也有着一点陌生而熟悉的气息,仿佛就是那字的气息。燃烧的气息很快地进入我的思想,传燃着了我的思想。我很快地把纸丢进燃着火的盆里去,燃尽而破碎了的纸灰便飘起来,飘出盆去。那片片灰黑的纸屑上面仿佛还带着一个个字样。

听到有些叫喊声,远远的又如近近的,仿佛是那些被燃了的字在被读着,发着最后的声息,燃得快了,便都挤挤攘攘地发出喧闹声来。我嗅着气息,在气息中辨别着那些声息,后来凝成几个可以听清的字:着火啦,着火啦。接着,面前的盆似乎响起来,脚下的板也似乎响起来。响得当当当的,嘭嘭嘭的。我在诧异中,知觉到盆的响声响到了楼下,而板的响声又响在楼门上。我站起身,发现院子里有好多个人头朝上喧闹着。

"是不是着火啦?"

也有人在叫:"你赶快往下跳吧。"

我回头看看,我清楚了,是烟和火色引起了这一场喧闹。我对他们说,没事,我是在烧文章。他们都听不明白。门板还是在响着,我开了门,进来的人就给燃着的盆里倒了一盆水,水溅出来,在地板上到处淌着。带着一撮一撮、一团一团的灰黑纸灰。他们又过来看了看纸,说烧废纸哩。他们叫着。接着他们把我的房间前前后后左左右右都看了一遍。我的楼上还从来没有那么多的人来。他们奇怪地看着我,而我只是静静地旁观者似的看着他们。

人都走了以后,我动手打扫房间。那些化作小撮的纸灰,随水流得到处都是。我搬开沙发,搬开椅凳和柜子,用拖把去拖。在做着事的时候,我觉得脑中很轻松,浑身有轻松感。我只是在寻找着纸灰。屋角摆着一只纸箱,搬纸箱的时候,我发现纸箱里面,上层是几本书,而下层也是一些纸,那些发黄发卷的纸上,也是墨水印迹深浅不同的字。在另一角我搬柜子时,从打开的柜子抽屉里,也看到一大堆写着那同样笔迹的字的纸。在我低头去拖床下东西时,从放在床底下的容器里又看到了写有同样字迹的纸。

那些字都是我写的吗?我写了那么多的文章吗?是我用手指捏着笔,一个个字写出来的吗?时间的指针便在我的一个个字下转着圈,悠悠的,轻轻巧巧的,静静默默的。

第二天上班,刚在资料室做了上班后习惯的打水和扫地的活,就听小马在走廊里叫着:"开会了,开会了。"她像农村里叫着上工的生产队长,一个个房间敲敲门。到资料室,她进门来,在她常坐的椅子上斜身坐着,嘴里说:"开会了,要评职称了,肯定面临的是一场战斗。当年将帅评衔,也就是评职称吧,那些指挥过整个的集团军,让成千上万当兵的去冲,去杀,去死的司令,也有大哭数日,哭得昏天黑地,恨不能再战一场的……"我默默地看着她。她说话时,有一种抓住人吸引人的青春魅力。旁边依然整理旧书的秦老师虽然还低着头,但在动作上,也带着了停顿。小马抬起一根食指来,圈了圈说:"你们就等着看吧。"

她像进门时一样,袅袅而出,走过我的办公桌时,她看到了桌上的那张二级舞蹈家的名片,她把它拿起来,看了看,说:"这家伙肯定是评到了在炫呢。副高,哼,没听说'副高如猪(珠)满地滚'嘛。"

图书馆的馆会没有谈到评职称,坐在前面面对着馆员的几个馆长,轮流读了几个文件,而后说到要派人参加市里"蓓蕾工程"的送书活动。由吴馆长宣布名字,她先说了几句参加"蓓蕾工程"的重要性和光荣感。接着她戴上一副眼镜,慢慢地用手指着面前的一本名册,仿佛是随意点来,就点到了我的名字。她平素见着了我,总是认不出我是谁,也总不和我说话。我想她也许熟悉名册上我的名字的,知道是馆里的一个先进工作者。

陈馆长一直显着毫不知情的表情,听着读到我的名字,眼光便扫寻过来,眼光中含着和善和温情,又带着一点无奈。

我在"蓓蕾工程"送书组里工作了几个月。其实,那儿也没有多少事干,在那里的人,也多聊着天,让时针转过多少转。我是习惯在哪里做事,就钉在哪里的。我把书打起包来,在上面抄录着一个个地方学校的名称。一个个的字在我笔下流出来,用笔重了,墨水痕便深了,随手划过,纸上便是浅浅的墨水印痕。我会想到,墨水浅处将来会越发地淡了,淡成一点蓝痕,而深处便会变成一点黑印。我也会想到,那些学校所在都标着了很遥远的山区,山区里是一片片林子,就在林子的深处有几间石基土垒的教室,教室里是木板搭着的课桌,教室外面是一片空空的场,场边围着很高的白杨。我喜欢这么想着,也喜欢将那一本本新书在手下包起来。手指抚过新书光滑的封面,有着滑如脂玉的感觉。嗅着新书纸张与印油墨香,味道十分好闻。

到冬天,回图书馆的时候,职称也就评完了。

我一个工作多年的大学生,一般来说应该评中级职称的,也就是馆员。条件突出的也可以报副高,也就是副研究员。我没有文章,副高自然是无法申报的。但中级职称的名额有限,后来听说,评委们接见一个个争闹的来访者,细细地排名额指标,扳着一根根手指,算着能评进中级的人,似乎每个来访者在努力下都有可能的,没人听说到有我的名字,他们仿佛是忘记了不在馆里的我。可是宣布投票结果时,我却是全票通过。自然我还是应该评上的,似乎一切很公正。之后有许多认为职称评得不公正的信访,矛盾很尖锐。在馆里人的议论中,都会说到我怎么会评上的。但信访中却没有人提到我的名字,他们也许在行文时又忘记了我的名字。

我看着馆员的证书,想着:馆员。我和这里工作的人不都是馆员吗?

十三

到送书组后一个星期,我给冯立言打过一次电话,他不在,我本想挂了电话,那个接电话的却连连和我说话,问我是谁,让我留下言来由他转告。我就把手头的电话号码告诉他,并说就告诉他有一个姓宫的打的电话。那人说:"你姓共?"我听着好笑,说就是就是。他还问着我什么。我说:"请问你是谁?"他感觉到有点不好意思,含糊应一声,挂了电话。我想冯立言的机关里,如何会有这样好打听不讲礼貌的同事。我有点后悔打这个电话,弄不清自己怎么会打这个电话,并没有想好要与冯立言说什么,也许是离开了多少年工作的图书馆,到一个新地方的缘故。我来到"蓓蕾工程"送书组后,很快就安安静静地做着这里的工作,别人看我肯定是很容易适应的人,但我的内心会浮着一点临时飘浮的感觉,这大概便是我会在办公室里给冯立言打电话的原因。过去我从来没有告诉过冯立言图书馆的电话号码,我也从来没在图书馆里给他打过电话。因为我不希望他知道我的工作所在,他也遵从这一点。冯立言和我的交往从一开始便表现着君子之风,不告者不问,这大概也是我和他能多少年如此联系着如此相处着的原因。以前我给他打电话,偶尔也有别人接过电话,回答都是简单应酬式的,都没有表示过太多热情。这次听得出来,那人的兴趣是因为异性关系。这种异性感觉,我是对象,却又牵着冯立言。也就是说,电话那头的人对电话这头未能见面的异性不会有直接的兴趣。他感觉中的异性色彩,是存在于冯立言与我的中间。以前接电话的冯立言的同事,没有这种异性色彩的感觉,大概是因为感觉到冯立言此人不易有异性色彩的。我也认为冯立言根本不会有不正常的异性色彩。然而现在他的同事,对异性给他的电话有兴趣了,就是说他们对他产生了异性色彩的感觉,也可以说是他给他们生出了这种兴趣的感觉。

这点意味让我挠头想了一会儿。我不知道为什么,这会使我产生兴趣,似乎还有点兴奋的感觉。

后来,冯立言来电话了,听到了我的声音,便说:"是你啊?这就是你的电话吗?"

"不。"这样回答了以后,我接着告诉他这个电话是"蓓蕾工程"办公室的电话,我临时调在这里做事。以前我曾经随意地说过我办公的地方没有电话,这是一句实话,图书馆资料室里确实没有电话。我对冯立言从来没有说过假话,有的事可以不说,但不说假话,这是我处世的原则,我的这个原则往往在许多有好奇心的人面前行不通,特别是异性的好奇者,唯有冯立言虽然并没听我宣布过这个原则,却能在相处中理解着我这个原则。

"在新单位好吗?"他问。

"好。"我接着问他最近在忙些什么。他的问话中带着关心,但他的声音总使我觉得与以往有所不同。这是我很细微的感觉。

他说他最近确实忙着些事,说这句话的时候,他似乎犹豫了一下,我能感觉到他是不自觉地朝旁边看了一看,接下去他很快地说想和我见面谈一谈。

"是家事吗?"

"不……"冯立言的声音中依然有着犹豫。我能确定他是产生烦恼了,这种烦恼在他的工作场所无法说出。应该不会是他的工作。以前,我很少听到他谈起他的工作,他的才智和学识,做他那个机关的事,完全是绰绰有余了,他不会有烦恼的,也懒得有烦恼。他迷恋在家中,先是母亲,后是妻子。他习惯迷恋在一个人身上,只是顺从而从来没有逆反。所以他很少能让我感到他会有什么烦恼。那么会不会是因为异性呢?这我确定也是不可能的。我随口把刚才打完电话有关异性色彩的感觉对他说了。冯立言笑了,他说:"大概他们感觉到我产生了一点变化,于是,便会有探究原因的兴趣了。"

冯立言没再说下去,我也就没再问什么。我知道只要见了面他什么都会告诉我的。电话里,冯立言在问着我:"你……没什么事吧?"

我知道他因我突然打电话给他而疑惑,我并不喜欢男人太细心,却又觉得心境安静了不少,我尽量把声音弄得柔柔地说:"没事我就不能给你打电话吗?"

我们又说了一会话。几天来,办公室的人看我只是在做着大大小小的事,虽然"蓓蕾工程"队员都从各单位调来,却很快便都知根知底了,他们知道我还是独身,他们还没见我和一个异性在电话里谈许多的事,并带着了异性色彩的话题。我放下电话时,就感觉到他们的眼光,其中也明显带着对异性色彩的兴趣。

我又低头去写一个个字,写得认真和仔细。

不知是不是因为这一点感觉,第二天,组里有一个叫孙小圣的男子主动来和我搭话。中午时分,家在市里的同事都回去吃饭,我在食堂里吃了饭,靠在椅子上休息。孙小圣坐在我对面,寻着话来和我说。在一起工作,说说话也是常事。我应着他,以往单位里也有男人和我搭话,不过很快他们就没了兴趣。我想他大概也会一样。

孙小圣自我介绍说他是市农行的。组里集中时,主任一个个都介绍过,说起来我还记得。我想他是知道我是图书馆的,也就只对他点点头。他没有感到冷落,接着说下去。他说到他是中专分到农行去的,他那时年纪还轻,现在他已经是农行老职工了。他说现在分配很难进得去了,金融系统是热门,是金饭碗,有关系的都想插进去。他的口气中带着对单位的吹嘘,过分的优越感,还夹点牢骚。那都是年轻一点的男子所常有的,浅薄的味道含在其中。

我只是听他说着,他并不计较我的反应,只顾自己说着。我习惯默不作声地听人说话。我看着他的脸,他总是会朝上抬抬眼,抬眼时,额上显出一条条皱纹来。他身后正好有一个报架,从我的眼平看过去,一个报夹正好横在他的两肩头,虚了点眼神看过,便像平肩的扛着军衔的将军服。不知他说到了哪里,话题一转移到了我的身上:

"……你知道吗?在你身上有一种气质,一种高雅的气质,一种文静的气质,一种说不清的气质。确实是说不清,不在具体的表现上,而在你一举一动中,在你的表情中,微微的表情中……"孙小圣赞美着我的时候,他的表情变得深沉起来,他的语言也带着了色彩,而他的声音似乎也使人感到了一种男性的带点金属的声息,他的浑身都仿佛溢着激情。一点感觉不到他在刚才话题中所表现出的浅层次的错误。他的眼睛里闪着隐隐的光,直盯着对方,显着他的认真和执着,显着他的精神的层次,不由人不生出一种信任感。

"我知道你年龄应该比我大,因为我听说你大学毕业分进图书馆也有十多年了,但你不显得大,看不出你的实际年龄。唯有从你的举止中,能感到你的学识,一种书卷气,对,是书卷气……我总算找到了规范你气质的词。整个被书所染成的气质,使你看上去很年轻,就像个姑娘,未出阁的大家闺秀,对,对……"他显然是第一次用这样的词。寻找到这样的词来表达,他感到欢欣鼓舞,也让人感到他的真挚。对他全心全意的赞颂,不得不感谢美意。

我静默地听着他的赞美。由雅芬介绍过的多少男人,也有人很善言辞的,也有男子表述过他们的赞美,但像这样直白到位的赞美,我还是头一次听到。同时他还用着那么真诚的表情和动作。他伸出一只手的五个手指,边说边绕着圈,从左到右顺时针地转着,微微地转着,加强着他的语调。一开始的时候,我感到有一点突兀,觉得遇上了一个古怪的异性赞颂者,慢慢地,我也被圈进他的语调,能感觉到他的语调色彩,也能感觉到他的声音中的各种美妙来,觉得浑身有点微醺,暖洋洋的,软软地往下沉。脸上也感到有松弛感,从脑皮层往下松弛,像是得到气功的气感似的。

"说真的,我还从来没见过像你这样有气质的。你一进'蓓蕾'

组,你一进市府会议室的门,就让我的眼睛一亮。你并没有特别的动态,你就那么走进门来,你穿得也不特别,我都不记得你到底穿的是什么服装……我一向不计较别人的服装……只觉得你的服装很配你的气质。现在你穿的这件两用衫也配你的气质,这也是气质的一种表现。有的女人就是穿金戴银,穿最好的料子,穿外国名牌,也表现不出气质的美来。这是气质的选择,是什么气质便会选择什么样的服装。这是没有办法的事,俗气的女人只会选择俗气的服装,另外,就是她选择了高雅的服装,穿在身上也显不出气质来……同样我也没有注意你当时是什么动态了,动态和服装一样,也是气质的一种表现。仪态万方。大方是表现不出来的,包括坐、站、行、举手、说话,动态都一样,是一体的。这也是学不会的,除非她把内在气质整个改变了。

"从那天起,我就一直在高兴的气氛中,你不会注意到,我只要一休息,就会默默地看着你,有时也不需眼睛盯着,气质的感受是要靠感觉的……这个'蓓蕾'组都是单位派出来的,写写字,发发书,实在没什么情趣。但你写字发书都表现出那种气质。我想到,你肯定是经过了许多,得到了许多。你把经过的得到的,都化到了你的气质中去。你不再计较外部的荣辱得失。别人大概还不会理解你,但我从你的气质中了解到你。你会孤独,但你不会计较孤独。你会冷落,但你不会计较冷落。我还真没遇到你这样的,我欣赏着你的气质,也是一种难得的愉快。我不知道这是不是冒犯着你,但我还是要说,欣赏真正气质的美,对我是最大的愉快……"

他就坐在我的面前,絮絮叨叨地说着,慢声轻语地说着,调子越来越缓慢,越来越轻柔。他的语言是流出来的,仿佛是一种不假思索的习惯。在他身前轻轻转着的五根手指,转得也越来越缓慢了,带动着他的语调,调节着语气。我越发进入了他的语境中,他营造出了一种特殊的语境,那里也有着一种美感,难得感觉到的美感。我不知别人会不会感觉到这种梦一般的语境,却是呈现着灰青浅白色,夹着一点红绿点缀,一片一片,一团一团的色彩,有点像雾又映着一点明亮,清凌凌暖洋洋地混合着。

有两个同事说着股市用语走进来。几句夹着"牛市"和"大户"的词,硬生生地插进感觉中来。我从那种语境中出来,听到孙小圣也和那两位同事说到了股市。他的调子生硬,努力要插进他们之中去。我看他侧着半个身子,头完全转过去。他露着笑,用同样激动的神气,说起股市的语调。我觉得他是越发陌生。

我依然默默地写起字,填着一个个地址。我的心还老是会回到那已成一片模糊的语境中。我想到那只是语言的迷惑。七音迷耳,七色迷眼,我在一时的感觉中迷醉了。那本来就不是外在的,而是自己的迷醉。漂亮的话语总会迷人。我感觉自己还像是十七八岁的小女孩,喜欢听好听的话,把眼前的真实迷糊了。但我还是感觉到感觉的摇晃,一种醉意的愉快的摇晃,只是意识使劲地让我去抗拒那种内在的摇晃。习惯的批判意识、自省意识涌过来,牺牲着那些愉快的感觉。很像是和自己过不去。

我努力看着孙小圣变得很一般的脸,听着他平常俗气的调子。我想,我为什么不能享受一点愉快呢?

十四

　　这一次,和冯立言相约在贡院街。贡院街并非街,而是一个地名,那地方看来荒凉,却是我所喜欢的。几座古色的旧房,四周长着一棵棵松树,那是古松,树身满是斑驳干裂的树皮,静默地伸着树枝,在月光下遮着一片阴暗。树与树之间灰白的道映着月色,横着两三根可做座的石,整个地给人一种苍凉感。我素来对风景总不入心的,走在道间,也不由得想着一些感伤的古诗句,这些诗句的意境都已被繁杂的现实人生消化了。我想到我的心境是适宜着旧景的。然而心随境化,许多身边的景色都会变化流去,如过眼烟云。我的心中也有太多人世的现实感,这一点只有我自己清楚。

　　冯立言早到了一会儿,他的身边放着一架自行车,他就站在一条长石旁,那是在古松与旧房中间。他的身影与松一般静物似的伫立着,他的头发被风扬起,远远望去,如一片剪影静静地凝在月白的地上。

　　旧房是早先的贡院,经过百年的废弃,外形已经破落了。在几间破落的旧房边,却围起了一围铁栅栏,铁栅栏是新的,听说就要把贡院街整修,变成一个景点,也就可以获取一些旅游效益。那带点弧形的铁栅栏映衬了旧房,看上去显着了不协调,再移眼看冯立言的身姿,凝静中也显着一点动态。听到我的脚步声,他的身子转动起来,迎着我走了两步。第一眼见他,似乎他的容貌也带了一点动态,不像以往那样懒洋洋的。他说话时,声音让我回到悠悠的习惯感觉中。

"这里真是静默啊。"他说。

冯立言平素喜欢安静,他形容一处美景的时候,最大的赞赏便是宁静。而在真正的静景中,他又会感叹这种安静。我感到多少年中他安静的家庭生活总也难以使他心境宁静了,只有我才真正习惯了安静和孤独。

我和冯立言在石上坐下,石窄了一点,我们相靠着,我的手搁在他的肩上,一切都是自然的。我们在相见时经常是相依相偎的,却没有一点不自然的感觉。

多少年前,我们就说定了,我将永远是他的红颜知已。仿佛确定了无可更改的方针似的,当时我们认真而庄重。以后再没有产生过变化既定方针上的要求。也许当今整个天地间,就只存在我们一对单纯知己的男女。我记得当时他半躺在夜公园的一片草地上,他用一只手撑着头,还有一只手的手指在身前的草尖上轻轻地抚动,他的脸在月色星光下半明半暗。我身下也是一片青草。我的脸俯向着他说:"这个世界上过于复杂了,我们保持单纯交往,胜于一切复杂的关系。"在一片月光之下的公园,往往是山盟海誓所在的场景,我却在那里发表了如此的意见。在我感觉中的冯立言身子晃动了一下,他朝向我的脸瞬间低了低,添出了一点阴影,他似乎想说什么的,嘴只是动了动。于是这让平常人感到奇怪的关系便确定了。而有时让我感到奇怪的是时间,时间竟已流转了十年多了。在如此不变的交往中,我熟悉他胜于熟悉世上所有的人。我熟悉他的气息、他的声音、他的身姿、他的体形、他的动态以及他所有的一切。

今晚,按在他肩上的手,似乎能感到一点他身子里的异常。我想起那日看过的一本禅书,那上面说,六祖惠能对河里的船动现象与相争的和尚说:"风也没动,帆也没动,水也没动,是仁者心动。"到底是他的心动还是我的心动?

在这些日子里,冯立言注意到他的机关里发生了一些事,先是一个干部"下了海",到南方去了,都说他是做生意去了。南方早就是一个炫目的淘金地,去那里的人回来时,口吻都带着一点南方特别的语调,神情都显着被金钱涂成的金黄色。他们不屑地谈着内地的一切,奇异人们竟还能那般地生活。以前,我和冯立言曾谈到过南方,我也曾鼓动过他,以期他脱离他的母亲,但我很快便打消了那点想法,因为他整个是无动于衷的,那里与他的距离太远了,不论内在还是外在的距离都太遥远。毕竟还有更多的人生活在内地,他们都期望着习惯生活所在发生的变化。他机关还有一个干部也"下了海",就在机关的楼下开了一个三产公司,见面递出了经理的名片。这对冯立言也没有多大的影响力,他偶尔会感到变化快了些,因为那个干部,原来和他一样是个坐得住的人,坐下来打牌便会通宵,坐下来闲聊便会半夜。

而冯立言着重对我说的是他做的一个梦,在梦中他做了官。冯立言平时不怎么做梦。其实做梦人人都做着的,只是有的人梦很淡,梦境不清晰,也就不感到自己做过了梦。冯立言原来做的梦,浅浅淡淡,醒来便都记不清了,他也从不想自己做过梦没有,然而这次做官的梦在感觉中是清晰的,他在梦中似乎是穿了一件旧时的官服,他周围的人用看官的眼光看着他,梦中的他生出了我是官的感觉。虽然醒后的他不想去体悟梦的感觉,但无法欺骗自己的潜在感觉,那就是当官的梦使他生出一点不同的感觉,正因为感觉深刻,所以他醒来后依然能记得自己做了这样的梦。

冯立言不由得问自己:"我怎么会做起当官的梦来呢?"

冯立言所在的机关是个清水衙门,本来就没什么事要干的,虽是在省城,下面却没有相应的机构,实在是个可有可无的机关。可是这一段时间因上级主管部门换了一个和机关头头关系很好的领导,于是便张罗着在县市下设置子机构,于是机关也将扩充,级别提高半级。虽然这一切并没有带来更多,但机关里一下子显得忙碌不少,原来聚一起喝茶聊天的人都端坐在了办公桌前。

这一切对冯立言来说,应该是没有什么能引起注意的,往常他在我面前都不会提起的。但偏偏现在他做了这么一个梦,并感觉着了这梦的感觉。冯立言知道"日有所思,夜有所梦"这一句话,不由得想到他会有当官的想法吗?他想摇头否决自己,但他同时又朦朦胧胧地感到并不能那么简单。因为他隐约听到过,他们的办公室也会随着级别的提高,要升出一个科长来。当时听着并没有把自己联系上去,以为自己并没在意,而今一个梦却多少是连上了。

冯立言想到自己从来还没当过官呢,从小上学就连小队长也没当过,他确实没有过要当官的欲望。从母亲那里接受的是安静的生活观念,想当官的念头一直是被认为可耻的。但这时的冯立言却还是忍不住地把办公室的几个人都排了一排,论资历、学历,还有其他条件,他都是数一数二的。

冯立言对我说,这样他不能不把梦的感觉与现实连在一起了。

"……有时想想,也就是个梦吧,也明知科长是个很小的官,无非是利欲表现罢了,人生何必缠在外在的低俗的心思上呢?但我还是梦到了、想到了,我无法躲避我的自我,那点东西在吸着我的神思。我有时会想到,对我来说,社会的外在影响是无法摆脱了。现时社会的潮,像要吸着人引着人,卷进纷杂中去,以前是让人完全克制利欲,而现在是放任自流,甚至在宣传上提倡着利欲的盛行。可明明想着了这一切,我却还是被吸引了……"

贡院的房顶上,有一只鸟孤独地在盘旋,飞高一点见了黑点,飞低一点便隐在了黑影的轮廓里,高高低低的,在我的感觉中,宛如冯立言的声调。隐约黑点的飞动与冯立言的话语在一个背景画面上有着了联系,它们同时存在于我一瞬间的知觉中,冯立言的声音在我的感觉中,上上下下地飞。冯立言也许感觉到我的感觉,他的眼光投向那片沉沉的黑影,静默一下,随而扭转脸来看我。我朝他习惯性地一笑,我的笑多少带点迷惘,但我尽快地用愉快的声调说话:

"心,总想超脱,心是可以飞得很高,但人生活在具体环境中,只有融进去,才能有现实的结果。相对心来说,只要想融合环境,或者想改变环境,便似乎显得落低了。"

我说话的时候,抬起手来从冯立言的头顶上落下来,落在他的肩上,轻轻地抚动一下。他的脸正对着我,他的落在膝盖上的手张了张,像一座桥似的也落到了我的膝头上。他的手指温软,随着他说话的声音,偶尔有点晃动。

"就是想对现实环境产生兴趣,产生感觉,产生欲望,产生热情,也总不应该是这类低层次的呀。也许当个参与政事的士大夫还值得,却对一个根本没有意义的科长,还有着这样的欲望,我真觉得自己实在没意思透了……但我又无法摆脱,一想到科长要落实下来,我恍惚觉着有一种东西在那落处萌生,那片阴阴的地方,浑浊的背景中,生出来很细很微很浅的东西,却活动得很有力,难以抑制的。我真是没有办法,觉得自己整个的心都是阴阴的、浑浊的。"我用手揉揉他的肩,手指柔绵的力若有若无。贡院上的鸟已经停飞了,只有那一片黑影沉沉。黑影恍惚升浮着那百年前的旧气息,多少头戴秀才帽的古人在那里面用心在攀缘着仕途。我的感觉伸展进去,前面是一片阴暗常见的盒子式的水泥楼房,年代久了,墙面显出细细的裂缝,走廊在楼道中间,踩上去响着空洞的声息,许多许多的人像无影无声地动着,眼神带着了阴冷的气息。我站在门边看到冯立言坐在桌子边,他低着头,他望着那张桌子,桌子的左角缺了一块油漆,那是有一次不经意时镇纸敲落的。漆脱落后,灰黄的木质也不时地剥落,露着几线突出的难看的木筋。他的手抚摊在桌上,桌上是一堆文件,在他的眼前是一个青瓷茶杯,杯沿因常年的茶垢显着隐隐的黄色,杯里倒着茶,茶面浮着一点泡沫和一两根茶梗。他没去喝茶,只是坐在那里。茶水的热气像淡淡的雾气摇曳着升起,浮在整个屋子里,朦胧间屋里的四处都浮着雾色……

我说:"生长的东西,都是在春天,也都是在阴柔潮湿的地方,慢慢长大了长高了,伸展出去,才在高空完全地迎着阳光。"

冯立言低下头,他的眼光凝在他的手上,他搭着他与我两个膝盖的手指伸展开来,我一动不动地由着他。我膝盖上的感觉微微地颤动着,我便把腿轻轻地朝他的腿靠近去,贴紧着他。

"可是从内心阴暗的地方伸展出去的,便会伸向更黑暗处……同办公室的小吴,原是平常交往的同事,没有太大的好感,也没有什么恶感的。然而,现在我看到他的时候,常常会发现他的动作、举止,都带着一点不顺眼的地方,甚至他的眼神,斜着看人的样子,也似乎带着了一点隐匿之情。我发现他总是不在科室里,总是往外跑。我想到他是去接近上级,以谋取提升。我不让自己去想,我知道我这是邻人窃斧的感觉,我还是忍不住会这样去想,正因为小吴是与我有着相近实力的。我有时会莫名地想着我也应该有所行动,想到许多自己不屑于做的举动。我坐在那里,会想出许许多多的不由自主的想法,奇怪的空想、妄想。愚蠢的想法,丑恶的想法,都会流溢渗透而来。我也奇怪自己怎么会这样去想,我本来平和的心中,如何会生出这些东西来? 有一次,我看他走出去,忍着了好些时间尽量不去想,但最后我竟忍不住,也站起来出去了。我跟在他后面,我的心在责备自己,你在做什么? 但我还是跟着,看他要走进书记办公室了,但他只是朝那里面看了一眼,走过去了。我便想回头了,但我的脚还往前走,我想,那里面大概是没有人的。我想我如果走过去看到了书记正坐在里面,以后就可以再也不起这个污秽的念头了。我走过去时朝里面看一看,里面没有人。我想他是去主任那儿了,我便再跟着。这时突然有人叫了我一声,那一声真可谓如雷贯耳。我的心像蹦了一蹦,感觉好长时间都没落下来。站在我面前的是机关里的小蒋,她笑嘻嘻地问我:'你去干什么?'我连声说,没干什么,没干什么。她还和我说了些什么,我答得结结巴巴的。我从来说话都不打疙瘩的。在我的感觉中,她盯着我的眼神显得怪怪的。我想到她大概会认为我也是去头儿那儿追逐官位的。她肯定会把我当作这样的人了,我心虚的表情正表露着一切。别人心里会怎样想我呢?我应该说说清楚。可是我怎么说清楚呢?我本来心里就不正嘛。"

他的手在他的说话间,像是不自觉地完全移到了我的膝头上,那儿慢慢地加重了力,感觉以那儿为中心从那儿放射开去,有一刻,我所有的反应都像是沉落下去,我也不知道我为什么总是意识着那个部位,仿佛我整个的心都落在那个部位。后来我笑了一下,笑过了以后,我落在他肩上的手也紧了一紧,随着我的笑和我手上的动作,我的意识松弛了,意识到了冯立言叙述的一点无可奈何的悲哀,同时也意识到那儿正生长着的,是我多年的欲望。

起了一点夜风,眼前的树影房影依然是沉寂的,因发着了一点莫名的声息那点鸟影又飞动起来,高高低低的,仿佛随风飘荡,忽而直落到贡院的沉沉房影中去。我也随鸟影沉入房影下去。在那一幢水泥楼房的暗蒙蒙的楼道走廊上,飘浮着一个个走往上层的人,如排着长队。楼道很长,显得窄窄的,顶头一面窗子,映着一片朦胧的光,靠右开着的玻璃窗边,有一根搭着的拖把杆的剪影。走前去的人背影模糊成一片,侧脸看旁边的办公室里坐着一个神态严肃、方脸大耳的人,一个没有任何表情的男人。他的手指间夹着一支蘸着红墨水的笔,笔尖朝上,笔在手指间微微地晃动着……

  我站起身来,我朝房影走了一步,我感觉身后冯立言伸手扶着了我,他是被我的动作突然引动的。我回转身来,向他走近一步,我站停,我的脸上带着习惯的微笑,让脸色展开来,完全舒展开来。我的眼光落到他的身上,整个地罩住了他,我朝他伸出一只手,手指朝下轻按一下。我说:"我来给你讲一个我过去的故事。"

十五

有一个故事,在我小时候的记忆中特别鲜明,说的是有一个乡村的老太太,她信佛念经,平素走路都注意脚下,怕踩死蚂蚁。她家前面有条小河,她出出进进走在河边,看到拉网蹦上来的小鱼小虾,她都捡了来,一边放回到河里去,一边嘴里念着:"罪过,真是罪过,到底是一条生命呢。"也记不得她做了多少这样的善事了。她的行动,感动了观音娘娘,也就来试她一试。观音变化成一条很大的鱼,突然从河里蹿了出来,在路边上翻着跳着。老太太没想到会遇上这么大的鱼,还从来没有这么大的鱼让她可以捉到。她的心动了,突然生出了贪念,就把鱼提了回去,拿刀杀了。就在她杀鱼的时候,她便倒地死了。死了以后还被打入了十八层地狱。

记不清是不是父亲给我说的这个故事了,应该只有我父亲会说这样的故事,然而,在我很小的时候,父亲就离开了我。按说人那么小的时候,是无法听懂这个故事,也记不住这个故事的,我却是深深地记住了这个故事。也许因为故事里能变成鱼的观音,显着神话的色彩;也许因为故事里突然遇上了大鱼,给人以莫大的喜悦;也许因为故事里的人获得大快感后又遇上了死,展示了人生的悲剧。故事的这种种吸引我,才让我能记着了它,深入我幼小的心灵里,以后在潜在中,慢慢形成了对做坏事的惧怕,也有对遇上好事的惧怕。

在我长大到能分析事物的时候,我便觉得这则故事的荒诞了。那时认为所有的宗教都是迷信,社会就是这么宣传的。只是我受我母亲的影响大。离开了父亲后,自然只有母亲对我的影响。我注意到晚上母亲经常会坐在灯下窗边,也不知看着什么地方。窗外是一片黑洞洞暗蒙蒙的,什么也看不清。她大概在想着什么。谁也不知她想着什么。她从不提到父亲。我想她大概不愿意想到父亲。她有时嘴唇微微动着,仿佛在自言自语。有一次我忍不住问母亲她在说着什么,她有点疑惑地对我说她说什么了吗。

那时刚过夏季,秋凉初起一个月色很好的晚上,洗了澡,身上滑索索的,有一种从里到外爽快的感觉。我大声对母亲说,她是在独自说着什么。她摇了摇头,后来她告诉我,她是想到了白天,有个乡下人进城来,她讨厌乡下人总是烦人,便有意冷淡了他。母亲想起来,心里有点不安。我说,那个乡下人走的时候,并没有不快的表情啊。母亲从来就是沉默寡言的,别人不会认为是有意的。母亲还是摇头,她说有意是存在心里的。

以后我从书里懂得:君子每日三省。省的是心,是内观其心。那时又遇社会上流行斗私批修,也是省内心之恶。母亲的做法也便印入了我的内心。懂得内省的时候,我便从一个活泼的女孩变成了一个成熟的姑娘,变成了一个沉静的姑娘。

我生长的那个时代,能看到有关内省的书,应该说是个机缘。

"文革"初始,每个中学生都套上一个红袖套,走出学校去,批斗"黑五类"。我们同学的一个哥哥是工厂的司机,年龄也不大,很高兴地把车开出来,送我们去抄家斗人,头一个月中,就斗了四个人。

那是我第一次参加革命行动,爬上卡车,奔赴一个战场。站在卡车上,手抓着车挡板。车载着一队红卫兵开得飞快,风呼呼的,吹着匆忙间没扎紧的蓬蓬的头发。脸迎着风,眼半眯着,看两边楼房和街景退后去,还有行人的注目,想着要参加新鲜事情,总让人有一种紧张又神气的感觉。

车开往靠近我居住的区域,我甚至能看到我家小楼的房顶了。车在我家前街的一条巷子口停下来,一群人冲进一个小院里,并冲进房门去揪出一个三十多岁的男人来,那就是被斗的对象。在他的身边跟着一个小男孩,却生着了一点女孩的模样,男孩一直跟在被斗对象的身边。那个对象瘦瘦长长的,被围在一群才刚十四五岁的红卫兵中间,显得高出一截来。他的大半个头浮在人头之上被推着拉着,揪人的都是男学生。女学生都站在旁边,露着冷冷的严肃的神情。我们都不屑去碰他,讨厌去碰他。因为我们知道他是一个坏分子,他的罪行是玩弄女性,听说他有过不止一个女伴,因此被关过。

批斗会就开在男人家的院子里,搬出了一张桌子,让戴着高帽子的男人站到桌上去。高帽是纸叠的,上面用墨汁写了"坏分子"的字样,他戴着了高帽子越发显瘦高了。他的头低下来,帽子向前斜矗着,就像一门高射炮,帽尖搭到了一棵槐树的枝叶上。有个男生跳上桌去喊口号,那张桌子立时发着一点吱呀声,晃动起来。男生赶忙就跳下来,再搬一张凳子站在旁边,手中舞着一根皮带,喝令他交代。他也就坦白着他的坏分子罪行,说到了第一个女人,他说他是怎样认识她的,他是怎么开口搭话的,她是怎么回应他的,他们是怎么对话的。我们一群学生还年轻,都是情窦初开,还从来没有听过这些东西,也弄不明白所含的情话,总觉得他是在拖延时间。而在旁边围着的看热闹的男人和女人却在议论着,议论的无非是这个男人花女人真有本事。于是站着的男生就给了他一皮带,让他交代罪行,不要废话。他在桌上摇晃了一下,而桌子也在他的脚下晃动一下,就像要倒下去。他在上面像不倒翁似的摇晃了好一会儿。有人扶稳了桌子,他还像在晃着。接下去,他交代了那个姑娘怎么倒在他的怀里。于是,又起了一阵口号声,同时又给了他一皮带,喝令他不准放毒。接着,他交代第二个女人,于是再有一阵口号,再是一皮带。说第三个女人的时候,他似乎顿了顿,他的调子里带着了一点色彩,我还记得他对那个姑娘有了一点形象的描绘,他说她喜欢穿淡绿色的服装,她笑的时候,有两个酒窝,左边一个明显些,右边一个浅些,于是他喜欢去亲她左边的那一个,而喜欢用手指去抚摸那右边的一个,轻轻地按着那一个,转动着往下按。他似乎在他的叙述中入了神。说的时候,下面有人在笑,有人用听得清的声音说一声:"是不是想把它按深?"接着又是一声喝令,一声皮带响。而我和我旁边站着的女生们都有点发愣,觉着脸上有异样的感觉。他继续叙述着。他叙述着对那个姑娘所表示的和所做的。他似乎旁若无人。他说他是准备和那个姑娘结婚的,但那个姑娘了解到他与前面女人的事,于是告发了他。那个姑娘的证词把他形容成了一个流氓坏蛋,也把他送进了劳教所。

说到这时,下面突然安静了,还传着一点轻轻的叹息声。红卫兵们立刻发现他是在逃脱罪责,求得同情,便喝问:"难道你还不承认你是一个十足的流氓坏蛋吗?"他没有再说话,他把身子使劲地弯下来,他的头低得更低,谁也看不清他的脸,只觉得桌子摇晃着,就像是快要散架了。于是他被拖了下来。他站在地上的时候,仿佛要站不住了,腿要往下弯。我看到了他的脸,苍白苍白,如纸一般,他伸手去按着身边男孩的头,像是要撑着一把。那只按着孩子黑发的手薄薄的显得白得透明。那个孩子一直站在那儿一动不动。

问他还有什么交代的,他摇摇头,接着是抄家,让他交代家里存着什么黑东西。他便进屋去,捧出了几件"四旧"器皿旧物件。红卫兵们把那些东西往院角一扔,便冲进房里去翻箱倒柜,让那个瘦长男人靠墙站着,看着我们动手,那个孩子依然站在他的身边。他用手拉着那个孩子。那个男孩在院子里起先有点害怕,咧着嘴要哭的,现在他靠紧着身边的大人,与大人一样静静地看着翻东西的人。我们把一个个箱柜都翻了,对我们来说抄家行动都是第一次,还算文明,有时打开了翻一下,女生还会就手重新叠一叠,再放回去,把箱柜关好,多少有一点对东西的怜惜。男生便有一种翻打的痛快,慢慢地手下变重了,也就不再顾及什么。屋里的东西都翻了一遍,抄出了一些被认为是"四旧"物品的东西。这个男人的家里还不如我的家,家具简单得很,显得很一般,两间半的旧屋子很快就翻遍。几个细心的女孩就开始翻可能藏物的地方。我从床底下拖出一个纸箱来,那箱子塞在了床脚下的一个空当里,不细心还发现不了。我打开箱子,里面是几双旧鞋。在拖出箱子来的时候,我似乎听到墙边响着一点声息。我循声望去，看到他们一对站在那里。那男人的眼正对着我，一时想将眼避开去。而那个孩子，还有点被吓呆了似的可怜神情。我突然生出了一种莫名的感觉。我再回头去翻箱，我把那些鞋拨拉了一下，就看到了下层的书。我提起一只鞋子来，下面确实是书。我定睛看了一下书目，是的，我家也有几本这样的书，但箱里的书是很多很多了，摆得整整齐齐。我不由得再朝男人望一眼，只见他眼盯着我。我的同伴们也在翻着他的东西，他似乎都没在意，眼光只是盯着我。他似乎是不由自主地抬起了一只手，像要按着什么。那只手微微地晃颤着。那只手细细长长的，显着苍白。一个男人的手，竟会是这般薄而长。它抬着，上面微微地映着淡淡的青筋，如印在手背上面的色彩。那手指略略弯曲着，像掩饰着什么情感，自然地微微颤动着，像不安地羞怯地要对人耳语，要低低地诉说着什么。手指自然地与指向的物相融，而指与指之间，间或莫名地颤跳一下，仿佛含着生命的语言。

　　我突然感到有点迷惑，感到有点心神不宁。我不知道是出于对他们的同情，还是他的神态打动了我。后来，我才想到是由于他手指的魔力。我在书中看过有坏巫师会施展魔力。他仿佛通过手指向我布了魔。我当时把纸箱盖上了，又往床里推进去。这时正好有一个同学问我发现什么了没有，我把手里提着的鞋往下用力一甩，摇摇头。我没去看墙边站着的他们俩，但我的感觉中，还映着那只伸着的手，那五根颤动的手指。

　　那个月抄了四次家，后来的抄家就不再文质彬彬了。同时运动向纵深发展。有一天，我被叫到了红卫兵的总部，几个我熟悉的同学坐在那里围成了一圈,朝着站在中间的我。他们宣布了我父亲的问题,同时宣布把我开除出红卫兵。我被当场从臂膀上拉下袖套,并接受了一场触及灵魂的批判。于是被扫地出门,从此告别了红卫兵运动,成为局外人。

那些日子,我一下子懂得了不少东西。我发现母亲越来越忧郁,坐在窗前的时间越来越多。我也就不告诉她我被开除出红卫兵的事,我每天还是外出。我不能再去学校,我在那里只会得到鄙视的眼光。我在街上走着,我不知将要到哪儿去,我怕母亲的休假日,我怕白天母亲在家的时候,我实在无处可去。那个阶段,有一时,我真觉得人生没有意义,我曾有过自杀的念头。

那一天,母亲在家,我便到了街上。就在马路的对面巷子口,我看到了那个孩子,是那个被抄家的男人的孩子。他看到我,朝我看了一会,我向他走去,他却转身跑了。我也说不清怎么回事,就跟在他后面,我跟他进了他家的院子。我在那里,看到了那个男人。他站在屋里的窗前,屋子的窗台矮,他的半个身子都探在窗口。他还是那种带着苍白的脸色,眼光静静的。他望着我和孩子。那孩子跑进家门后,又在门边望着我。我也就站住了。我和男人相对着,我不知说什么好。我也不知我怎么会进院来的,为什么要进来。我想着要回转身去,但我还是站着。这样好像有很长的时间,也许只有一会儿。男人动了动,他是抬了抬手,他的手朝着我,那细长的白皙的瘦薄的手抬了抬,手指还是略弯着,动了动,于是我就朝他走过去,一直走进了他家的门。

他的家没有任何的变化,只是在我的感觉中,似乎显得越发阴暗了一点。他的模样也没有变化,在我的感觉中,显得越发地苍白了。他似乎一点没有奇怪我怎么会进他家的门,我敏感地感到,似乎女孩子进他的门,是很平常的事,他已习以为常。他抬着的手伸展了一下,晃了晃,像是表示:你来了。

我应该是不习惯和成年男人说话的,但我这时也很平静地说:"我想来看看你的那些书。"仿佛早就想好了说的。

他应了我,我没有听到他的声音,我从他手朝下合了两下知道他应了我,他的手像波浪似的翻滚了两下。微微的波浪。

书还塞在纸箱里,还塞在床下老地方。随着运动的发展,对禁书批判力度加强了,藏着书是更危险的了。而他对我是没有秘密可言的,也可以说,这样的书在他的家里存在,是我和他共同的秘密。

我拿出书来。我选了一本书。我被引进他的里屋,在后窗的一个旧抽屉桌边坐下来。他的房间里,溢着一股气息,我一时说不清那种气息,只是感觉着那气息,当然不同于我家的纯女性的气息,也没有那种强烈的男性气息,那种气息,很适宜他。我坐下来,感受着那种气息。他也在靠前窗的床边坐下来,他的动作缓慢,仿佛是无力的,又像是悠悠的。他的坐向朝西,而我的朝向是东,我们间隔着一间房的距离,我头不动,脸朝着书,用斜着眼的余光看他。他总是静静地坐着,他的手下也摆着一本书。既然我在他的家里冒着险,反正是那么回事了吧。可我注意到他面前是一本恩格斯写的书。他看那类书是做样子的吧?那个时代到处都有人做样子。但在一间屋子里,一边是一个女孩看着要被革命的违禁书,而另一边是主人拿着一本革命的书,形成了一种很奇特的情景。我看他的眼光没朝着书,他只是坐在那里,他的手搁在了书边。窗子朝南那边亮着,他的手大半在明亮处,薄薄的手掌,合在桌子的下部带着一点阴影,而朝亮的一边有时会现出一片透明的光晕来。红白虚浮的光晕。

我集中精神来看书,很快我就进入书的世界中,我喜欢看这类的书。在家里母亲把它们都锁起来了,这类情感世界的书,被那个时代批判成小资产阶级情调的书。早先我听到过的名字的书都带着这样情调的。我从他家翻出来的第一本书是《牛虻》,我挑它也就是因为它表现着的是革命的题材。我还带着一点靠近革命的意思。我看着看着,便被男主人公的情感打动了,他被革命认定为叛徒时,他的内心还是滚热的情感。我看着看着,就想掉泪。我的眼泪肯定在眼眶中转着,我咬着嘴唇,我怕眼泪掉下来。有几次我借揉眼睛,去抹掉一点泪水,这时也就斜眼看他一下。他依然那么坐着,似乎一点没有注意到我,他似乎低头在看书,有时抬头又仿佛在思索消化着那书。

以后的一段日子,不管母亲在不在家,每个白天,我都出门。我直往他家去,他的孩子总是很孤单地在院门外玩,像是在迎着我。孩子见到我便会往院里跑,又像是引着我。男人也总是坐在窗前。我自己进屋去,从纸箱里找出书来,再坐到里屋去看。那个孩子继续在院门口玩,像是看着门,在做着秘密工作的报警者。有一次,那个孩子不知和谁在说话,使我紧张了一下。后来才弄清原来是通知里弄开会的,一个半老妇女在院门口,用严肃的声音向男人说话,我看到他脸朝外应了。没人进门来,似乎谁都不进门来。这间小屋是一个与世隔绝的地方。

  我却在这安安静静的小世界里看我喜欢看的书,我越来越喜欢看那些书,我几乎沉迷在那里面。时间久了,我对小屋的气息也习惯了。嗅在鼻子里,有着习惯的舒服感。像自己的家,却又不同于家。我也习惯了他有时轻轻地咳嗽一声,他咳嗽的时候,总会用手去掩着嘴,仿佛怕咳出来的大声,仿佛怕嘴里会有什么东西咳出来,也仿佛只是一种习惯。他的薄薄的手,在嘴前像是捂着了一张纸,手背手指随着嘴的咳动而剧烈地颤动,仿佛全身内在的动都在手指上,使我也反应似的身子颤动着。

  一天天地,我每日都走进他的小屋。开始我进院时,会注意一下巷子里的动静。那条小巷白天里总是安安静静的,没有人走动,院子边有几幢低矮的房子,开着很小的窗子,也看不清模糊的玻璃窗里面有没有人。后来,我也就不再注意那些,我泰然地走进院子里去,迎着他的眼光。

  那一天,我照旧去他的家,孩子在巷子里抓着几个泥丸子当弹子滚着玩,他把一颗颗弹子扔出去,眼看着它们滚出去,滚远去,而孩子只是站着。孩子看到我的时候,便进院里去,我跟着走进院子,我没有看到坐在窗前的他。孩子进了屋里,我也跟进去。我的眼光扫过屋子,还是没有见着他,只有孩子用眼望着我。我开口问孩子,他是不是出去了?男孩弄不清是点头还是摇头,只是头动动,眼依然转着眸望着我。我问男孩,他是不是有事去了?男孩还是那般地头动动,看看床下。我懂得孩子的眼光,他平时都是那样看着我从纸箱里拿出书来,再跑出院子去的。我就拉出纸箱来拿了书,男孩又跑出门去了。我走进里屋,坐到老位子上,我打开书来看。书正看到中间紧张处,昨日我还不舍地走的,就是让自己留着了一处好看的能慰藉我的梦,也留着了回家后一夜的期望。但我这时却难以沉下心去,我看了好一会儿还是没有看进书的内容。屋里少了一个人,应该是越发安静了,我却听着了动静,外面的声息都传进耳来,院子里的风晃动着树叶的影子、鸟飞过的声音,还有院子外孩子的脚步声,弹子有时抛出落在石上发出的细微的撞击声,甚至还听到了巷子外有隐隐的走街人的叫唤声。我的神思总是集中不起来,我摇摇头静一静心想沉进书去,但我的眼光总是会斜着恍惚地看一眼,他在窗边坐着的印象一下子深深地显出来,而显明的是他的那双手,感觉中的手薄薄地合在桌上,可以看清他手背上的筋,那筋的青色在手指微微的颤动中,仿佛游移着往手指上去,如活着的一般游动着。那手指有时会偶尔地向上弹动一下,往往是食指,他的食指似乎显得特别长,尖尖的瘦嶙嶙的,仿佛便是一个缩小了的他,安静又薄弱地站着。有时阳光映到了那根微微抬着的手指上,映着了半面的红晕,仿佛沾着了羞怯之色。那根食指也就于宁静中带着了一点骚动,叙着颤动的语言,仿佛在叙述要想游向哪里,随而孤独地在明亮中微微昂着了一点头,大半个指头便都映透了粉红的亮色,仿佛被慰藉了的孤独的色彩。

  我按捺着了自己想象的感觉,我尽量不让自己的意识游移到那边去,但我无法进入书的情节中,那些字都在眼中,却形成不了完整的意思。我轻轻用嘴去读那些文字,而文字却被读得支离破碎,那些情节都失去了动人之处,我弄不明白为什么书中那一处偏要有那么一个游离的细节了。

到应该回家的时候,我离开了他家的院子,孩子还在院外站着滚他的弹子。男孩朝我看看,我也朝他看看,我突然看到了孩子眼神中,形如他一般的落寞的眼神,我却难以叙述的眼神,那点眼神似乎是他专有的。我弄不清这是不是自己想象的心境。本来想问男孩什么的,但我没有开口就走了。

第二天,我再去那条巷子时,看到孩子在巷子里蹲着用手指弹着泥丸,男孩玩得很入神,抬眼望我的眼,已如往常熟悉的眼光。我走进院子,便又看到他坐在窗前的身影,他的神情一点没有变化。我跟着孩子进了屋,拉开纸箱找了书。孩子出去了,我进了里屋,他只习惯地看了我一眼,我想用眼光迎他的眼光时,他的眼光便移开了,还是习惯地朝着书,似看又非看着。我很想开口问他,他昨天是到哪里去了。我也想说一说,表达一点我对他的关心之情,那点情绪直冲着我,很想大声问出来。但他漠然的神色稳住了我,还有他的那双手,还是习惯地合在桌上,显得特别安静,整个手平合着,只微微有一点曲拱起,似乎不喜欢被惊扰了,似乎任何的声息都会使它们不安的。

我坐下来看书,我觉得是顺着他手指的魔力坐下来,我重新看昨日没看进去的情节。慢慢地我就安静下来,我看进了那些情节,情节是感人的,细节的安排是动人的。在一个情节过去后,我感觉到我的精神因他在而安宁。我在翻书页的时候,眼斜过余光看他,我清楚地看到他的身子沉静着而手指颤动着,他的手指仿佛有着一种特殊的语言,往往在食指昂动的时候,他会身子动了一下,接下去便会有一种轻轻的从胸口开始的蠕动,有一股气仿佛冲上喉咙来,他的手便抬到嘴边去,一声轻轻地咳出来,而我的所有感觉都仿佛牵在了他的手指上,我望着它的颤动和抬起,一直到它复原归位,似乎我的心才安静下来。我的神思被牵着。许多的时间,我不知自己是在书的情节中,还是在他的手指上,我明明还能把书的情节看进去,仿佛书的情节和他的手指的动作融成了一体。我仿佛是由他手指的动作而感受着书中情节的。

我努力控制着自己,随着他的食指一扬动,在他轻咳一声的时候,我觉得整个的我猛地晃动一下。我的意识也晃动了一下,我想着他的手指,我想那手指的魔力。想着魔力,我就觉得魔力离我有点疏远。我想着手指的魔力下也许抚过许多的异性。他的那些女人都在他的手指下温柔地顺从着,他的手指落到她们的脸上,缓缓地抚着,手指带着颤动在腮的细嫩的皮肤上,在泛着红晕光彩的皮肤上,在脸颊上,在鼻子上抚过。指头滑过鼻子,滑过嘴,滑过软软的嘴唇。他的食指微微地抬起昂着,指尖缓缓划过,带点透亮的指头如昂着头的蛇,映着白皙,映着红晕,白与红与青色汇在一起,相映相融。滑,柔,痒,带着触痛似的痒,他的手指缓缓地往下,很缓很慢地往下,在耳边轻轻地抚过,带动着几缕秀发,手指移到颈后落到肩上,缓缓再下移……我摇着头,我努力想把那想象的印象赶走。我去批判那种抚摸的罪恶感,我对自己说,这是罪恶的,他就是罪恶的,他的手指带着了罪恶,他由此而获了罪,得到了惩罚。我不应该去想他的手指,不应该去感觉他的手指。我的想象的产生也缘于他的手指的罪恶魔力。

　　我用我的意志力抗拒着我的想象,抗拒着我的感觉,我觉得是考验我自己的时候了。我努力去看书,但那种想象总会悄悄地潜回来,我忍不住还会斜着眼光去看他那只合在桌上的手,去看有着颤动语言的手指。我无法进入书了,这一次,字在我的感觉中模糊成一片。我感到我的头在发胀,我一下子站起身来。我的动作很大,他在那边微微地偏了偏头,我不去看他的脸,但我还是能感觉到他的手指,敏感地朝向了我,我站停了一下,随即便跑出去了。我装着是需要方便走出了门,我尽量放慢脚步走出去。我想他肯定会疑惑的。以前,我只要坐下,总是安静地看书一直到离开。

　　那天我没有再回到他的小屋去,后来我想到我的书还摊在桌上,以往我都是在临走时收拾好的,我也没有和他打一声招呼。他一定会奇怪的。也许他会由此感觉到我的内心,感觉到我的想象。他肯定会的,他经历过那么多女人。也许还是他有意对我施展了魔力。我的一切都在他的安排中,我陷入了他安排的罪恶中,他以往便是这样做成了罪恶。那是罪恶的!那是肮脏的!那是不洁的!那是丑陋的!我在心中大声叫喊着,我应该离开那里!我应该批判他!我应该揭发他!我再也不到那里去啦!走出门后,我快步跑了一下,风吹着我的脸,有着一点凉意,小巷的风带着远远的被城市污染了的河黑臭的气息,让我想着了许多许多的话对自己说。

　　第二天,我上学校去,我想去接受同学的鄙视的眼光。我想那是我应该受的,我去接受冷落,我去接受批判。学校里却是一片荒凉景象,在两座楼间的通道口,都用沙包和砖垒着了一个个的工事,课桌和椅子也都堆垒成了工事,只留着一个仅供一人进出的地方。那是经过几天前的武斗留下的一切。草地上到处残留着碎砖块和断木棒,蛮大的一个校园到处是残败的景象。看不到人,人都远远地离开了。校园的几处围墙被砸破成半截。我独自在校园里转了一圈,便回了。

我又走进他的安静的小院里去。我像是什么事也没发生似的走进里屋去。我看到我那日看的书还摊在桌上。我的脸朝向他。他也似乎什么事都没发生,一点没注意到我的变化。他还是照旧静静地坐在窗前,我脸朝他时,他正好抬起手来按在嘴上,轻轻咳了一咳。

我坐下来看书,我觉得我能安静下来了。当我有什么书之外的感觉时,我便想一想学校的景象,我努力用那景象代替我的想象。

没过几天,那日我去他家,又没见他坐在窗前。我坐进里屋看书时,感觉又移往那边空着了的一块。我觉得那空缺正在我的心间。我斜过眼光去,恍惚那里有着他颤动着的透明的手指。他手指的魔力一下子像决了堤似的涌进了我的整个的感觉中,而深切的形式便是空缺。我无法再用学校的荒凉景象来替代,那景象也形成空缺融进了我心的空缺。那手指浮起在感觉的高空,更生动地显现着、颤动着,带着魔力,移到我的身上来。我抗拒着、震颤着,几乎发出了呻吟。我拼命地不让自己去想那个空缺,不让自己去想手指的形象。我多少有点恨他,我不再想着什么丑恶和污秽,而是恨他为什么总不声不响地造成了这样的空缺。慢慢地我也就陷入了那想象中。我不再有力量去抗拒,顺流而下,我让他的手指在想象中活动着,让那些罪恶的想象浮活在我的心间。

重新和他默坐在里屋时,我觉得我的心境起了很大的变化,我经常会陷入那种想象,浮活在对他的手指的意象中。我无力再做抗拒。

我想沉到书中去,然而,似乎我看的那些书中都有着一些让人恍惚的联想的情节,每一本书里都有,一下子都显现在眼前。也许我原先没有注意到,也许我本来没有领悟到。我有时看到一个情节便会与眼前联系起来,而他的手指的感觉便越发明显了,书中男女主人公的感觉,都恍恍惚惚地飘浮起来,有时便会和手指的形象融成一体,似乎手指的感觉也进入了书的情节,书的情节加深了手指的形象,我也就进入了书的情节中,我便成了书中的女主人公,而他的手指在我的面前闪动,闪得非常清晰,抚到我的身上来,缓缓的轻柔的。我低头朝着书,那手指上颤动着魔力的光,温暖地摇曳着电火。那一瞬间,我能感觉到我的脸上的热力,浑身的热力都涌到了脸上,在脸上的皮肤上闪着光,发着热,燃烧着,蹿着火苗,吞吐着,我的浑身也都燃着了,把我烧软了,仿佛要烧化了我。

猛一瞬间,我的意志力浮了浮,内在的一种习惯接受了的理智一摇晃,罪恶感醒了醒。我就飞快地伸出手去按着书面。我动得很快。我想掩着这一切。我不敢再看书。我想到这些书为什么会被批判了,我也会想到,也许正是他和这书连在一起的结果。我还狠命地想着,也许正因为他和这书连在了一起,他的那些女人也和这书连在一起,这便是罪恶的起源。当然,这也许都是我以后才想到的,我也弄不清了,我当时烧得迷迷糊糊的,不知是不是有清晰的理智。也许我还是有的,它来自那种自小所接受的对罪恶看法的教育。借着那种教育的力量,一切罪恶的想象都只在我的内在,我努力地不表现出来,没有投向他,没有向他倾诉出来。

以后的日子里,我都在这样的状况下度过,我坐在他的里屋,看着书时,那种想象的感觉便会浮起来,缓缓地渗透着我。慢慢地我用不着斜过眼光,便能感觉到他合在桌上的手。那手指的形象仿佛渗进了我的潜在,我能时时感觉到它的动态。我只能听由书中的情节和它交融,一点点燃烧着我,从下燃上来。在这种热力之间,我不能自已,燃得浑身如火,软、柔、绵。只有一点核还坚持着,让我没有举动。我很害怕他会看清我,如果他向我走来的话,我会没有任何力量地迎着他的一切举动。而这一害怕正是那点核的作用。

而一旦离开他,离开了那个小屋,我会感到那种教育的力量,我对自己进行着批判,我在内省中把自己批得一无是处。然而,在我的梦里想象和批判都失去了力量,化成了荒诞的意象。从那时起我的梦一直是多姿多彩的。我变得很孤独。我不爱讲话。母亲也许发现了我的变化,她注视我的眼光有着了一点异样。但我学会了用微笑去迎着她,我是用女性的微笑迎着她。我深切地感觉到了我的性别。只有女性才有的感觉。然而一到那个习惯的时间,我便像犯了瘾似的,我不能自已地走向那个小院,由那个孩子领着我进屋去。他坐在窗子边,眼光注视着我。我依然还带着那点微笑。我拿了书坐到桌前老位子上。于是，慢慢地听任着那种感觉的热力升浮起来，听任那种意象升浮起来，听任那种火苗吞吐起来，我在那种感觉中身子如同膨胀着、迷醉着，整个的感觉都升浮着。而不去接受那种想象，便会有空缺感，整个的心都空缺一片，那种无法弥补的空缺，那种无法忍受的空缺，那种难以存在的空缺。

有一天进院子时，我又没见着坐在窗口的他，于是我一下子便进入了那种不可把持的状态。我也弄不清自己怎么会坐到了他的位置上，我在他坐的椅子上坐着，我的手也像他一样合在了桌上，我坐在那里听凭他的手指抚遍整个身子，清醒得如同身受的感受，我似乎就感觉他在我的面前，我和他的感觉交融了，汇成了一体。我听任着这一切。在猛一醒神间，我意识到自己坐在哪里的时候，我看到了窗外的低头在玩的孩子，在孩子的身边有几朵长着的野花，那种我说不上名的随生随败的草花。

我感觉到了我身前的他，我抬起头来，我真的感觉到了他，他就站在我的身边，他脸朝下朝我静静地望着。我不知他已经进来了多长的时间，也不知他是否看清了我的神态。我想我的一切都被他看在眼里了。我感觉到一时间浑身都燃烧起来。我看着他的眼睛，他的眼睛青青白白中带着一点红丝。他的脸色是苍白的，没有血色的，也没有表情。他一直朝我望着，慢慢地，他抬起了一只手，正是那只手，慢慢地慢慢地按到我的头上来，仿佛是在多少次的感觉中那样经受过的一样，他的手指在微微颤动着，向我伸来，我只觉得浑身一下子软了，我很想闭上眼睛，化成那些书中的女主人公,融进那些女主人公的情节中。就在他的手触到我的头发的时候,从上往下,触到我头发的时候,有一根额发在他的手指下使劲地摇晃了一下,刺着了我的眼睛,我一下子看清了现实的那只手,向下合的现实的手,那些手纹都显得放大了似的清晰。说不清的暗沉沉的巨大。我的意识仿佛也被刺了一下。我一下子想到了过去他的那些女人,想到了罪恶感,潜在的教育过的意识,摇动着了许多的画面和许多的声音。我猛地一下摇着头,我叫了一声,我便从他抬起手的腋下钻过去。我拼命地跑出了门,一直跑离了小巷,我还不住地跑着。

多少天中,我不知自己怎么度过的。我什么也不想,什么思想也没有,什么感觉也没有,我觉得整个空空的,只是习惯地过着日子。母亲也许对我说着什么,我也不知是怎样回答的。有一天,母亲没有上班,她带我出去。她难得带我出去。我跟着她,到了一所医院的门口,我看到了白墙上的一个红"十"字。我似乎猛地被刺了一下,身子猛地摇晃了一下。我突然感觉到了什么,感觉是那么强烈。我回过头来又跑开了。母亲在后面叫我,但我没有停步。我还是跑,我一直跑到了小巷口。我看到了那个男孩,男孩站在巷口,男孩朝我望着。我想他怎么会在巷口的。我站在那里看着男孩,男孩也看着我。我从男孩的眼睛中看清他是在等我。很快男孩走过来,男孩的手拉住了我,男孩对我说了一句什么,我没听清楚。我只是任由着男孩拉着我。我跟男孩进了小院,我没有在窗口看到他。我跟男孩进了里屋,我看到他了,他躺在床上,他的脸色如纸一样苍白,他的整个身子都像纸一样是摊平着了。他的手露在了被外,他看到我,身子没有动,只是那手指动了一下。我看到手指是朝我扬了一下。我心里似乎明白了许多东西,也不知明白的究竟是什么。我不再有什么想法,我站在那里看着他,看了一会儿。随后,我就朝他扑过去,我扑到了他的身边,他还是没有动。我知道他是无法再动了。他要死了。这一个念头猛然攫住了我。我就要失去他了! 他的手指动了动。我没再犹豫,我朝他俯过身去,我投在他的怀中,接下去我的动作很缓慢也很急迫。我脱了鞋,我爬上床去,我的头靠住了他的脸,我躺下来,我就躺在了他的怀里。我的手抓住了他的手,那手指便在我的手中了,我把他的手环起来,围着了我的腰。我的嘴唇靠着了他的脸。他还是没动,只是眼望着我,他似乎没有力气再动了。只是他的眼中带着了一种光,还带着一种明亮的光。而他的手便在明亮中颤动着,在我的手中微微地颤动,仿佛抚着了我整个的身子。我静静地闭着了眼睛。我只是感觉着,感受着。我感觉他的手指抚过了我的全身。我和他贴紧了,最亲密地贴紧了,融合在一起,许多书上的感觉都在我的感觉中闪现。而最后,在我睁开眼的时候,我看到了他的眼睛中闪过一道亮光,一道明亮而不耀眼的白色的柔和的光,却把暗屋中的一切都照亮了,照得明明白白的,把我的整个身子都照得明明白白的,随即眼便闭上了。我想他是睡去了。我不想惊动他。我慢慢地从床上爬下来。我就站在床边看着他,他的睡着了的手很安静地合着,微曲地一动不动地合着,在我的感觉中,以前它们没有一次是这样安静着的。

他是死了。我都弄不清自己是什么时候知道他是死了。我弄不清我是不是去看过送葬。我也弄不清他的孩子将是什么样的结果。有一段时间我一直想着,许多许多的念头在我的心中翻腾着:我终于和他融合了。我终于受了他完全的魔力。我也成了他的女人,和那些女人一样。我和他在一个床上一起睡过了。我是一个女人了。我成了他的女人。有一点念头总还浮起,就是我会不会就此怀了孕,想到他的孩子在我的腹中,我有一点慌乱,但又有一点幸福感。我想他会不会和那个男孩一样,有着一双弯弯的眼睛。最后,习惯的罪恶感也来侵蚀我,我一直在抗拒着他,我在内心间抗拒了多少次他的抚摸,而最终却一下子成了他的那些女人中的一个。我想到了最早父亲说过的那个故事,我想我也是一直抗拒着小鱼小虾,而最后在抓紧了大鱼不放。我突然能理解了那个故事里的老太太,我是不是也是能抗小恶而终究沉于大的罪恶中,是不是我也将陷入地狱呢?

十六

我提着一捆书上四楼来。电梯没有运行,似乎这架电梯总是停着,说不清是电梯工怠工,还是电梯坏了。这样的事眼下都是很容易发生的。我提书上楼,一捆十多斤重的书,对我这个下过乡插过队的老插来说,并不是费事的事。只是那根捆书的细塑料绳,有点勒手。我提着书走过过道,送书组的几位同事肯定是看到我的,他们都若无其事地说着话,似乎没有觉察到我提着重物。我继续下楼去提书,我把七八捆书都从楼下提上来。当我把书堆好的时候,他们的眼光扫到我脸上来,带着若无其事的微笑。孙小圣悄悄地在我耳边说:"你提着书进门来,就像维纳斯模样。"

"断臂维纳斯?"我问。孙小圣笑了一下,他的笑总有点暧昧,似乎含着什么意味。平时肉肉的脸上,又显着一点不以为然的神情。我也弄不清我和这个孙小圣怎么会有话说,是不是冲着孙小圣的语言能力?送书组的男士们总说孙小圣很有花头经的。

我坐下来开信封。我总做着事,和在图书馆里一样。我周围的人都有时间说笑,端着茶杯,从马拉多纳,说到萨达姆,也有说到下面条要加三次水,泡茶要用七十度水才好的。我习惯做着事,间或听一下他们的聊天。

一个小时之后,"蓓蕾工程"的主任来了一次,他是和市里的领导一起来的。我见过主任一次。这次他走在领导之间,我一时没认出他来。他胖胖的高高的,四方的脸,下巴特别宽,显着了双下巴。走在领导之间,他似乎比他们还具领导风度。送书组的几位看到领导,笑围着他们,应着他们的问话。我看着落在围外的孙小圣,知道他也是善于和女人说话不善于和男人说话的。领导拍拍我堆在墙边的书,问了书名和要寄的地方,他们应了。我不知他们知道不知道我提来的那些包着的是什么书,可他们一本本都说得不差。于是领导说,要把这些好书都送下去,要真正关心贫困的老区山区边区的下一代。市领导说了好些话,胖主任严肃地点着头。他们说完了以后就走了,依然是胖主任领着下楼去。他们每人进了一辆车,胖主任的那辆车和他的模样差不多,高高宽宽,是崭新的,是市里专门配给"蓓蕾工程"的,于是主任便以工作需要,每天坐着了。眼下这也是当然的了,谁也没有意见的。

胖主任原是市府属下的一个副职。他显着是个好脾气的人,脸上总带着宽厚的笑。胖子都有好性格。听着几句明显是找刺的话,也都没在意似的。第一次来,他便很快和大家聊起天来,他说到他是六十年代的大学生,正好是"文革"开始那年的毕业生。他参加过"文革",也下过乡,当过乡党委副书记。他和大家说着有关知识分子的话题。他说古时候,知识分子的欲望也就是食有鱼,出有车。他读"车"能准确地读出象棋里"车"的发音。旁边有一个人咕哝了一声,说是"车"。显然胖主任是对的,他也只当没听见,显着高明地给属下肯定自己的机会。

胖主任走后,那个给他纠"车"发音的人,便说着了胖主任的事,说他并没见这位主任做过什么事,唯一见他能在领导面前,总是不失时机地永远说着本来就没什么意思的话,往往是重复着领导的话。真有积极意义的话,往往没人听。而从胖主任嘴里说出的官面上的话,却上下都有时间空间让他说出来,似乎大家都很重视地听着。自然是这样的人最能升官。当官总有好处,好处很多的。大家跟着议开了眼下当官的好处。

眼见胖主任出有"车"了。在机关里副职是不会有专用的车的。送书组的人议着的时候,冯立言给我来了电话。他知道了我的电话号码,便总打电话来。因为不是在长期工作的图书馆,在临时的送书组里,我也就不在乎他打来电话。我并不拒绝他打电话来。

冯立言在电话里说,他想着我说的故事,听起来观音因为老婆婆不贪小利而贪大利,而把她罚进地狱有点不公平,是过于严厉了,似乎不可理解。其实,观音所惩罚的也正是老婆婆内心的不善,她并非不贪小利,也许她的内心早已是贪图一切的大大小小的利,恶都在她的内心里。贪利无论大小都一样,观音只是现实地试一试,让老婆婆表现出来而治罪。

我听着他的声音,又听那边的人正议论着胖主任的"车"的问题,不由得就笑了。他在电话里问:"你为什么笑呢?是因为我还记着你的故事吗?"

我说:"那个故事我以后想过了很长时间,想到了很多。你说的我也已想过。你能想想其他的吗?"

冯立言在电话那边想了想说:"宗教对信者罚而对不信者宽,

这总是我对宗教的一点疑惑。我以前听过一个故事,说水冲了一个路口,一个不信佛的人便搬了一尊佛像来填在沟里,踩着佛像而去。后面又是一个行人过来,他是个信教者,见佛像不敢踩,念一声'阿弥陀佛'从旁边跳了过去。佛便罚了信教者,罚他下地狱。此人不服,说,我前面的那个人把佛像搬进沟还踩了,作了恶,却没有事,我没作恶,只是没把佛像搬回,便受罚,这是何道理?佛便说,我罚的便是信者,不信者我管不到,所以无法罚他。由此想去,多多少少小鱼也抓大鱼也抓的人并不见罚入阿鼻地狱,如何一个老婆婆抓了一条大鱼就罚了呢?也就是因为她是信者吗?"

我依然说:"你再想想。"

我能感觉到冯立言在电话那边半眯着眼,他的懒洋洋的神情因为思索而紧张着。我喜欢看他懒洋洋的样子,宽宽的印堂开朗的神情。然而,我总会想象到他紧锁起的眉头。

"如果说,恶无论是大小,只是因为被观音试出便罚得重,而没有做出来的人,不引人注意的恶也就不作罚论,这便更显中国人的心理了。古今同一论,当今有多少做着的,而不被罚,罚出来的却是被注意的,于是这个故事倒不是劝善惩恶的,却是反讽的了。"

"还能想吗?"

"如此想去,还是不想的好。只顾去做,不论是否恶,做了再说,大小也不管。做一个平凡之人,一个庸常之人,一个随波逐流之人,反倒因为法不责众,起码也不会受罚。屈原走到江边,渔夫问他为何痛苦,他说,世人皆喝醉了,唯我独醒着,我当然痛苦。渔夫便说:世人皆喝醉了,你为何不也喝两杯呢?屈原也就只有去死了,他不想喝醉,也不想痛苦。于是他就死了。凡人自然当不了屈原,能当屈原的也是轰轰烈烈的一生。也许我还可以想到,屈原最后是完全喝个烂醉,便倒进汨罗江里去了。"

"还有吗?"

"其实,要想下去,说自己没作恶,也是自欺。就像我现在,打着公家的电话,在公家工作的时间内,并没做事,只是说着聊天的话,又有多少时间都是这么聊着天,一天天地过去,领着公家的工资。说是知识分子,又在工作中用着了多少知识?享受着劳保,享受着工资,享受着机关从下面进贡上来的各种福利品,拿着奖金,拿着所有的大大小小的好处,并为这大一点小一点的福利而抱不平,又如何说自己只是个不作恶的?这样做着这样过着还认为不是恶,一切本来就是恶……不不不,不能再说了,完全说跑了,不是那个故事了。我不知道为什么,只要对着你,我就会乱说,什么都会说开去。眼下我越发有那么乱的想法。"

我也从来没听冯立言说到他有那么多的想法,有那许多的东西都在他的心里。我不知道以前他是懒得去想,还是怕去想。现在他开始想了,我觉得心里有着一种快感。我想他坐在那个机关里,一片阴暗之中,想法源源不断地滋生出来,带着了阴暗的气晕。我努力不去想那些冯立言说出来的想法,那些想法或许在我头脑中早已出现过。我在工作之中,集中着自己的精力。我总在做着事。我已经超越了想的阶段。

大办公室里,他们继续在聊天。他们的话题转到了电视剧上。他们的话题就像转动的罗盘一样,从女演员的表演,转到电视剧的故事情节上,他们说,国产的电视剧都没劲,那些明显是编造的故事都模仿来的,又都太社会政治化了,看了前面就知道后面,说的道理也太明显,根本用不着思想。只要一想,便觉得假,只觉得假。

孙小圣过来对我说:"你说的故事肯定好听。"

我说:"是吗?"

那边便有人接着话,大家眼光似乎一下子都转向了我这边:"什么好故事?也说给我们听听。"

我不明白似的望着他们,从他们的脸上一一望过去。他们也不明白似的望着我。后来他们说着了其他的话,我便低下头来,再接着写信封。写到大办公室里只有我一个人,我还在那里写了十分钟。

十七

  在我的生活中,我是一个爱编造故事的人。独自一个人的时候,我喜欢顺着一点想法就编下去,不是费力去编,而是顺着习惯编。有时我坐在我的房间里,坐在窗前,我听任自己的想法流下去。我想到了冯立言的电话,我想到了我说过的那个故事。那个故事有一个延续,老婆婆的儿子,后来为救母亲,凭着自己的武功力量,打进了十八层地狱,把自己的母亲救了出来。于是,关在地狱里的那些鬼也都获救了。他打进地狱的时候,不知是不是有着自己的肉体形体,如果只是梦里灵魂出窍,那么他还具不具有那种肉体的力量?灵魂的力量也如肉体一般,那就只是戏了。飘浮着的,能随想的,不连贯的,如我梦里的感觉,便是灵魂的表现吧。我在梦里想飞的时候,也有飞不起来的时候,那是不一致的,出现的情景都没有连贯性,那么地狱的展现也会不连贯,儿子的力量也会忽有忽无吗?他突然感到自己没有了力量,失却力量了呢?他是不是就陷入了地狱中?他需要具有大力气,用来打开地狱的大门和栅栏,以及一切阻碍。然而力气本来就是肉体的。也许意志力便属灵魂,那么地狱里所设的一切拘人的东西,究竟是物还是别的什么?如果是形体的,那么,灵魂的力量是可以超越的。假如我陷进地狱中,我就想着超越,我就感觉自己飞起来,一切所拘的都如幻影似的落空了,只是映在背景中。是不是会有那幻影般的地狱之物,正拘着如幻影般的灵魂呢?就如梦中的我也无法解脱幻影的梦境。就是飞越也只在那梦的背景中。无论肉体和灵魂,凡存在都必须在一定的背景中,那就是无法超越的。真正的超越,就是超越任何的背景。没有了存在的背景,那么自我的形体自我的灵魂也都没有了意义,也都没有存在的可能了。也许可以想象一个形体在一片没有背景的存在中飘浮,不管是走还是飞,只是形单影只地飘浮着。永远没有背景,似乎是超越了,那却是一种孤独至深的形象,无法忍受的生存。或许那便是一种地狱,真正的地狱。我想超越,但我又无法超越背景。我存在于背景中,我就无法超越。思想可以超越到一个境界,但新的境界依然有一个背景。如同我流动的思想,每一个故事,只有出现了背景,才似乎真实,感到有劲过瘾。我努力在想象的故事中超越,却又设置每一个实在的背景来拘束自己。我的灵魂所指、思想所指、想象所指,是一片转动的背景。指与所指,是存在的两层,无法解脱,无所谓超越。我只能在一定的背景中去感觉超越,不断地渴求超越,又不断地承受新的所拘背景。这形同于游戏,如同性爱的游戏。一个性泛滥者,不断地寻求新欢,每一个新欢又都成为一处旧背景,需要超越解脱的旧背景。也许人生只有在游戏中才能感受真正的快乐。寻求新的快乐,本就是生的循环游戏,一种人生的无意义的意义。这又接近宗教。宗教像吸引思想的一个洞:无数的实在的物都吸入了洞,无数新鲜的感受都吸入洞,无数变化的形态都吸入洞,在洞里层层叠叠地挤满着……

我不再想下去,不再让思想流动下去,许多的想法和想象流到最后,都会有流进洞的感觉。有无之间,存在之间,指与被指之间,都仿佛是在洞里的感觉中。我不再想下去,我孤独生存的意识不让自己想下去。生存是一个屏障,我无法解脱那个屏障,我没有力量去穿越那个屏障。我自然会产生不少肉体上的反应,而我无法在那种简单的反应之上,去想象超越。所有的想象都会变得简单。或许简单就是一切的真谛,我却无法一下子接近那种真谛。我无法达到超越,只有在完全丰富后才会超越,我有时会突然感到自己想象的苍白。

每次独自思想的开始,我会有一种超越的快感,我顺着想象去流动,我坐在那里,我的肉体不再拘束自己。思想的流动,似乎带来的还有肉体的快感,想象我属于我自己,我可以超越。没有什么来影响我。我可以不用做事,我可以任时针转动,我可以听任自己飘浮起来,超越出去。我可以解脱时间的背景,解脱外在的背景,解脱失却自我的世界。我可以痛痛快快地去想象,想象许多快活的故事,随时都断开梦境般地,超越出去,产生新的意象。有时随流而去想象最痛快的情景,获得意淫的快感,甚至那种快愉感也是超越的。

然而,我还不得不回到现实的背景中来,回到我坐着的肉体中,我对着一片看惯了的窗景,暗黑的固定了的存在背景,我便会生出一种悲哀来。我很少再有那种大起大落的情绪,在现实人生中,也很少去为现实背景中的什么,产生出大欣喜和大悲哀的情感。而在这想象的快感之后,那种无由的悲哀便会侵蚀我。意识到这一点,有时会影响我的想象。我怕这种悲哀克制那种想象的超越感觉。我想直面这种悲哀,想着悲哀的源头,但我只是悲哀。那似乎是灵魂飞越后的疲乏感,似乎是快感后的缺憾感。

我坐在这儿。我只是一个坐着的人。我的自画像,便是一个独自坐着的女人。我无法对我身边的事产生强烈反应。我总会有一点疲乏感。我是被固定了的人。我是一生为做事活着的人。我把许多的思想都容纳到头脑中,于是我只有坐着,我才是我自己。我坐在这儿,我看着周围的家具,看着这一个房间,看着这一件件的物件,它们算是我的,它们供我使用,我宁可说它们供我驱用。它们一件件地都坐着。那只柜子坐在那里也有四十多年了,而那一张张凳子也都坐在那里磨成了暗红色,发着暗光。我身边的一张四抽桌,它也总是坐在我的面前,它的边缘上显出了里面的木质的纹。在它的上面压着一块台板玻璃,玻璃底下坐着一个旧时代古典装束的女人。她也是坐着。她的一双眼睛,从哪个角度看,都像朝我望着,静静地望着。有时我会感觉这张画像便是我,带着一点忧郁的神情,一种失落无适的贵族神情。我并非贵族,而我精神上的疲乏、思想上的静态形同于贵族。没有行动的力量。我把我的岁月都投进了我的周围,无声无息之中,折射着我的精神。它们一件件地都坐着,说驱用,是说它们是有生命的,它们的生命也只是坐着,是坐着的姿势。它们看着我,注视着我,它们很了解我的灵魂的动态,它们看着我如何飘入那种虚浮的境界中,在那里断与续地游荡,获得那游荡式的快感,虚浮的快感。在飞跃在解脱在超越,那里的一切都任由着的快感。在那里我看不到它们的注视,也许根本注意不到它们的注视。而它们用虚幻的手,指着我,架着我,引着我,注视着我,带着永恒的坐的表情,再看着我回落到躯壳中来。当我意识到它们的时候,它们都收起了注视,只静默地坐着,无声无息地坐着。我无法多注视它们,它们的形态比我更静。我是个安静的女人。相对于那些活动在社会上的人,我是过于安静了。但我知道我的动态,我内心的动态是异常的。我还没有学会注视静态的岁月,没有到完全静态存在的世界。我还无法于内在中永远地沉静下去,我的眼光还带着灵魂在动态的对象中游移。我也就无法和它们对话,它们也就仅供我驱用。

一个动态的形象引着我,那是冯立言。我随他进入那座水泥楼房中,他走过阴暗的走廊过道,他的背部映着远远窗口透进来的一点朦胧之光,那点光勾出了他的背影轮廓,他走进办公室去,在左角缺了一块油漆的办公桌上放下了他的包。他坐下来,他就坐在那里,眼光仿佛凝定在桌的左角。弄不清他在做什么事,许多的事都是弄不清的,就如我在办公桌前写着自己也弄不清的地址。我希望他能在我的注视中动起来。他还是静静的。有时我会想,我是不是如同一个被他所驱的物件,也许是他的一张办公桌,或者是他的桌上的一只热水瓶。我静静地无生命地注视着他,我的手无声地指向着他。这些日子以来,他有着了内心的动态。在注视这种动态的时候,我忘却了"我"的存在。

他和小吴对视一下,他们的对视中,有着了一点碰撞,这种碰撞有着了实在的内容。我看到了眼光碰撞的交点冒出了火花,火花飞溅开来,化成一片烟雾。背景便朦朦胧胧的,火花凝成了一个绝对的高度,超越了出去,不只停留在一个具体的碰撞中,而在一个精神的高度上。具体无所谓大小,人的精神火花是一种类型的,是超越具体层次的,从这点来看,精神焦灼和力量施展是同一的。一切到了最后,时间的流动,使冯立言的精神产生了动感。他虽然坐在那里,他已经不只坐在那里。他想安静下来,但他的心无法不悬着,无法不动荡。他在等着那个结果的到来,而结果迟迟,于是他动态的心便成了常态。

小吴走出门去,每一次小吴出门的时候,都牵着了冯立言的一部分眼光,那片眼光随着小吴身后关上的门给撞落。冯立言想动,但他还是坐着。他的视线变得雾蒙蒙的。他的心浮起来,飘开去,他的眼睛盯着面前的一点,想把那一片飘浮出去的东西看清楚。后来,小吴进来了,脸上带着一种难言的神情,小吴又朝冯立言看一看,眼光中没有了碰撞,小吴的眼光变得柔软,却带着了一股无形的劲道,那劲道是成片的。冯立言眼光的力已趋向无形而无力。冯立言只是朝前面望着,他使劲地用着力,使自己的眼光撑立着。而小吴的眼光已经旋转般地上升,引着整个办公室里的眼光随他的眼光旋转着上升。我听到办公室里的虚空之间,发着的精神的欢呼声,轰鸣而响亮,得意而欢乐,眼光在高处带着一点微笑注视着一切。

我看到了冯立言茫然的眼光,一瞬间中凝滞着,虚影般地凝滞着,环顾四周,看清了也听到了那虚空中的声响。他的精神在虚空似乎悬着凝滞一下,随着他的头一动,于是很快地落了下来,一直落下去,落到很低很低处,没有声音地坠落,坠落的空间没有任何的阻隔,在一片低暗旧灰的习惯背景中,垂挂在了一个枝头上,那里有无声无色的枯萎着的花,有一堆废旧思想的文字和几张裱着的过时张贴,一些灰暗的旧记忆影片,一卷卷成堆的新的旧的相近格式的书卷,更多的虚浮的东西很乱地不可思议地堆在一起,重重叠叠的。冯立言没有低头,他的脸朝着前面,朝门边的一个报架,报架上一份报纸没有放好,他想着是不是该去把那报夹放端正。他精神的一片站起来走过去,弄那报夹,但弄了几下还是弄不平整,他很有耐心地弄着。冯立言还是坐着,他的身子并没有动。后来,他木然地去看小吴,他看到了小吴的神情,凝滞的表情便活动起来。我听到他内在的声音:归去来兮,归去来兮……他在唤着垂落下来的他,那些背景晃动了一下。贴着景物之上的他垂落下去,随着一阵震动,他完全落下来了,他落到了一片熟悉的感觉中,他嗅到了一点熟悉的气息。但他又觉得存在之处都在晃动着,那种旧的气息和感觉都在晃动中变了味。他想动一动,想在习惯中把他摆稳当了,摆舒眼了。他总是摆不到原来的位置上。

这是无意义的,这实在是一种低级的烦恼,这是个很低级的争夺,我如何会陷进去的,我应该回复到原来的我。他在心里说着许多的话,产生出了许多泡沫般的感觉来,浮起来,泡沫很快地浮现在整片的背景上,如潮般地盖住了落下来的他,他仿佛一时浴在水之中,沉浮的感觉迷糊着他的神经。很快他又显现出来,我手指的前方,他还是飘浮着,悬着空,无法落到实在的旧背景去。

人生存在的痛苦不是用大小的失败来衡量的,失败是同一的,投入进去的,是精神晃动的度,是精神刺激的度。冯立言的基数在一个陈旧的背景中,动荡便是根本性的。他在动之后,找不回原来的习惯的路、习惯的模式、习惯的世界。他很想走回去,在他的眼前出现的是他和他母亲、妻子生活过的家,家的背景浮起来,他想回家去。

他走进家门,他有了一点亲近的感觉。我看着他走进去,屋里浮着一个女人,他首先看到的是他母亲的形象,但那个形象变幻了,在他的精神还没有松弛下来的时候,便有一层雾般的悲哀飘浮起来。他说:"我回来了。"那个女人并没有答话。她听见了,但她的身子隔着,在眼前的身子却隔着很远,显得很小。他很希望她变大了裹住他,然而在他的眼中她变小了,变得瘦削单薄。

"今天买了一点山芋,山芋有点坏,现在的小贩都卖坏货,坏芋头还好吃,坏山芋就不好吃。"她说着,在她的脚下堆了一堆削了皮的坏山芋,一层一层一团一团黑乎乎的。他在那一堆面前站着,黑乎乎的色彩便印进了他的心上,印染了一大片。他只是低着头。他希望她注视到他。她还是在削山芋,一片一片地继续落到他的脚下。

"那应该是我可以吃的。"他突然说。她抬起头来,看了他,他和她的眼光相碰了,他和她的眼光没有碰撞到,交叉地过去了,他的眼光落在了她的脸上,那里有一块粘上去的黑乎乎的山芋皮,而她的眼光落在了他的耳边,他的耳边长着一粒肉刺。

"我回家了。"他说。他的声音里带着一点悲哀。她还是望着他,她望着的是他有点变黑了的脸,还是习惯的肌肉有点松弛的脸。她的眼光从他的眼前飘过,他的眼垂落着,那里是一片阴影。

她低下头再去削山芋皮。他便走进房间去。眼前家中的一切有点恍惚地飘浮着。他的内心里生着恍惚。我看着他心里生长出来的东西，我感觉到欢喜，又有着一点莫名的哀痛。他恍惚间注意到我的存在，他朝我存身的地方看来。我想他不应该看到我的，我应该是隐身的，我只有一点灵魂在浮动。但我觉得他看到了我的手指，指向着他的手指。在我的手指的指向上，他的心中生成了许多的东西。他无法融进这个习惯的家，习惯在粉碎着，破裂的声音飞出来，在我的眼前火花般地蹿动着。

我看着那些破裂的声音而兴奋。

十八

　　下雪了,云压得很低,一堆一堆在上空绵绵延延,从上面掉落下来一片片的雪片飞扬着。我走出门,我感到自己身体的压力和重量。我感觉着身体。我有一个身体,身体是我的。身体连着我,我在身体之间。我是由肉和血和一些实体的东西组成。很多的时间里,我不会有这种感觉,我忽视了我的身体。现在,我感觉到了身体,我感觉到我女人的身体。周期性的流淌,是身体沉重感的起因。在雪天里走路,我感到有点冷,而平时忽视了的实体都在感觉中,但又都不入感觉,隔着一层似的。女人感使我觉得有点忧郁,我用女性的意识去注意街上的女性。那些走着的女人,形态美与丑的,穿着好看与难看的,女人具体的感觉涌到我的心中来,让我觉得疲惫,觉得累。我觉得女人人生的拖累和悲哀。时光的流逝也有着了压力,也形成了重量。这时光的意识浮浮沉沉,有着遥远而曾经的感觉。一念之间,不知我如何落到了这个现实的雪的街上,人和车的流动,凝成的一个陌生画面的感受。雪飞飞洒洒,扑在脸上,滚落着,凉热交融。仿佛多少遥远的时间里,我已经如此存在过,苍茫而独步于雪中。岁月已有三生相隔。遥远的时间和流动而陌生的背景都隔着一层。只有我自己的感觉实在。

　　进了办公室里,顿感房间的暖和。身子里还是冷,仿佛被暖感逼到根部。我双手搓搓,手指合拢着,感觉在指头外面。被关了一个晚上的房间,里面有着一点劣质的涂料的气息,还掺着书的味道。那些气息融在一起,融成了一点暖意。其他人还没有到,我独自一人在房间中间站了站,看着前面窗子上渐渐被人气模糊了的玻璃。窗台上不知谁放着了一盆文竹,已显得萎萎的,发着一点枯黄色。我不喜欢养花草,特别是盆养的。弄不清是不是我接受了过去认为花草属于资产阶级的概念。指针还差十分到八点,我动手打扫房间,那是我每天都做的工作。我弯腰扫地的时候,腰和腹部有着一点肉体的感觉,身体的又一次下坠感。从地上扬起一点灰尘,沾着水泥地的气息。许多的气息飞扬着,我想那些气息是物质的,很细很小的不怎么看得见的物质都在飞飞扬扬,随着人的呼吸,从鼻子进入人的内部。就是干净的地方,空气中也有着异物的气息不断地进入人的身体。人身体的内部也是气息的所在,是气息的房间。房间之上,悬着一个钟,钟的指针在缓慢地转动着,自顾地运作着。那就是"我"。我伸出手到玻璃窗上,我用手指轻轻地擦一擦玻璃上的雾气,显着几道清晰的手指印痕,从指印间看出去,外面一片动着的白色。我在办公桌前坐下来。办公室人员一个个地进来了,他们打着招呼,说着坏天气、雪真大和车真挤的话。那些声音都在我身体的感觉之外。而我身体内的感觉,是气息,每个人有每个人的味道,都混合在一起,进进出出的。我忍受着。每月都有几日,我会生出这种感觉。我必须要忍受几天,才强烈地真正地感受着"我"。"我"是具体的、实在的、渺小的、可悲的。我清楚身体对我的实在意义,我很难把这种感觉排出去,我无法把自己的门关上,不让进入。要进入的还是随便地进入了,永远地进入。我对外在的东西无法抗拒。我自觉到我是一个女人,一个弱者,有着人所具有的一切弱点,由此而悲哀着。

一个个进来的人,都有着他们的形态,一个个都有着他们的气息。那个大胖子腆着大肚子,身上有一股老油味。而那个戴眼镜者便有点歪着头,走路似乎有点跛,一踮一踮的,身上有一点干枯的气息,衣服上有种没晒干的味道。而孙小圣则脸上永远带着殷勤的笑,像挂着一般,他的身上有着可以嗅得出来的香水味,那味里又掺着头发的气息。我对气息的敏感,也是这几天所有的,气息浓了重了,我觉得有点要呕,胃里干翻翻的。我也是这时才会感到我之非我,我并不统一,无法和外部统一,也无法和自己的内部统一。

那个大胖子,从我身边去倒水的时候,他的老油味里掺着一种似乎是突然从他衣服里钻出来的隔宿韭菜味,我终于忍不住地干呕起来,我使劲地忍,还是没忍住。我掩住了嘴,没人注意到我,直到我发出声音来,他们才看着我,转而他们都过来表示了关心。

那个大肚子的宽胖者,朝四边看看说:"为什么不开窗?开窗透透气,开窗透透气就好的,这种病我懂。"

我摇摇手,我用手指指那盆文竹。我注意到戴眼镜的眼光,这才知道那是他的。孙小圣便说:"一盆花又有什么?人最重要,开窗开窗。"他就伸手开窗,眼镜先生也去开窗。窗子开开,透进来的一股雪的气息。外面的冷气与房间里的气息融在一起使我的神经有点麻木。我的头仿佛被冻凝起来。我不想说什么。我迎着冻,我忍着。我在那里坐着写信封,写了一会儿,抬起头来时,发现房间里的人也许有什么事都出去了。我看到那棵很瘦的文竹,它还连盆在窗台上,映衬着外面白的雪景,显着了绿绿的样子。我并没有生出怜悯,我只是看着它,看着它的那点绿色。它似乎一直是这个样子,它并不会感到冷。它没有直接地呼吸,但它会冻死。外面的草都冻死了。死了就死了。我想着死,这几天里我会有许多奇怪的不同平常的想法。流动着的许多的思想,也正和"我"的感觉有关,我的思想在"我"之中流,便如绿色映在它的表层上。

我的手指慢慢地冻麻,但我还是坐着写着。电话铃响起来,我过去接电话的时候,我才感到,整个身子仿佛都凝在了椅子上,凝成一个木块与椅子连成一片。

电话是雅芬打来的。听到雅芬在电话里带点严肃的声音,我的精神便松快起来,我想到雅芬又给我找到一个新的对象了。

"说你啊说你啊,大概是有缘了,我昨天到一个朋友那里去,他是搞字画的,弄了一个聚会……我说你啊,以后也多和我一起去这类文化沙龙走走,多是有学问的。现在的学问人,又有点变化。大款一开始都是暴发户,那时只要靠冒险。而现在,赚了钱的老板都懂得没有文化不行,文化人也懂得没有钱也不行。文化也就参与到生意中去,出主意,做策划,只要点子好就能赚钱。这样,文化人也就有钱,实在比那些走不出去的文化人活络得多。这样,就有一批最先和企业老板结合起来的文化人,这样的人是目前社会最火的……"

雅芬的声音在电话里慢慢地带着了一点激动,每次她给我介绍对象的时候,都会先给我介绍一点社会大背景,做一点思想工作,这也是习惯。那些对象都属于最火的,雅芬的眼光永远朝着最火的。她对最火的有着那种女性至切的关注。

雅芬说着那人的名字和职业时,她的声音怀着一点神秘,我的精神完全松开了,我觉得房间里的气息像被一股旋流转起,往窗外旋去。我的眼前也像扯开了一层雾的纱,亮了一些,明快起来。我感到也许是阳光透进窗来的缘故吧。我不再觉得冷,那股热力慢慢地渗进我的肌体中去,随着血管气穴回旋,也暖了下腹部。下腹在暖意中,化开了,和全身的感觉融成一体了。

"……他穿一件黄格子的外套,牛仔裤,很洒脱的,看不出他是一个结过两次婚的……"雅芬说他结婚的时候说得很快很随便,她只顾细细地说着那个我没听清名字的男人的穿着和模样,"他头发有点长,现在这批人都留长头发,长头发就显得飘逸。我让我家那口子也留长发,你知道他说什么,他说长头发是男不男女不女的,还说阳刚阴柔,头发长自然见识短,都是乱七八糟从旧书旧时代阴沟里钻出来的味道。他纯粹是个老土呢。说起来当时我看他也是个文化人,现在知道文化人也是有区别的,区别就在于有的骨子里是土的,有的骨子里从上到下都有着新的想法、新的意识……"这也是雅芬的习惯,每次她向我介绍对象时,总会批判一下她的丈夫,她的丈夫永远是不开化的。

"……他问我,你是什么样的。我就问他,你看我是什么样的。他说,好样的。他说着就笑,坏样的笑。他的话里有味道,不像老土,也不像油嘴滑舌。这类人说话就有底气了,也见过世面。只有文化和钱同时打底的人,才会有又不迂腐又不狂狷的味道。我说既然我是好样的,当然我介绍的人也就不会是不好样的。他就笑着说,好好,你们当然都是好样的。你说他说话怎么样?很有味道吧?"

雅芬的声音在我一片暖暖的感觉中荡漾着,我分不清她一个个字、音节的含意,也不想去分辨。我感觉到电话那边雅芬很严肃地说话的样子。她的手指在画着圈,在那一个个圈圈起来之中,便有一个虚幻的形象,向我浮过来,看不清那个形象的高低胖瘦,可以看清的是他的头上罩着一头长发,在运动中飘起来,飘在脑后。那个形象是走得直直的,慢慢地开始转动起来,在他颠倒过来的时候,他的长发就向下垂直着,整个身体像一根旋转着的指针。那根指针正停在十点上。

我听了二十分钟的电话了。我看着意识中的那根指针,指针在慢慢地旋动,仿佛旋动在我的下腹部,换进一点清新的气息。我放下电话以后,便过去关上了窗子。大概是关窗子的声音传出去,他们都听到了关窗的声音,他们一个个地都回到房间里来。他们一边说着话,带着刚才在其他房间里说话的情趣。往往话题随着一个调门最有激情的人转。这次是那个戴眼镜的,他在说着一个警察部门的腐败,说一个指挥交通的警察,他的那根指挥棒很有威力,司机们最怕他的棒子举起,然而他的棒子总是在女人的身边垂下来,弄不清那是过路的还是他的熟人,他和她们交谈之际,便是司机们最快活自由的时刻。他们赶快地开过车去,从他的身边开过去。他有时也会朝旁边看一眼,那只是一种习惯,就是违反着交通规章也都视而不见的。直到他露着笑看着女人离开后,便又会现出那种严肃的样子,而在那一刻里,便是自行车压在斑马线上,起码也会受到他的指挥棒严厉的指向,接着便锁扣车,很快马路边铁栏边上锁着了一排边的车。

  我突然发出了一声笑,我并没有注意到我的笑,也为自己的笑声觉得陌生,房间里的人都看向我,我的脸上还残留着笑。他们似乎有些奇怪,似乎他们还从来没听过我的笑。我不知道我的笑会如此引得注意,似乎不当在这个场合表现。我不是没有笑过,大概是没有过这么短促的笑。我在我的笑之中触摸到了我自己松快的感觉。

十九

　　从那以后到我去见文化赚钱人之间的几天中,我在办公室里还笑过一次。那一次,我是有着了自制力。我也弄不清是听了他们的一个什么说法,反正他们每天都变换着一些说法。我并不想听,但他们和我在一个办公室里,我无法避开他们。不像在图书馆里,我和秦老师一起不声不响地待着,都沉在了书里。我一直认为我喜欢图书馆里的环境,我不喜欢这个整天都在议论的办公室,整天写着信封的地方。我只有听着他们的议论,他们的声音会传到我的耳中来,在这几日中,会引我短促地笑一声,我自己也感到莫名其妙。他们大概也感到我的笑莫名其妙,他们朝着我看看,又互相看看。他们也许认为没有什么好笑的,不知我为什么会笑。

　　只有孙小圣悄悄地对我说,他说我的笑很有特点的,很出众,很有一种魅力。我发现了孙小圣说话的特点,他喜欢用连串的排比句,而这种排比句让他的说话确实有着了与众不同的魅力。听着他的排比句,我的心中就生出一种特殊的感受,生出喜欢听着的感觉。我愿意静静地听下去。

　　"……你大概不会知道,你很快地笑的那一刻,脸上有着一种很美的神采,微微的红晕,映在了腮帮的一块上,而周围整个脸上都像是映着了一点光彩,亮开了。你的眼中有点光在颤动,真的,一瞬间很漂亮的,光彩夺目,光彩照人。"孙小圣说开了,他的句子里有时会出现一点走远了的明显是俗了的形容,但那些俗的形容还不令人讨厌,在他许多的赞美的声调中还算协调。

我并不知道我在工作时短促的笑,对我来说是什么意味。几天中,我回过一次图书馆,是去拿工资的。我走进那座大楼里,嗅着了满是书的气息,看着静静之中人们低着头看书的情景,我的心中便浮着一点感觉,那种与送书组办公室里不同的感觉,感到我那种笑肯定是奇怪的,是荒谬的,是不应该的。我怎么能够那样笑!我离开了书的日子,那种无所事事的总是听着庸俗议论的日子,是如何能够安静地接受的?然而,再到送书组办公室里,我又忍不住会有笑的感觉,显得松松快快地过着日子。我写着信封上的字,听着许多的议论,我也会有想再笑一笑的感触,虽然并不好笑。

我参加了一次舞会,那是"蓓蕾工程"的一次活动,邀请了一些记者来。"蓓蕾工程"的对外活动更多是面向记者。记者会在一个舞厅里开,舞厅一个下午时间的营业效益牺牲了,承包的老板说赞助"蓓蕾工程"是值得的。第二天的报道上自然少不了会提到舞厅的名字。

舞厅的四周看不到窗,都拉着密密的帘子。在透亮的灯光下,开完了记者会,灯光暗下来,接着便是舞会。作为工作人员的我自然是不可以走的,也就寻着水瓶和茶杯给记者们倒水。胖主任看到了说,倒水自有服务小姐,舞场上女伴少,应该跳舞才是。说时,孙小圣便站起来,伸手做着邀请的手势,随即举着一根手指,引着我上场去。

我原本不会跳舞,音乐听多了,还懂节奏,下了场只顾自己走着。孙小圣就着我的步子,走起来也并没有什么不妥。很快,孙小圣在我耳边说着话,他说我跳舞很有悟性。他说看得出我并不会跳,本来还以为我不会下场的,但我一跳起来,很有悟性,很有风度,很有舞姿。"你应该经常跳。"他说话的时候,按在我腰背的手指紧了一紧,我想说什么,我的身子碰到了身后的人。

"跳舞时,手指的语言是很重要的。到底手指语言是如何懂得,在许多的场合,跳舞配合的默契,靠的是一种心心相印,心有灵犀,也是一种熟练,跳舞是一种相合的训练。舞厅外面人是相对而立的,而在舞厅里面,人是相合而立的。所以人们喜欢舞厅,我就喜欢……"我没有想到,孙小圣还会说出一段几乎是哲理的话来。孙小圣一边跳一边轻声说着。暗蒙蒙间,看不清他完全的脸,他的声音却带着了一点滋润的气息,他的手指上面捏着我的手,下面按着我的腰轻轻地动着,仿佛在给他的语言做着注解。我感受着他的手指,慢慢地,似乎脚步也随着他的手指的指挥而动着,一步步地走出了我自己也弄不清楚的花步,那是从来没走过的。他在我的耳边继续说着,赞叹着我的舞步,赞叹着我的聪明,赞叹着我的身子,赞叹着我……

从舞池走回座位上,我拣了一个角落坐下。我觉得有点热,坐下来的几分钟里,我的脚还似乎有舞步的自然感觉。弄不清是舞曲的节奏还是我的感觉中的节奏。音乐再响起,我的心仿佛便舞着了,我似乎已经很清楚体悟到音乐与舞步的联系,我的心仿佛在感受着那种舞步节奏。我觉得那节奏有着了一种吸引力,引我下舞池去。就这时,我的面前出现了一只手,伸着的手平摊着,微微有点弯曲,我从手的上部看清了是戴眼镜的那位,看清他邀请的微笑。这一个突兀的举动,牵动着我的心理,我的身子想随之而起,但我的内心里生出了一点抗拒。我说:"我有点累,对不起。"他有点发怔。他站着看着我,我也是一动不动地坐着。我看到他带着一点尴尬地走开。一个人伸了手,我便跟着他,而那是一个男人,这是我很难接受的。这样我便静静地坐着看着舞池,那里一对对的舞影在动着,在旋转着。我和那里生着了一种距离,隔着了长长的一段距离,我突然怀疑刚才自己也在那里跳舞,由一个男人用手围着,搂着,旋着圈。我在大学的最后一年里,学生中也开始了舞会,我从没有去过。我觉得那是一些年轻的刚入学的学生才喜欢的。我无法想象,我会和一个不熟悉的或者平时离得远远的男性相交相触地搂着。任谁都能将我带去,这似乎是不可能的事。慢慢地,我的心静下来,舞池里的情景仿佛退得很远,仿佛退到了看戏时与舞台的距离。我很难想象,我也曾上舞台演过一次节目。

跳了几曲后,响起了迪斯科的节奏,摇滚的音乐震耳欲聋。许多人都下舞池去,那节奏催得人脚暖。我也隐隐感觉着自己的脚,正合着那节奏在动,是感觉在动。我想象着我独自一个人在忘情地跳着,摇滚着身子,扭动着身子,我跳得很好,我的身子翻转过来,手臂和腿都在摇动,整个身子上下都在摇动,摇着升浮起来。但我还是坐着。我坐着,我看着那些人在灯光切割下的一个个动态,挤挤攘攘如群魔乱舞的怪态,非社会的,却又是在社会的群体中。我还从来没有走进过这种舞厅,还从来没有看过这样的舞态。

我并没有感到奇怪,我从雅芬的口中,和其他人的口中,早已听说过。但我的心中还是想着了那过去的几十年被禁欲者斥为资产阶级的舞。虽然对那理论我并无同感,但我是那个时代过来的人,我还存在于那个社会的影响中。我对自己说,不是,我并不是因为了什么影响,我只是我,我只是无法由谁伸出手来就跟着谁。我是我自己的。

在慢音乐响起的时候,孙小圣走过来,他也伸出手来邀请我。我知道了,那是一个邀请的习惯约定动作。我说:"不。"他弯下腰来轻轻地说:"你跳得很好的,你会使这里的人都注意你的,你会成为这里的跳舞皇后的。"我身子没动,我说:"不。"他没有走开,就在我的椅子对面坐下,仿佛知道我会说这个"不"的。他坐下的时候,说了一句:"我陪小姐坐坐,我说你大概并不明白,邀请跳舞被拒绝,叫作吃苍蝇,是很丢面子的,拒绝人家是很不礼貌的。"他的手还伸着,但我的身子还是没动。他摇摇头,脸上笑着坐下来。他说这样的话时,和他说平常话一样,露着了他很俗的神态和语调。而一旦他说着话来赞叹女性,便很有味道了。其间,差着了一个很大的档次。

"你知道吗?你就是拒绝别人的样子,也有着一种高贵的神情。我想你一定出身大家门第。你的脸上是没有表情的表情,而这种表情比你笑的时候,还要有魅力。我看你总是在工作,但你工作的时候,并不等同于那些做工的人。你是想做,像是愿意低下身子,来表现着你的高贵。完全不同于忙忙碌碌的芸芸众生。你刚才跳舞的时候,也表现出了这一点,显着一种内在的东西,一种令人赞叹的东西,那是一种超越尘世的美。只是很少人能理解你的这种美,在这种流俗的社会中……"孙小圣在我侧面轻轻地说着,他的声音不高,在音乐声中近乎耳语了,我带着微笑听着他的赞美。他的话总让我愿意听着。

"……这个乐曲真好,是个跳舞的曲子,节奏很明显的,你听,砰嚓嚓,砰嚓嚓……我们还是下去跳一次吧……"孙小圣朝我微微地摊着手,他的声音里带着一种恳求。我还是坐着,我说:"不。"

孙小圣终于离开了,他邀请了一个记者跳,那个小记者胖乎乎的,刚才说话很活跃的。我看到他们两个走进舞池,孙小圣和她耳语着什么,他大概也是在赞美着她吧。那个记者笑着,笑得很开心的样子。于是孙小圣也笑着,笑着的时候,他正走到舞池这边来,他朝我投过那笑着的眼光来。我只是坐着,舞池像舞台的感觉越发明显起来,仿佛和我隔着一个天地。

舞会的节奏却在我心里隐隐地响了几日,我听到音乐便会感受到舞步的节奏。我有时放任自己在感觉中心里走着舞步。单独一人在屋子里的时候,我也只是坐着,我不让自己独自跳舞。我抗拒着。我嗅着了一点腐朽的气息,带着一点酒的气息,迅速地蔓延开来,在整个社会中蔓延着、升腾着。我知道这也是我内心的传统感觉。

二十

　　这次约冯立言的时候,我说在"皇中皇",他一时有点弄不清,我说:"'皇中皇',你不知道吗?所有的士后面都贴着一张广告,情调自有'皇中皇'。"他似乎还是弄不清地说:"我真想和你见一见。"我说:"就在'皇中皇'见啊。"他想了想说:"好吧,可是我不知道那是哪儿。"我说:"你只要找一辆出租车,爬上去,说到'皇中皇',师傅就会把你带到那里了。"那天晚上,我就去了皇中皇。我也只是听说过那是个高雅的舞厅,并不知道在哪里。坐出租车到那里时,在车上就看到冯立言站在大门口,一片霓虹灯光映着他。他的半个脸被映成彩色的。彩色在旋转着,他的脸上也彩光流溢。他看到我,不像在以往安静的地方,样子有点可笑地朝我笑笑。

　　我笑了,我显得兴致很好地对他说:"今天,我很想跳个舞。"他伴着我一起走进舞厅去。在朦胧的过道里,冯立言才开口说:"我们还从没在有人的地方相约,特别是舞厅里这么多的人。"我回眼朝他一笑。我心里想,谁也不认识我们,我们不就像在无人的地方嘛。冯立言大概懂了我眼中的意思,静静地跟着我。高雅的舞厅里的人不多,我曾听雅芬说过,这种舞厅消费很高。我们选在一个角落里坐下,一个男侍者送来茶后,问还要什么。我说:"安静。"我是笑着说的,那个侍者大概没有听懂,弯下身子来问我:"小姐,你说什么?"我说:"只需要安静。"他点点头便走了。我觉得这个侍者还是很有风度的,他走路步子很正,在舞厅里这么长时间,也没有让舞曲引动他的步子。

冯立言大概还不习惯这种环境,他有一会儿没有说话。到他想说话的时候,我站起来,朝他做了一个邀请的手势,他也站起来,我们走进舞池去。我原本以为冯立言不会跳的,但他走动起来,步子很合节奏,看得出来是有人教过他的,也许是他的妻子。这一点他并没有对我说过,他对我说过那么多的事,我几乎认为他是无所不说了,但还是有没说的。毕竟我不是生活在他的身边。

我们跳得不错,走得很合拍。冯立言一直没有评价我的舞姿,也许他认为我是天生就会跳舞的,不止一次在这样的舞厅里跳过舞了。他跳舞的时候一声不响,脸微微侧向着另一边,这是合着国标舞的规定。我们踩着步子,也仿佛已经多少次这样跳过了。我没有感到冯立言手指的示意,似乎用不着示意,我们便自然地走步旋转。

重新坐回到位子上去,我觉得我的心境也已合着了舞曲,有一种回旋相合的畅快。冯立言坐在小茶几的对面,我们面对着面,他的手肘搁在桌上,双掌合着,手掌掩着了他的下半个脸。我把手搁上去,我的手掌就靠着了他的手掌,他移开一只手来掩着我的手。我们便让那手掌靠着。他慢慢习惯了这种环境,显着以往相约在各种安静的场合下的神情,露出一点我熟悉的微笑。然而毕竟在这舞厅的场合里,他的表情中又多了一点柔情,也许是灯光朦胧的缘故。

"我一直怕进舞厅,我怕舞厅里的虚假气氛,这里的一切都那么彬彬有礼,文雅合拍,似乎一切都是融合的,而一旦走出舞厅,那种融合便被打破……"他转眼看了看舞池,正放着一曲很柔慢的萨克斯音乐,舞厅里的灯光暗了好多,只有几处很小的黄黄的暗灯亮着,迷蒙,舞厅里却不知从哪里走出好多对的人影,在慢慢地旋动着。萨克斯黑管在低低地响着,如一片昏暗的海滩边,水轻轻地漫过来。

　　他的手掌紧了紧,我的手掌在他的掌底微微地抚了抚。他的眼正对着我,以前我们靠近的时候,也没像在舞厅这样完全直面相对过。我看到他的眼光在暗影朦胧中,流动着一点蓝莹莹的光。他的手掌底有点硬,他呼吸着男性粗重的气息,我深嗅一下时,嗅到了一点夹着面前小红烛燃烧的气息。我轻轻地把气息吐出去,我感觉着我的气息,在他的四周绕着,柔柔地包围着他。

　　我说:"相对才有融合的需要,融合了便总要产生相对的结果。什么场合都一样。"

　　"需要也是欲望,没有欲望就没有相对。"冯立言的手掌热起来,仿佛要烘软我的手,我起身来拉他下舞池去。他随着我,相拥相靠地脚下轻轻地移着步。他的声音就在我的耳边。

　　"……我讨厌我的欲望,科长的事结束了,我想我应该解脱了,但我的心不知为什么没有回复到原来的状态。我对自己说,眼光太小,心也太小了。有时我看到新上任的小吴很少再进入同事聊天的圈子,说话总咬着一种不同以往的味道,转转弯弯地说出一点报上的语言,一旦看到上级领导便会露出笑来迎上去,大大小小的事显得很忙的,有时会觉得他实在当得忙累。再看他也喜欢那样忙,一旦有了一顶官帽子,喜欢让人看他忙着,也带着大家忙起来。我有超越的想法,可是我无法超越。你是不是感觉到,人的周围本是有一股气的,气随心而动,只要有一点事,一点小事,原本平静的气就会动荡起来,周围他人的气都会卷进来。事情过去了,看上去没有了痕迹,但气的冲击还在,在暗下里打着旋。我看到小吴不知道为什么觉得他和以前不一样了,我想他大概也一样。我们总是说,我早没看清某某人。其实那时看的是某某,现在看清的也是某某,只是我们的气感变了,所以感觉就不一样了。母亲小时候总对我说,不要和人斗气……"

冯立言说到了他的母亲,触动了我的意识。我想到,是不是人死了,那气还在,在世界中游荡飘浮呢?我恍惚知觉着缓缓的音乐像是叙着一个境地:风低低地呼啸着的,树枝瑟瑟晃动在清冷的天地中,他母亲的气在飘飘荡荡,升在高处,注视着她的儿子。我的脚步旋移一步,带着冯立言转了一圈,感觉便回到舞厅的音乐上来。这是一曲如泣如诉的情歌,听来有一点苍凉感。周围的人却都跳得很悠然。

"气是人的感觉,人是无法摆脱感觉而生活的。"我说。

音乐愈低下去,在似有似无中结束了。我们回到座位上,面前的小桌在小红烛光下映着一片朦胧的亮色。冯立言继续着他的叙述:"……我和小吴的办公桌左右相靠,他那日便吩咐我帮个手,让我端开他的办公桌面,他把抽屉架子转了个身。我就端着,看着他慢慢地放好底座。以往我们办公室里都会有帮帮手的事。然而我把桌面放下以后,我看到他是面对着了我,当然不只是我,他和所有的同事都面对着……"

舞厅里的灯亮起来,旋转起来,响起了迪斯科的音乐,脚下地面都震跳着节奏。面前冯立言的脸在光的切割下,明明暗暗的,说话的声音很难听清楚。我看着他,他的嘴在动,我恍惚就站立在他的办公室里,他端着办公桌可以分解的桌面,小吴正放着桌架子,他把桌架子放了一个角度,退两步,看一看,再移一移,小吴的身子擦到了搬着桌面的冯立言,冯立言退后一点,背碰到了后面的办公桌。我对冯立言说,你可以把桌面放在后面的桌上歇一歇。他听不见我的声音。耳边迪斯科的声音是越来越响了。

"……那个姑娘是下属机构的,小吴和她对坐着说话,说得神采飞扬……是一脸恭敬的神情……我正要坐下……小吴进一步发挥着当官的口气:'让你搞的那份下属机构活动情况呢?'我说:'……交到工会去了。'他眼睛一抬:'我还没看呢,怎么就送去了?去把它拿来。'按以前的习惯,搞了情况就送出。大家都知道这情况谁也不会当回事的,但科长当然也有权审一审情况材料……我出了门,突然想到,材料送工会,他应该早就知道的,他完全可看可不看的。他要显示的正是在人面前支派人的神气……那一瞬间,似乎所有的气都凝在了一团,越凝越紧,我回转身去,我走到了他的面前,我一直走到很近,我望着他的宽边眼镜,说一声:'我不干了。'我尽量放低着声音,但我还是听到了我从没有过的高嗓门……"

我看着他把桌面摔下去,桌面在水泥地的楼板上发出了一声震耳的声响,破裂开来,桌面飞着木屑,溅开着,满房间爆着,房间都被撑开了,撑高了,撑大了。我的心里也爆开着,欢腾雀跃。

迪斯科的最后一声重响,舞厅里静下来。我们对望着,一下子那么安静,使我疑惑刚才感觉中的声响是虚幻的。

我说:"太沉重,也就坠落了。"

"我回家去,家里还是那么安静。她一点没有朝我看,她依然低头在弄菜,她把一张张菜叶剥下来,剥在地上摊着的一张报纸上。她说了一句什么话,我没听清楚。我只想安静下来。我很想过去抱着她,对她说些什么。我想第二天什么事也没有地去单位,我只要不管别人的眼光,我只要朝小吴低一下头,我只当一切没有发生。那一刻,我只想着一点:我不用斗气,我不想斗气……"

冯立言的声音越说越低下去,他的眼光也低垂下来。我的眼光却盯着他,在他的头后的暗影里,有一对贴得很近,看上去是跳着贴面舞。从灯光朦胧中,能看到那个男人身子不那么灵活,正伏在一个身形年轻的女孩身上。那个女孩身材修长,看上去比男人还要高一点,男人的手从她的腰间围过去。一时让人有时间反差岁月分明的感觉。那个男人的手从女孩的腰间围过去,显着陶醉快意的模样。

"人生本是一股气,不去撞击,称之为顺势,而能去冲击,称之为积极。"我正说着,冯立言站立起来,他拉着了我的手,走下舞池去,周围是一对对相拥的人,所有人都是顺势的。我感觉到他的身子在贴近我,并有着一点积极的紧张。我尽量让身子自然地放松,并让他感觉到我的自然。但我还是感觉着他的手,他的脸,他的身子,他的气息,他一声不响地让他的一切透进我的感觉中来,我觉得我整个地在漂流着,不知是顺是逆。

"让我来对你说一个我过去的故事吧。"我就在他的耳边说着。

二十一

人是一下子长大的。我是下放农村时,从车子上踩到农村有点高低不平的土路的那一刻,就觉得我长大了。在城市里,我一直被认为是个女孩,是个没有发育完全的豆芽菜似的女孩。我还没有过完学生生活,就下乡去了。母亲没有和我一起下去,她病了。就在我要下乡去的前几日,她病了。我看她的病并没有太大的关系,因为我看惯了她生病。我想下乡去,并不完全是因为外面整天有送人上山下乡锣鼓敲打的声音,那声音激情澎湃确实叫人心慌意乱。我真正的目的是远离母亲和家。我还从没有离开过母亲,我还从没有离开过城市。我没有到过农村,我下放的那个农村是我父亲的老家。我曾听父亲说到过那里,是我很小的时候听到过的。我听到那里几处印象很深的地名,父亲是用当地土语称呼的。母亲很不喜欢听那样的话。这便是我对老家乡村的唯一一点印象了。一点弄不清的印象。因为父亲离开我毕竟很长时间了。我也不知如何会有那么深的印象。

我一踩上农村的土地,我就觉得我长大了。长大是一种心理,这种心理缘于独自生活的起点。如果一个人永远在父母的羽翼下生活,他会觉得永远没长大,永远有一种依着靠着人的心理。我站在那里,乡野的风很强劲地吹来,一眼看去遍地空旷,冬天的田里种了麦,还没出苗子,远处可见很小的一片村庄,长着几棵伸着光杆子的树。从我身边走过的农人都有异于我的肤色,那黑红的肤色特别突出。而他们看我的眼光是异样的,正因为我的肤色。我与他们不是一样的人。我就那么站着,仿佛孤立地站在那个空旷的世界上,满是土与土色。那里的土也是黑红色的,仿佛是土色染着了农人的色彩。人是在感受着真正的孤独的那一刻长大的。

在农村的日子里,一直是孤独陪伴着我。我有一间父亲留下的旧瓦房。本来是借给父亲隔着三服的一个堂侄住的,当然不用付房租的。我回去自然要住进那里,于是堂兄一直有着抱怨,说要不是他们家住着这房,这房早就塌了。于是我便拿出了一笔我的下乡安置费来报答堂兄,这才安心地住进那房子。我也明白了这一类的道理,在乡村中特有的道理,人世间有许多特有的道理。正是明白着这种道理,也正是这种道理很严肃地教育着我,我进一步地感觉着我是一个大人了。我要孤独地面对这个世界,面对这个社会,面对这个旷野,面对许多许多的人世道理。同时,我很快也就下田去,赤着脚下田去。我尽量像个大人,没人再把我当女孩,我要靠干活来拿口粮,养活自己。所有的活儿都在于拿口粮,吃饱肚子。我必须干活,清晨天还没亮的时候,听到了队长的哨声,便起床来下田去,干了一遍活再回屋去做早饭。给灶中添着草结,让火苗蹿出来,感受到一点暖意的时候,我会让自己温习一点似乎是隔得很远的城市记忆,孩子世界的记忆。草灰的气息和火的蹿动又仿佛舔着我孤独地长大了的感觉。而走进田里,我便等着太阳缓慢地从东向西地运动,听着田里周边妇女的永远的话题,不尽的粗鄙野俗的话题,男人和女人之间的话题。没有人再避着我,我似乎是一下子懂了许多,许多的人体人生的奥秘都突然地领悟了。以往百思不得其解的问题,都如纱如雾地被揭开。我懂得了我已是一个长大了的女人。在乡里人的眼光中,我自然是个女人,那些比我还略小了一点的女孩便在议着了婚嫁,便有着了成家立户的心思。有一天,村上最喜欢说笑的叫作山芋的男人对我说,从南城下来的女人是金×,从县城里下来的是银×,乡下的女人是土×。他把他的这种说法说得很有味道,并张着长着黄黑大牙的嘴笑着。他的高高的只有一层皮包着的颧骨,闪着一层光。我从那时又强烈地感到自己是个长大了的女人了。

农村是种田产粮的,可是农村最大的困难就是缺粮。到春三头上,就普遍闹饥荒了。我下乡后开头感到困难的不是粮,因为国家还供应一个月四十斤的粮食。我的家门口,常会有一个堂嫂提着笞箕来借粮。称借一点粮,她每次都很认真地说着准定的日子还。而到那个日子,她再到门口的时候,依然是一只空笞箕,又说着借一点粮,再在称粮的时候,说着下一个还粮的日子,还计着累加的米数。"要还的,有借有还,再借不难。"她说着。好在我是供应粮,每月四十斤无法超支,我让自己核准了时间买米,我会告诉堂嫂,还有几天,我只有几斤米了。这样堂嫂只有走了。无法透支的粮卡,让我不至于因借粮而挨饿。堂嫂对我说:"粮店的米是要过期作废的,那里都卖的陈米,我还的米都将是自己轧出来的新米。新米好吃,糯糯的,不要菜都能吃两碗,你还可以带到城里去,城里也都是陈米呢。"堂嫂的口气是她让我占了便宜。听过房子不是因为她家住着就倒塌的道理后,我对这类理论就很自然地接受了。

我在习惯这样的道理中,习惯了农村生活,也觉得我本应这样生活的。从田里回到家中,忙了一天农活,我躺在床上,觉得比那些农人多了独间的房,有米吃,还有母亲有时寄来的钱,我算是幸福的了。我也学会了挣工分和争工分,那是要称口粮的。那时一个整工是三毛钱,我一天准时上工下工,或可做个强活儿,也许能挣到三四分工。

有时会想到,也许我当时报名到边疆的国营农场去,会有一份一个月二十多元的工资,那念头只浮了浮,我已经习惯在这块地方待下去。我就在这里挣着争着工分。

在乡下我感到困难的是烧草,一个大灶像吞着草的口,每一次蹿火都会舔去多少草,草化成了灰烬,随粮而分的草,看上去有一捆,很快就燃尽了。我有粮而没有草,我只有用带来的钱去买草。每一次向灶中递草时,我就想着,我的一天的工分都烧去了。我常常会吃一顿冷饭。我研究着烧火的技术,在农村我学得最快最好的就是烧火,尽量让火慢慢地舔着锅底,不让草火烘腾起来。好在我没有别的事,有的是时间。

第二年冬上,公社在闸上村西发现了泥炭,调各村队的社员去开挖。那时是分配名额集体派工。我报了名,我被派了去。对于我来说,那是一件很好的事,只要去的人都可以拿到同样的每天十分工。同时,去的人只需带上口粮,那里不用愁烧草问题,有人固定做饭吃食堂。我就混在了大批的青年中,进驻了一片开阔地,那里的作物都除了,前面去的人已经踩出了大片的泥浆,有几处挖出了低塘,里面露出了带点灰色的淡黑的泥炭。泥炭点是鸡窝式的,一个队二十来个人便在一个点上挖。每次有挖河开渠的水利工程,往往是一个队一个点,队与队常会打架。这次公社有一个转业的军人来指挥工程,他把队与队打散了,另指派了队长。队长宣布了军队般的纪律,队长有权开除不听话的队员。

我很快见到了我们队的队长,他看上去和其他乡下人没有两样。乡下人都见老,我看他大概有三十岁了,后来知道他也只是个光棍儿。我最先注意到他的,是他的一只手。开工第一天,他抬起那只手来往下一按时,正好是附近一所小学上课时,响着了敲铁器的声音。那金属撞击声清脆尖尖的,声音成了他抬手按手的背景。以后每一天他都准时在那上课钟敲响的时候,抬起他的手往下一按。衬着升起来的太阳的光,我看清了他的那只手。那只手上只有四根手指,应该说只有三根半手指。他的食指没有了,在那食指的地方,只有光光的一团。他的中指也只剩了小半截,斜着的小半截,歪靠到无名指一起,仿佛是靠支撑着才能孤儿般地伸展。缺了的一片地方,是光光的坟般的一团,光滑得发亮,显现着一种说不清是丑恶还是令人厌恶的形象,让人生出一点奇怪的感觉。他的手抬起时,拇指尽量伸向一边,而另两个手指又被推着似的往另一边靠,很明显地露着那光光的如坟的肉团来。我不知是不是他的手因为残缺了而动作缓慢,他的抬手按手的动作很不利索。他肯定不是有意地缓慢,大概是一种农村人特有的缓慢习惯。这使我在他的一抬手一按手之间,看清了那只缺了手指的手。而就在那手的一抬一按中,开始了我从未有过的艰苦的劳动。

我们挖泥炭的地点离指挥部是最远的,是一片孤立的地方。就在那一个长宽各为十来米的地方,先挖出了一条沟,后来挖出了一个塘,越挖越深,把泥炭从塘里挖出来,用泥搭(注:一种农村挑泥的工具)挑着,一步步地走上去,沿脚步踩出来的土梯往上踩去,一步一晃地挑上去。

我几乎没有听到他说过什么。他说话给我的感觉有点含混不清。他说话时,别人也都在说着什么。而只要他抬起那只手时,所有人的眼光便向着他,我的眼光也无法离开那只手。他用那只手指挥这个人干这,那个人干那,没有人会对那只手提出异议。我听他用含混不清的声音对谁说什么时,那个人没有动,显着农村人特有的一种随便和懒散的样子,抓着什么就挂撑着什么。他伸出那只手来,那只手的三指半张开着,缺了一块的指团,便使那个人不由自主地动身往那儿走。

我几乎是立刻就熟悉了那只手的语言,泥炭工程的日子里除了干活、吃饭和睡觉外,除了身体所承的感受外,更多的便是对那手的感觉。那只手的形象突然地显现到我的面前来,我看到缺指处发着亮,它的当中部分有点微微地往下凹,这使他伸出的时候仿佛有着了双重的力量。

工地上一部分人用泥搭挑,一部分人用铁耙筑。筑的人多少要比挑的人轻松一点。有个见了面就和我聊天的鼻上有块印记的小伙子,他带有一把耙,他说我笑的样子很好玩,让我笑一下给他看,他就把耙给我用。我没笑,只是朝他看一看,他就把耙放到了我的手上。我于是用耙筑泥炭,把埋在土下的泥炭筑开来,一块块地钩到挑者的泥搭里。周围使铁耙的人都能筑下一块块大泥炭,在泥搭里堆起来,我总是会把耙下的泥炭筑碎了,一块块地钩到泥搭里,无法堆起,只有浅浅地让人挑走了。那个鼻上有印记的小伙子似乎是认准了我的位置,他每一次都等在我筑的一路。他算准了时间排到我的一边,在等我筑泥炭的时候,他就双手背在后面,扶着扁担,东张西望地？看着我筑下的一块块的小泥炭,朝我微笑着。接下去,他便挑起担子,嘴里发着压了重担时的叫号声,而身子晃晃悠悠的,似乎根本没有用上劲。

一般耙和挑都会有调换,但我每次都先抓到那把铁耙,且再不放下它。有印记的小伙子,像是在监督着他的铁耙,每次他都走到我这边来,便是那边耙下有空的,他也移身到我这边,仿佛和我有着约,一边还和我说着话。那边空着的人便习惯地挂着了耙,聊着几句我听惯了的俗话。由于人等着,我的耙下越发紧张,一块块的泥炭总也上不了泥搭。他却还是在后面站着,寻着话来说。说着说着,便说到了队长那只手,他说是轧米轧掉的,是把手伸到轧米机里被机器轧掉的。有人问,手伸到轧米机里去做什么？抓米呀。他笑起来。那手究竟是怎么掉了手指的,显得很神秘。曾有人说过那只手是因为队长小的时候,用手指了一个偷米的贼,被那个贼放回来后,报复剁掉的。这在当时是一个英雄的传说,可是有印记的小伙子却说是抓米被机器轧掉的。他们说得高兴,我不知是听着还是钩着,耙下也总是钩不上,眼看着我的前面逐渐站了好几个人。他们都站在我的这一边,站在队后面的便是有印记的小伙子。

几个人站着聊着天。就这时,我听到了一个声音,那声音没有听真切,我还是用耙筑着一块泥炭,突然间见着了一只手伸到我的面前,正是只有三根手指的手。那一瞬间,我真正地看清了它。在它断着的地方是一片拉紧了的没有了汗毛的空空的一团,一直齐到了指根上,我后来想到也许是连皮被扯去了。那段指骨上也成了一片疤,交叉着很难看的红色的细血管,如显微镜下看到的长红细菌,仿佛在游动着,整个像是一团秃着的粗壮着的手指。而突起的一边上是萎成一个尖角的中指,突起的显得雄突,那边上的中指萎缩成许多的纹和汗毛团在了一起,很细小无力地靠荃在无名指上。一雄一萎显着了一种莫名的难以叙说的情景。

我的眼光随着那手指抬起来,我看到了队长的脸。他也朝我看着,他的脸上带着习惯的严肃的表情,他的脸比旁边的印记小伙子还要显黑一点,他的额窄窄的,也是饱凸的一团,而头发萎黄地散荃在额上,他的鼻梁高高地突出,整个的脸形如我常见的乡下人。我并没在意他的脸,我的眼光只是随着那突出的手指。那只手指在我的眼前停了一停,便移到了旁边,他的动作并不迅速,但我觉得是很有力地呼引着我的眼光,我看到他所指的地方放着我的泥搭。我一声不响没有一点抗拒地放下铁耙,朝泥搭走去。

我挑起了泥搭,在村上我就怕挑担。那些农村的孩子都笑话过我,说我挑担的肩像扛杆子,说我挑担的脚步像走纤索,拐拐扭扭的。我放下泥搭在接过铁耙的印记小伙子那里装土,他一下子便装上很大的两块泥炭。我看到队长还站在那里,他的垂着的那只手,很拗地斜在他的腿边。我挑起那担泥炭来,担子像是吃进了肩膀,一下子陷了进去,我没有让肩膀扛起来,我也没有让脚步走纤索,我居然走动了。我的眼前恍惚还显着他的那只手指着前边的形象。

以后有好几天,我一直挑担,不再去筑泥炭。有时那个印记小伙子会笑着示意把铁耙交给我,我只是朝那铁耙看一眼,我的眼光中,显现着那只突着的手指。我只挑起了自己的担子,印记小伙子会给我筑分量少一些的小块泥炭,我挑起来,能够一气挑下去。我没再感到挑担有什么可怕。我总是恍惚地看到那只手。那只手的主人正在前面的一条沟里,沟越挖越深,手的形象在人影之中晃闪。有时在我的前面,或者我能感到在我的后面。我忘记了自己肩上的重压。我只感觉着那只手在那里,它抬着,或者垂下着。

晚上,天冷冷清清的,窝棚里的女人们说着那些乱七八糟的话。我常常会走到工地去,泥炭坑已经挖下去一人深。没有人能看到我,我就在坑里,朝上望着一片闪着星光的天空。我孤独地感受着。而在天之上,仿佛那只带着血纹之痕的手指突突地显现着。我便抓起那把还在泥炭坑里筑着的铁耙,用力地筑着,筑下一块块泥炭来,我总觉得那泥炭块是太小了。

白天上工的时候,有妇女会叫起来,说晚上有人偷过泥炭,把泥炭筑塌了好多,肯定不少人来筑过,筑下来那么一大片,肯定担去了更多。隔着一段距离的村子里的人肯定是没草烧了。人们议论着,而我只是不作声地听着。我只是挑着我自己的担子。

每一天,他都在高高的泥炭坑上,朝着懒懒散散地挑着空泥搭和拄着铁耙的人,伸出他的手指,于是一个个地便下坑去。坑的阶梯是土堆的,常常被踩成一个个的脚印塘,松泡泡的土梯。总有一些时候,我感觉不到他手指的存在,我从队里工程的进度上能感觉到这一点。我四处看去,我无法在人群中看到他的那只残缺了手指的手。我想他大概是去泥炭指挥部开会了,抑或是病了。他的那只残缺手指的地方,用乡下话说来,会不会作阴天呢?这时泥搭便在我的肩上陷得很深,我便深深地感觉着肩上的重量。肩头骨与肉肿胀的感觉,折磨着我。我便在印记小伙子那边,也用双手背扶着扁担,等着他装担,也听着他的说笑。印记小伙子会在我的泥搭里放上两块小的泥炭。他学着我的样子,钩着小块往泥搭里装。而我的感觉是不自然的,装少了的担子似乎晃得厉害,我的步子也稳不住,像是牵索。我会觉得我的身子里少了力量,空空的。我会想着:我为什么会到这个地方来,干着这样的活?只是为了有烧的,为了能够挣到吃的,为了像动物一样地生存?我的心里冒着各种的念头,而压在肩上的重量加重了,脚下打着飘,身子的反应也特别大。我听到自己身子里的骨骼在吱吱地叫,我很想脱开这一切,飘浮到上面那个干冷干冷的蓝白的天空去。

那年冬天似乎特别冷。干冷的日子还似乎好过,接下去便飘起了雪,我很喜欢雪片,很重的担子在肩上,浑身冒着热气,而脸上却飘过凉凉的雪片,那雪片滚落在脸颊上,有着一点轻柔,随即化了,让人有一种想大声叫一下的感觉。可是雪落了一会儿,在地上还没积起雪来的时候停了,雪再落时,便夹着了雨,雪片也变成了雪点,混着雨,分不清是雪还是雨。一切变得阴湿阴湿的,地上很快地烂起来,踩得如糨糊似的。到下午,雪雨下得密了,几乎都是雨了。在他那只手的指挥下,继续着挖泥炭的工程。我穿着一件乡下特有的那种廉价的薄塑料雨衣,很难说是衣,只是一层透明薄纸似的塑料,挂在上半身类似披风,很快便裹在了身上,全身动的时候,窸窸窣窣地发着响声。而做帽子的一片贴在脸腮上,粘着了大半个脸,雨便从塑料边上滑进嘴里,落到露在外面的眼里去。我的脚下打着滑,下半截裤子都沾着了湿泥泡透了水。我还在走动,肩上担着担子,在向前滑动着,整个感觉里,重、湿、苦、痛,都卷成一卷,混合着,麻木着,撑着一股劲只是担着往前走,让那感觉由习惯而变成常态。整个的感觉都凝到了一点上。

　　泥炭坑里的一节节土筑的台阶已经都被踩汪下去,积着了水,前面赤脚的脚踩滑过去,中间形成了一点光滑的突出体,我避开那一突出处,踩到边上的积水中,那里松塌下去,我的整个身子随之而沉了一下,我还是使劲地站稳了。我四周的人都看到了我这一动作。再回到筑泥炭的坑里,印记小伙子朝我笑着,他的笑脸在我面前也显得麻木了,成了一点生存的恍惚的背景。我肯定没有对他有所反应,我只是看着他的那根铁耙上被雨水弄得红亮光滑的一片,那里竹节处突出着显得有点歪斜。我用它的时候,总是抓着那一点歪斜处。我没有注意间泥炭担给装满了,我担起来的时候,感觉到整个身子往下沉,我的脚几乎扒不住地。我低着头,这才看到我的泥搭里,从下到上高高地堆成了一堆,几块大泥炭摞成了很大的体积,泥搭的绳都撑开来了。我不知印记小伙子是怎样把那一大堆的泥炭钩到我的泥搭中来的,他如何会给我泥搭里装上这么多的泥炭。我无法回头去看他,也许我没有在意他的装搭,也许是我冷落了他，虽然背着身，我能感觉到他的那张笑着的脸。我也没有反应我该不该挑，该不该卸下一点来。我只是木木地移着脚，在抬脚踩上一节塌着的泥台阶时，我觉得脚举不起来。我几乎是用全身的力气拉着脚抬起来，而踩下去时，着了力，那担子往前冲着，我用着了劲才稳住了身子，索性把手搭在扁担上压实，再开始抬脚走第二步。泥阶都在我脚下汪下去，似乎我永远没有踩高，只觉得担子在身上往下陷。我也弄不清自己和那一担泥炭一起运动了多长的时间，我终于踩踏上了坑顶。我觉得我松了一口气，我没想到平路却比那登高的路更有难度。从坑顶到前面泥炭堆处须走过一条田埂，田里的土是松的，由于被雨水泡陷了，无法落脚。只有田埂是实的，那埂却被滑过的脚踩去了边沿，成了一条当中拱起突出的光滑的头，我走到田埂的时候，脚下一滑，整个身子滑向前去，似乎滑了很长一段距离，我才仰倒在了田里。那担泥炭居然没有倒，扁担滚落下来，压在了两边，正在田埂中间横着。

　　肯定四下是一片笑声，我没有听到。我只觉得整个头嗡嗡的，有一种丢脸的感受，比重压更沉重。我的半边脸擦过了田泥，脸上的塑料布，粘着了大片泥，遮住了我的右眼，贴着了我的鼻子和半个腮。我仰倒着，觉得身下松软得像个软床，我一时不想爬起来，我用手擦脸上的泥时，把泥在脸上涂了个遍。当我的意识清醒一点时，我看到在我四周不管是担着泥搭担的还是担着空泥搭的人，都站立着朝我看。习惯的站立，成了一种固定的背景，他们也都带着同一的微笑的表情。我想就此丢脸到底，不想再站起来。也许躺着很长时间，也许只一刻儿，我的眼前出现了一只手，是那只缺了指的手,那只手显得很大,张得很开,满是雨水的手指定着我,雨水像在那团残缺的地方涂了一层油,锃亮亮的,我看到了它的下端,两条手纹在半截之处便断了,掌上是厚厚的一团,由那缺处起整个手掌满是茧,两条手纹简单而粗长地印在掌中。指头凝定了我的眼神后,它舞动起来,毫不犹豫地移向扁担和泥搭。我便猛一下鱼跃般地起了身,那一瞬间,我看到在雨水间站着的穿着单布青褂的他。他只是把一个塑料袋从后披到身前来,在胸前扎了一个结,塑料袋上有一点倒着的厂家印迹正盖在肩头。我没有再看四周,我走到我的扁担前面,扁担的一头扎在田里,我把扁担拿起来,挑起了一片泥,我没有顾及这些,我弯腰再挺起腰来,那两只泥搭已经陷在田里的糊泥里,我把担子挑起来时,似乎听着它们哧哧地与泥分离的声音,我也仿佛听着我的腰部在发着哧哧的声音,是那种挣扎或者断裂的声音,是在断裂而生长着的声音。那时我什么感觉也没有,我只是用着力,两只泥搭担从分开的两边提起靠拢来,像两颗导弹撞击而来。我的身子晃一晃,居然就晃停了,它们就在我的身前凝定着,四下里都没有声音。我在田里往田埂上迈,一只雨鞋落了下来,陷在田泥里。我索性把另一只脚甩了甩,两只光脚踩到了田埂上。我把头抬起来,看了看四周,人影都是虚的,只有那一片雨中荒野似的空旷地,上面纷飞着雨水。我的光脚踩着了那滑滑的田埂,它们吃力地扒着,光滑的田埂似乎在我的脚下陷着,我一步步地向前走去,我不再感觉到雨、累、重以及我脸上粘着泥巴的形象,我只觉得前面有着一点凝着我的神思,恍惚便是那团手指,引着我一步步向前走去。一直走到泥炭堆前,我还自发地学着了农人卸担不歇担,拉住两根后面的泥搭绳,向前倾翻一抖,仿佛整个两座山都翻倒到我的面前,同时那一种破裂而生长的声音,又在我的体内咯咯地响了一声。我的担子空了,我觉得我的脚底下完全能站住了。

以后的日子里,我觉得我完全是一个大人了,是一个真正的女人了。我一下子放开了,我也似乎一下子懂了许多农村人的语言,我懂得了他们的表情,懂得了他们的思想。那些原来觉得隔着了一层的东西,都一下子揭开了,觉得本来也就是那么简单,觉得简单里面也就是生活。过去书本里浪漫地接受了的东西,在那一震荡中排解了、消逝了。我有时晚上还独自到泥坑里,到白天劳动的地方。那深坑已经好几米高了,我站在那里,我觉得我的思想都在这一片长长的坑里绕着,升浮着。实在的生活逼近在面前,以往的多少年中只显着幼稚,只显着懵懂,只显着单薄,而对着眼前一片突出的筑得奇形怪状的黑灰泥炭,感受着一种冬天里湿炭土腥的气息,都无法排解地旋在一起,形成了一条一片一团一层,又凝成了一点,却显得厚厚重重的,不容思考,无须思考,都凝在一点里了。

我起身来筑泥炭,那凝着的一点从我的身子里通过力放射出去,我的脚下落下来的也不再是散着的一块块小泥炭了,我只要举起铁耙筑下去,整个的一大块一大块泥炭仿佛随着我的心意掉下来。我也不知筑了多长时间,是不是有特别声响,我突然感觉着了那一只手。其实我是抬起头来才能看到那只手的,我的手还高举着铁耙,我的眼前凝定着那只手。他就站在坑上面,我的头上方,他站着,手朝下指着,我的眼前的印象便是他伸出长长的巨大的手,那团缺着巨大的手指的手,指定着我。我从那手指的后面隐约虚浮地看到他那张没有表情的脸,突出的额头被散乱的头发盖着。

我嘴里说了一句什么,我想我根本没有把话说出口来。我只是在那只手指的指定下,眼光凝定着,思想也凝定着,略加游移的思想便是想到白天人们看到筑掉的泥炭时所议论的偷炭贼。我下意识地申辩了一下我不是偷泥炭的,但我的整个思想只在那只手指上,我随着那手指的移动,从坑阶上一步步地走上了坑顶。

他还是穿着那件青布罩衫,他的身上永远穿得那么单薄,显着他直直的身材。他的脸上永远没有表情,他的眼睛很小,在高额和散发下面模糊成一片,暗色中看不清他眼的内里。而我的感觉只在他的手上,那只手正伸着。我忘记了想对他说的话,我看到夜色已经沉下来,天空是铁青色的,远处有两声犬吠,吠着清冷的空气。那边窝棚里有一点光,我看到那只手正迎着那点光。我便向那光走去,我觉得他的手在后面指着我,一把手枪般地指着我,如押解着一个偷物的俘虏。想着女俘虏的时候,我的心里活动了一下,带着了一点听乡下人说笑时的感觉。我没回头,我一直走,向着他住的那个地方走过去,一直走进窝棚里。我想会看到许多男人的眼光,许多年轻乡下男人的眼光。我并不怕迎着那一切。但我看到窝棚里是空空的,我突然想到今天晚上泥炭指挥部在放电影,是《南征北战》的老片子,我怎么把它给忘了?他也没去,也许他是借这个放电影的机会来抓偷泥炭贼的,也许他只是看守泥炭才留下。他抓住了我,可我并不是偷炭的人,现在,我也不想再与他做什么解释,我只是听命于他的手指。

他的手指移了一移,也许只是垂了下来。我看到他脚下的那张铺,在窝棚里没有别的,只有一排边的铺。就在窝棚门口的那张铺,上面铺着一块缝拼着很多布的床单,床单头上露着一点薄而旧的棉絮,下面铺着的是一层草。我从那床单的许多块青布上,认定那是他的床铺。我只站一站,就随着他的手指坐下去,并慢慢地躺倒下去。躺倒下去以后,我依然眼光对着他的那只手,背景虚浮着他没有表情的脸。那张脸一时有着动态,我并没在意。他似乎说了一句什么,我也不去听他的。我在等着,是在等着他的手指的动作。我盯着他的手,那团缺了的手指,对我像有一种催眠的作用。我在等着那手指在我的面前落下来。我的眼中只有它。不管它对我做什么,我都会接受的,我都会顺从的。我看着那只手指在伸展,在变大,我只是盯着它。我在接受着手指的语言,我在顺从着手指的力量,作为女人所做的接受与顺从。我嘴里喃喃地说:"我愿意。我愿意嫁给你。我愿意和你结婚。我愿意扎根农村。"我突然听到了他的一声叫唤,含糊的叫唤,我应该是先发现那只手的消逝,才听到的叫唤。这时我才清楚地感受到窝棚里的一切:暗蒙蒙的窝棚,一排边的地铺,溢着一股潮湿的混合着男性与霉草的气息,而他半蹲着身,他的脸就在我的上面,放大了似的。他几乎是半跪着,他的那只手被另一只手掩着了,盖住了。我想看到它,但它似乎在躲着我的眼光,移动着,移到下面铺草底下去了。他用手撑着地。我现在能看清他的一张脸了,那张脸木呆呆的,完全是受惊了的表情,眼中混合着黄色和红色。他的嘴发出声音来,我能听得清了,他在说:"不不,我不能要。我不要一个不会做活的女人。"

也许他并没有说什么,我也并没有听清他说什么。我从来没有听清他说过一句完整的话。也许他的舌头和他的手指一样是残缺的。我似乎也看到了他嘴里残缺了的舌头。我是从他掩起了手指时,理解了他所说的,听清了他说的。我突然有一种震荡感,那只手在我面前掩上了,再也没有力量了。它见我躲着了,它也就失去了力量。我的心似乎一下子被喷进了一股冰水,我有点迷糊了,我也似乎清醒了。我从懵懂中醒来,又似乎进入了懵懂中。我知道我应该是清醒了,但我的意识只是在习惯中沉沦着。我必须是清醒的了。

那以后的几天,我都在这种感觉中干着活。我不再去感受那个手指的存在。我都有点忘了,那几天他是不是每天早上都举手指挥下坑。我能记得没过几天这里的泥炭就挖完了,我们并到了泥炭指挥部所在地去。我一到那里,便被总指挥发现,问明我是知青,就把我分到食堂里去。我在那里只需烧烧火,把泥炭丢到灶火中去,我便能吃到比别人更多的米饭和菜。近水楼台先得月。当然我还能回队里去记那每天的十分工。我觉得那些日子真是快活。我仿佛跳出了一个天地,跳进了一个轻松快活的天地里。到后来,泥炭指挥部工程都结束了,我恋恋不舍很不情愿地离开那里,我觉得以后没有比那更快活轻松的生活了。泥炭指挥部给我们的奖金是:任随每人挑一担泥炭回去。我就用铁耙给自己的泥搭里装了两担泥炭,两座小山一般的泥炭。我似乎并不费力地挑着它们,回我生产队里的那间小屋去。我挑着泥搭担,在我的那间瓦屋门口站着,小屋门口长满了枯黄的杂草。我用手去推门,我觉得我把半个泥炭矿工程都挑回家来了。

二十二

"蓓蕾工程"有一次活动,要送书到贫困山区去。去那地方,要坐两天三夜的火车。那是胖主任选的地方,虽然偏,名气不小,听说有很美的风景,车往那里开的时候,能感到天气暖和起来。

我已经不习惯这种旅行,我不喜欢外出,我习惯了独身的生活。我讨厌和人聚在一起,那样总使我有点无可奈何。早年我下乡的时候,坐火车坐过那种装猪装牛一类东西的棚车,无数的人都窝在一起,没有椅子,没有凳子,没有水,也没有厕所。在车角落里,拉了一张草帘,便是方便所在。我正靠着车厢后面的铁壁,我能看到一些人走向那里,直着身或者蹲下身,在那里待一刻儿。往往蹲着的,便有一个站着的挡在旁边。我偶尔见站着的人正在系裤子,在站着的腿后面正显着白花花的一团。我不由得看一眼在我边上几处围着高兴地说话打牌的人,有没有眼光扫向那里。我没有发现瞟过的眼光。但我还为那个白花花所有者难堪着。在那样的生活中,人们也就变得什么都不在乎了,我当时想着,到一切必须如此,我们也就能自然地应付一切。世界上的一切本就是自然的,包括难堪包括不好意思也都只是人们自己造出来拘束自己的,正可以在必须如此中自然地解脱了自己。不过我始终没有到帘子那里去,由于对难堪的恐惧而意识着生理需要,我只是忍耐着。当然我最后也不知道那帘子下面是一个坑还是一个洞。感受着自己的需要,我在那一刻,理解了世上许多的道理,同时我的思想有着了某一点超越。思想的超越与感受不同,一点往往能带动着完全的面。在我的思想上已经能对付一切的必须,但我还是不适应和一堆人在没有秘密没有自我中生活,在没有躲避没有一层可以拉着的帘子的地方生活。这是一种习惯。习惯拉起的那张帘子并没有遮住什么,却给自己带来了少了那张帘子的心理上的不愉快,多了一点可能有的难受,多了一点可能有的痛苦,形成习惯的感受无法超越。

  胖主任从软卧车厢那边过来,吩咐临时管费用的戴眼镜的给他在餐车要一份饭菜,戴眼镜的应着以后,胖主任摇着他很宽大的额头回车厢去。我们坐在硬卧车厢的人,看着他从人之间很艰难地穿过去。这对他来说是一个累。戴眼镜的说,胖主任对这一次旅行很不高兴,因为他机关同样级别的副局长去了美国观光。正因为他搞的是"蓓蕾工程",所以只能到偏远山区去。戴眼镜的说话的时候,带着点幸灾乐祸,这多少是因为胖主任和我们所处的不平等而起。戴眼镜的在刚上车时,是很兴奋的,说很少有机会到那美丽的西南山区去看看的。现在他的心理上又有了不平的难受。而我坐在硬卧车厢里,想着我当初的棚车生活,也就感觉到座下的舒服。人总是在对比的位置上感受自己的幸福或者痛苦的。

  孙小圣的铺号在那一头,他的对铺是一个化着浓妆说着类似港味话的姑娘,他便一直在那里和她聊天。后来那个姑娘起身了,他便走近我们说:"我们也该去吃饭了吧。"戴眼镜的问是不是嗅到入港的气息了，大家便笑。孙小圣像是并没听懂他的话，他说那姑娘其实是从我们要去的西南山区走出去打工的，她经历了不少艰苦。他向她打听到了不少有关西南的习惯和风俗，还有一些趣闻。

他们都去餐车吃饭了，我说我还是留下来，这里的东西需要一个人看着。谁都知道，车上的安全秩序是很乱的。他们没有推让，说只有辛苦我了。我继续坐着，我不想去餐车伙着一堆吃饭，我只需要一盒盒饭。吃着盒饭的时候，我并没有感觉饭菜的好坏。他们都走了，我可以静一静理着自己的想法，或者看一本自己带的书。

他们走进餐车，在铺着餐布摆着餐具的餐桌前坐下来，他们要了菜和酒，说着话，议着我什么，很高兴地吃着。餐车的伙食相对吃盒饭来说便是奢侈了，他们会对吃盒饭的我感到怜悯。但我喜欢独自一人想着什么，幸福本也是因人而异的。我想到冯立言，我出发前他来电话告诉我，他终于辞了职，他是流动职业者了。对于我来说，没有比稳定更使我喜欢的了。他是不是会感到痛苦？他应该是和我一样喜欢稳定的人，那么在流动中他会感到痛苦还是兴奋？想着这一点，我都有点儿兴奋。我坐稳着。我想着他在流动的街头上找着关系，找着要能够超过原来工作的工作。他走进一家家单位的大门，再走出来，他不会想走回家去，对着那个总是在自顾自地做着什么的很少用眼光看着他的女人，她也是个不喜欢流动的人。

胖主任也是单独地吃着饭，他是不愿和他们在一个层次上。而我是觉得我宁愿退下一个层次。我和胖主任便差了两个层次。

他也许也在思想着,但他会想到去美国的那个他的同级别的副局长,如果也在美国的哪一座城市里旅行的话,也许坐在比软卧豪华的车厢,正在享受着高级的西餐。于是胖主任因他上一个层次而感到思想的痛苦。我却因为退一个层次,思想着一点兴奋。人是有层次的,而因不在一个层次而幸福与痛苦。在思索着这样的问题时,我觉得我陷进了一个泥坑,那种人们习惯思索的泥坑,许多的手指曾经指过的泥坑。我并没有能超越。我坐在这里,要我思索着美国人可能有的想法,诸如核爆炸对人类的威胁之类的所谓更深层次的想法;诸如我手中拿的书里所写到的,物的充足对人心带来的挤压,物世界对精神世界的挤压。想到这些,我会觉得不自然,觉得很远,觉得很累。而我深切感觉的是面前的人多,是人之间的挤压。这时便有一个从前面硬座车厢通过餐车过来的大概是跑小生意的女人,坐到我的脚头,我下意识地缩了一下我的脚。我对着她的脸,她的眼光正对着我,她看上去一副体力不支的表情,脸上露着了一点巴结的笑。我怕见这样的笑,我怕被人巴结,因为这样也就显出了两种层次来。

我坐在硬卧车厢的第九号车厢,背靠着车窗边上的板,在我的顶头上便是中铺的铺底,那上面总响着那人翻身时中间坐陷的部位的颤动声,我的脑中流动着许多的思想。这几天我不知如何会有特别多的想法。那些我觉得自己早就想到过的,在思想中流过的,又都流了一遍。我的头脑中的那一面挂钟,指针上转动着一些非日常的虚幻的意识,而我现在在想着大众之想,流行之想,与书合拍之想。不知因为是在这众多的人中,因为是在旅途中,因为是在这晃动的车厢里,因为是在一点兴奋之余,或许因为是想着了辞了职流动中的冯立言。许多的思想因为别人说过了,也就没有了深度,于是大家都去思想别人没有思想过的,写在书之中,让书变得古里古怪的,书里的语言也变得古里古怪的。我一个女人,也想着古里古怪的想法,做着了古里古怪的举动。在人们看来,一直没有结婚的独身女人,也就古里古怪的。我有时也会想到我自己的古里古怪,从自己的想法上,从自己所有的那些梦境,和从自己对冯立言所说的那些古里古怪的话,真实和虚幻,自己也弄不明白。有那么多的日子,我都不静下来想一想,只是心里空白着,让许多的文字填着我的时间,让手指下的笔流出那么多的文字。我不知道自己是不是也是古里古怪的样子,不到餐厅去,而独自在这里端着盒饭,一边吃着,一边想着,食不甘味的。饥食困睡,如此单纯的境界如何能达到?在这摇摇晃晃、哐哐当当的列车上,想着很实在的人生,就像多少年前在棚车上就想到过的,几乎没有什么进展。也许人类的思想本来就没有多少进展,都只是把简单的东西说复杂了,其实那些至理都是前人说清楚了的。

在餐车吃完饭的人回来了,他们首先核一核自己的东西,然后坐下来,开始聊着饭菜,聊着餐车的饭菜和服务员的态度,那也是习惯的话题了,多少年也没有变化的话题。我身前坐下的人多,我无法躲避他们,也就把车窗开大了。开大的车窗灌进的风直吹着肩膀,我去拿那只放着外衣的小旅行包。我在手边没有摸到那只包,上下看去都没看到那只包。我在找包的时候,身边也就起了一阵波动,每个人都再看一遍自己的东西,把包打开来查看一下装着的重要的东西,然后带着庆幸的神情坐下,来关心我的那只小包,问里面装的东西,问我身边出现过的可疑的人。我的感觉中出现了那个体力不支的女人巴结的笑,那笑便在我面前放大了。有人在厕所前的车窗边上看到了那只小旅行包,拿来给我。包上面的拉链拉开了,里面还留着了一个笔记本。我也记不清我包里到底装了多少东西,我只记得里面有我的一件外套,那件外套里装着多少钱,我也记不清了。有人说可以查一查,车还没有停过,让乘警在车里查一查。我突然说了一句,我想起来了,我记起的是里面还放着一个小塑料袋,袋里放着几只洗净了的苹果。我说不必找了。我突然想到,那个农村妇女在吃着那几只苹果,她啃着,几乎连核都啃了进去。那是我曾经做过的,我也是那么吃着的。同行的人,特别是戴眼镜的人叫着,你是不是当作捐给"蓓蕾工程"了?要捐也不能捐给小偷啊,可以去捐给山区孩子。

　　我扭过脸去不再说话,我也不再思想。冯立言会走进哪一处单位呢,社会上出现了多少骗拿的公司,那个文化赚钱人对我说到的他的那个公司,做的几乎都是把骗拿公开化的"经营"。我希望冯立言也走进那样的公司里,而不是又进一家和以往有同样多层次的官的单位。

二十三

坐了几十个小时的车,下了车,西南温湿的却是清新的空气在站台上流动,等着车把一件件纸包搬下来。在行李车厢口靠着一辆机动平板车,那些纸包从车厢里甩了出来,本来就扎得不紧的包斜着了,很厚的牛皮纸裂开了缝,露出了里面卷了角的书封面来。一行人都看着,随后便各自聊起来。当地的有关部门派来了两辆面包车,接待人员和大家一一握手,于是大家便坐上车去等。我走到平板车前,把那破了的包整理一下。那里的一个装卸工朝我叫起来,他的口音我听得不完全清楚。他挥着手让我走开。我说:"这是我的货呢。"他停下手来,不再接车里甩出来的纸包,那一个纸包从车上滚下来,在站台上滚了两滚,破散开来。他说:"还没到你的手,谁知是不是你的?"我说:"我有货单。"他索性坐在了包上,盯着我看。里面又甩出来一个包,照样滚到了地上。他说:"这里不验货,你走远点!"这时我的身后走来了我的一行人,孙小圣拉我往后去,他们都朝那个装卸工笑着说:"你卸你卸吧。"胖主任朝我低声说:"你这样,他不装卸,不是更慢了吗?不是更破了吗?"只有戴眼镜的朝装卸工咕哝了一声:"你这是什么态度,什么工作作风?"那个装卸工移过眼去盯着他。当地的接站人看不下去,过来用当地口音对装卸工说:"你快卸吧。"那个装卸工又移眼朝他看。

接站人的口气加重了:"我是市里机关的,这些货是……"这时旁边道上开过一列火车,沉重的声音使他的话听不清了。孙小圣拉着我站在后面,看着前面一副乱乱的情景,那个装卸工依然一副不在意的样子,我看着纸包从车厢里加快地飞出来,从平板车上滚到站台上,有的纸包直接甩到了站台上。而后,站台上来了一群穿铁路服装的人,把我们都赶进站里的一间房子去。那个穿铁警服装的没有听我们说话,胖主任想说话的时候,也被他冲着脑门用警棍碰了碰,他的语气很严厉:"你们这是破坏铁路交通秩序,可以将你们拘留三到十天。"胖主任这时完全清醒了,瞪着眼警告他的属下再不允许说话。接站人要给市里打电话,铁警却不允许他动桌上的电话。后来他们之间用当地的口音对了一会儿的话,接站人便和站里人都走了,我们就待在那间房间里。我们一直等着。最后,当地的接站人又进来了,说:"走吧。"大家没再说什么没再问什么,就出门往接站的面包车上爬。接站人上了车说:"开车。"我问了一声:"我们带来的书呢?"所有的人都朝我看了一下,胖主任的眼光中满是责备。连我自己也在想,我怎么还提这个?车开动的时候,接站人说了一句:"货还没运出来呢,起码要到明天呢。"

招待晚宴是十分热闹隆重,对应部门的七八个主任副主任都来了,还来了一个副市长。被簇拥着过来一个个地和我们握着手,道一声声"辛苦了"。于是摆下了七八桌子菜。胖主任一扫脸上的阴霾,显着持重而又兴奋的神情,和市长主任说着官场上的话,说着这次活动的意义。被邀坐席时,胖主任手朝我们扬扬说:"你们坐那边坐那边。"于是他便跟着市长主任们坐到靠里的一桌,胖主任坐到了主宾座上,主人们都朝他笑着说着寒暄着,他的胖脸上很快露出红光来,油亮亮的。

有两日都是这样的宴请,开了一两个大会,会场布置得很隆重,气氛像过节似的。随后,人像一下子都散去了。还由那个接站的人来引着我们,带我们去看当地的名胜古迹山水风光,看有异国情调的表演。那几日实在是感到了一个好客的西南民俗。一行人都兴奋着,在房间里关起门来便说,这一行不虚。这里的东西都便宜。吃了许多吃不着的东西,看到了许多看不到的东西。只有胖主任有时并不一起出去,出去时也是一副不声不响、漠然的样子,坐在面包车的前座靠窗的位置上。戴眼镜的搭讪地问他,是不是来过这里许多次了?他只是哼了一声,像是没什么好回答的,又显着一切并没有什么可看的。他下了车也总是独自走着。他们说他是想到了美国,我想美国的风光是不是就一定比这里更奇特呢?我随便问过他一句。他的脸色一下子有点红,随即沉下去。他似乎因站台之事还记着我的账。

本来就定了要有一个下到乡里去给一所小学的学生直接送书的仪式,于是,面包车开出城去,在一片山里转着。很快便看到了我早年见过的农村天地,也看到了西南特有的茅屋。回头看城市,我们住的白色大楼还清晰可见,而眼前的矮茅房一片一片地展现了。低矮的茅屋里,泥棚壁上被灶火烧得黑乎乎的,几个穿得很少还有露出肚皮来的孩子看着车开来,他们也许是见多了,并不新奇却又感到好玩地跟着车,看着一个个衣冠整齐的外地人走下车来。那里有一处风景,车从路边绕过一段,大家下车来看那一道溪,溪水清清澈澈,接待的人说着一个民间故事,一个农家小伙子和仙女与地主老财斗争的故事。我觉得这些故事耳熟,似乎从小便接受了的,城市许多通俗的书本里都印着了,却又转到个古老的地方,当作原始故事来说。

　　车在山路上绕了很长很长的时间。西南很葱绿的大山,一片一片的林子,我对慢慢看习惯了的风景有了一点厌倦,许多想法也就绕开去。我有时也会感到自己是一个奇怪的矛盾体,我沉湎于习惯中,不想动身,懒得变化,应该属于古典式,但我没有那种传统的对山水的迷恋,我的山水观感不是交融,而只是一种接受,很快便由习惯而厌倦。我是一个非传统的又无法进入现代的女人,我是一个非年轻又不愿走进年老心态的女人,我是一个不漂亮又不愿自甘寂寞的女人。

　　我想到冯立言,在我来西南之前给他机关挂过一个电话,他机关接电话的人回说他已经不上班了,是辞职还是留职停薪弄不清。放下电话后,我的情绪一直有些不稳定,我也弄不清自己是如何的情绪,兴奋?激动?牵念?失落?恍惚?茫然?似乎是,又似乎都不是。他终于走出去了。他会走到哪儿,他走到一片大街上,看着车水马龙流动不息的街上,身边驶过的豪华轿车的副座上坐着腆着大肚肥脸的男人,或者坐着探着头的漂亮女郎。身后有粗俗的叫嚷声,衣襟涂满暗油灰的黑黄肤色的小伙子或者老头儿拖着破板车,车上歪歪扭扭地堆着纸箱、酒瓶、铁皮、钢筋。他就站在那里,红灯绿灯闪着,他只顾站着……我想我为什么会对冯立言这么关注,因为我和他是相近的。我产生了一些明晰的想法,这些想法如水一样在这绿葱葱的背景中显现出来。我的原来的生活都成了虚浮的背景,那座图书馆大楼的钟塔,在背景之中是沉重而黑灰色的。我有点疑惑,冯立言在这个纷杂的时代中走出去,就是没有我的关注,本来也有着一种必然性。他还只走到了路口,许多的知识分子都走得很远了。也许他还会在那里将出将进的,未必真正走得出去。其实我这么多的想法又有什么意义?几天的旅行生活,我听到了社会层面上的更多更具体的东西,也再一次听到不少农村式的粗俗的与女人有关的故事,话题由一个个本来很正派的人嘴里说出来,包括像我这样被人认为是传统的女人也不露声色地听着。我不知这个世界到底对我呈现和启示的是怎样的意义,我也不由得怀疑,冯立言也许只是一个恋旧的人,在生理和心理上并不正常的男人,和我在别人眼里是个并不完全正常的女人一样。我一时突然感觉到他对我说的那些生活情景,也许只存在于他的叙述之中,由于有着说话的色彩,有着叙述的意义,有着变化的需要,有着对象的可信,于是和他原本的生活形成一种交错的摇晃不定的双重实在,而我的意象就站在了那摇晃之间,左转右转也看不清前后虚幻,而形成了第三层的实在,成了一根随着旋转的指针。

孙小圣从后面的座位上伸过头来说,快看快看……他让我看车窗外的一块巨石,说像是树。那些背景原是二维的、单面的、实在的。简单本来便有象形处。孙小圣说着这是一个乌龟,那是一个猪八戒,那是一个骆驼。接待的西南人曾经提示过一句,现在孙小圣不停地说着,说得津津有味。车上的人都开始注意,也有人参与进去,象形多少有点相近,到后来便是硬凑了,成了一种真实的虚幻。在明晰的实在之中寻找一种欺人的虚幻,正是一种需要,合着人内在的虚幻,却被称为自然天地的艺术。

孙小圣指着窗外的一块石,他的手臂伸得很长,他的手指直直地指着,他的声音变得很兴奋,完全不同于往日在耳边低语似的声音。他说那一个肯定是唐僧了,你看你看,上面是一个光头和尚,有猪八戒就有唐僧,你看他身上穿着一件和尚衣,一件破衣裳。孙小圣为他这个独特的指向兴奋着。他说得很得意,左顾右盼地对其他所有人说着。他的形容词连同意象,显得粗俗不堪,但他还是继续说下去,不知疲倦地说着,分明是在真实之中浮起来的虚妄念头。

我打了一个呵欠。我想控制自己的呵欠,因为我想听着他的声音,让我浮出虚幻和真实,但我还是忍不住。我的呵欠止住了孙小圣的声音,我也不清楚是不是我打呵欠的声音太大了。于是,车子里便静了下来。我在这段路上似乎特别怕静,我想有点声音,但车子却静得很,似乎人都开始昏昏欲睡。我真害怕司机也会进入沉睡的状态中,而车子总是在不断地旋转着、盘旋着,眼看着车身边便是很深很深的山坡,都是一片片绿荫的深渊。只有我的精神在注意着车窗外,那些风景强制性地进入我的内心。那些绿得让人清亮的色彩,空气里带着暖湿的绿色的气息。

在一个山中的小村子里,举行发书的仪式。看得出来,一群孩子都穿了他们的好衣服,依然是一片灰旧。老师让他们排队,排队的整齐却是标准的,看得出是训练过的,也许正是为了这次简单的赠书活动。我也坐在课桌搭起的铺着桌布的主席台上。我不习惯这样坐着,我还从来没有这样坐过。一点滑稽的神圣感。坐在我边上的孙小圣刚才在车上还说着带点荤味道的故事,引所有的人都有意味地笑。现在一个个正襟危坐着,面对着一些小孩子。我有着一些莫名的感触,我想尽量打一个呵欠,但我打不出。老师和孩子的代表在说话,接着是胖主任说话,都带着严肃的神圣感,也是我看惯了的。但这次我也坐在了中心的位置上,我尽量不去感受但还是感受着。我是个多感的女人,我的感觉平常而庸俗。我觉得我参加了外在活动以来,我的感觉都流俗了,似乎没有了我孤独时,一些自认为的超层次意识,我的行动也逐渐在规范化,进入一种常人的圈子。我升起一点对眼前孩子的怜悯感,那些隔绝了的旧岁月连同旧滋味,隐隐地回到我的感觉中来。这种感觉也是我很少有着的了,多少年中,我只是过着自己的生活,接受着书中的形而上的影响。具体的怜悯是无益的,离我远着,我无法去怜悯。怜悯本来就是不公平的,但我还是在怜悯。我盯着那些孩子看着,我想把我的那点怜悯感习惯化而木然。孩子一张张已经显现黑红肤色的脸,目光也开始像他们的父辈一般凝滞,他们站在那里,和坐在这里的我们形成了一种程式。发言者带点西南口音的普通话的声音在学校的小操场上飘着,与我相隔的社会化活动的场景,一层层地离得远了,又与眼前黑红的色彩一起都渗透在了空气中,窒息般地吸入我的感觉,无可躲避不知不觉地吸入。

我把眼光低下来,在我面前的台上的一堆书之上,是果树栽培的技术书,封面是一张含糊的不清晰的果树照片。这是本设计和印刷都很粗糙的书,书页角上因为长途的搬运,压膜上有点折痕。

那点折痕很清晰地在我眼中定型,后面浮着火车站台上装卸工的黑红脸。我看那脸怎么就如同这里山村人的模样。他们都是小小的脸型,尖尖的下巴,带点湿炭般的肤色。脸型衬着背景,牵成一条线,或隐或现的。背景上是书封面的那棵长着果子的果树。而在这所学校的背后,是这里多见的常绿的植物和矮茅屋。我感觉到我滑稽的漂泊性的生存。我以往多少年中一直固定着的生活,成了虚浮的背景,而我此时此刻在一个异乡的小山村学校的所谓的主席台上,面对着一片孩子,面对着异类般的情调、异类般的景致、异类般的同行,我有了一点飘浮感,内在晃荡着、游浮着,似是有着一点感悟的知觉。梦般的真实,又异乎梦的知觉。

　　一个个孩子排着队绕着到主席台前来领取他们的书,那用红绸带扎着的书。台上的人站起来,双手把书捧到孩子们的手中。我也发着,却有着一点被接受的感觉,那也是早年陈旧的感觉了。冯立言如果走进一家私人老板开的公司里,到老板给他红包的时候,也许他也是这样的感受。恍惚是我给他发红包,我不知道如何又回到我私人的感受中,冯立言便是我私人天地中的一个影像,我在社会的活动中对着他的影像,有着一种熟悉的习惯感。

　　到我面前接书的是一个男学生,他和其他孩子没有什么不同,只是他的下巴略宽一点,有点上翘,中间好像有着一道槽。孩子似乎有个特别的下巴,却又似乎这里的人都有这样的下巴。我把书放他手里的时候,我看到他的手上带着一块好像是烫伤的疤。他看我注视他,就把手翻过来,像是专门给我看那块疤。那块疤的上面,皮肤光亮,有着一点波浪式起伏处。很快他就把手退回去,那些书勾在他的手上。他的手黑乎乎的,唯有那块疤显着光滑。他的眼光和我碰了一碰,我看到了一点灵性动物似的灵性闪动。那时,我很想伸手抚他一下。我难得有这种感觉,乃是我自己不愿有的。

我这时突然生出一个想法:我在做什么?这些粗制的书是谁弄出来的?弄这么大的仪式来把这些书给这些孩子,又有多大的意义?那种意义到底是对孩子,还是对社会?我作为怜悯者来送书,孩子正是在接受着怜悯。这种怜悯成为社会的活动,我成为社会活动的代表。孩子们接受着,种下了接受的根子,几句近乎麻木的感谢的话,一切都是程式化了的,就如早年里接受救济粮的那些穷困的人,究竟改变了什么?

送书会开完了,远来的人在村里参观一下。大家都由村长带着转去了,我落在后面,我不想跟着东看西看,说着参观者的语言。早年我也见过参观者,也朝参观者露着笑。现在看到山民们脸上浮起的笑,便有着一点寒战的感觉。我落在后面,慢慢地离了队,有几个孩子还跟着,我看到坡子那边有条小河,就过去洗洗手。我想让河水清清的色彩带来一点清清的感受,以清一清心。但河边上却显得很脏,河边堤上有点枯的草上浮着黑油般的脏,我嗅着了一丝丝近乎当年城河里的污味,也牵着我的旧思绪。这思绪对我是有害的。飘浮的旧感觉像一根旋转着的指针,往回往里摇着,那种小小的浪漫情绪并不符合我的现状,应该早在我心中泯灭的了。

有几个孩子跑过来,他们蹲下身子看着我,去捧河里的水喝。我这才看清,河边的水上浮着一层银亮的油污,我张嘴发了一个声音,那些孩子一边看着我一边喝着那水。我摇摇头,也许这污染了的水对孩子来说是根本无视的,就如我当年也在那泡着牛粪的河里喝水。但这不是简单的自然脏,显然河边的草在枯死着。这是一种化学的污染。在这穷困的自然山村,应该一切是清清的,污染乃是城市的感受。我看到了刚才接书那个孩子的手上的疤,那疤看得出是生着了疮而脱落了的。而我眼前的孩子,手上也有这么一块疤,他似乎又不是那一个孩子。这使我想着了疤与污染的关系,皮肤病没有诊治而染上了污染。破了皮流了水,结了痂而又脱了盖才形成的疤。

我尽量带点西南口音和孩子说话,我问他们河水脏的原因。他们似乎听懂了,但他们的话我听不懂。他们用手指着河的那一头,一个个黑黑的手指齐齐地指着的所在,掩映在一个河道弯绕处西南丛林式植物后面。

参观完了的人上了车,车便往孩子手指的方向开去,越往那里,我嗅着的气息便越浓,那气息带着浓的甜味了。几个抽烟的人使劲地嗅嗅鼻子,脸上带着烟民所有的笑意。那里是一个烟厂,烟厂边上便是一个小集镇。车到乡政府门口,乡长迎出来,带着去路口饭店吃饭。乡长和胖主任说着那些听惯了的官场寒暄。官话没有区域性,是通用的。饭店就靠着烟厂的大门,烟厂里的房子便显着是小镇上的最漂亮的房子了。

饭店里摆着几桌,每桌上都是盘叠盘,酒桌上便说开了酒的语言,这种被称作酒文化的语言也是通用的。那边席上有被称总经理的到这一桌来敬酒,他似乎是游走着的,每桌都敬着。乡长介绍他是烟厂老总,乃是乡里的财神,乡里整个开支的一半都是烟厂的收入,上交的税收也都靠着烟厂。乡长与这位烟厂老总都带着笑,笑容里融着权与利的和谐。那老总端着酒杯,一个个地敬酒,照例说着酒桌上通用的劝酒的话。

我不会喝酒,也被灌上了几杯。我无法不吃,我一边吃,一边想着,烟厂上交的那些钱,本来就足够购买我们带来的那些书。在社会上转一转,再变成了书,由我们千里送转回来,于是我们借着送书来这儿喝和吃。我不知我为什么老会这样想,我总是想着一些莫名的传统的文化人说尽了的念头。我想到了前些日子和我谈对象的文化赚钱人。他说我们只要是拿到的钱,都很难说得清是黑钱还是白钱。因为世界相通,都是一体的金融流通,经济随着一个巨大的手指在运转。我觉得那个转动转得我头晕晕的,我只想赶快吃完饭菜。

下午,远来的人在镇上游荡。镇街上有几家小商店,店里也有着各种城里的商品,也有我生活的城市里的货物,明显价格提高了不少。也有一些西南多见的工艺品,是那种似乎在所有旅游区都通用的工艺品。也有一点土产工艺品,孙小圣选着那些工艺品,一边说着回去可以提高多少价钱。我讨厌那些无用的工艺品。我不知为什么一直没有喜欢过那种知识分子一般都喜欢的工艺品,在我的房间里从来没有那些东西。那些用手做出来的工艺品,也就是手工作品罢了,所谓民间工艺品,都被同一化了的,看上去都是一体的。

我走到偏一点的街巷,下了几级石台阶,那里有一个少女站着,应该说是一个还没成年的脸庞却已长得像个小妇人的小女孩。那个少女实在是能被称作漂亮,她的肤色是光洁的,在耳鬓之边也带着黑红的流行色,但给她更添了一点美色,浓重的美色。我似乎还没有这么认真地看着一个女人的美,也只应是在这山区里,是在这异族中,引着了我的注意。不知是不是因为她穿着的少数民族的服装,让我神思有点恍惚。以往我对美,不管是形象上的美还是行动上的美,都感觉迟钝。少女在编一根带子,把线缠过来缠过去。我并不在意她编着什么,只是看着她的动作。眼见着黑乎乎的屋里走出一个男人来招呼她,她就跟进去了。我不知那是不是她的父亲,那样的父亲如何会生出这样的女孩来?要说是她丈夫的话,我也不会吃惊的,但这样的女人又如何会和这样的男人一起生活?我又一次觉着自己感触的多余,总是多余。

　　前面是一溜边的小摊,摆的都是供当地人用的物品。我看到有镰刀,有扒子,有铁耙。突然我看到一个摊子上铺着一张破报纸,在揉皱又抹平了的破报纸上,摆着几本还算新的书。我走过去,朝那些书看了看,看到了一本似乎是上午送出去的果树栽培的书,那粗糙的封面上正印着一棵有点模糊的果树照片。我低下头去看仔细,还注意到那上面的一角上有着折痕,似乎便是经我手送出去的那一本,只是折痕仿佛大了一点。我抬头看那卖书人,我其实已经看见那是一个孩子,那个孩子朝我看着,他的眼光中带着买卖人的兜售神色。我看清他的脸,似乎是熟悉的,似乎又是当地人的一般模样,那眼光也都一般的。他的脸上有着一个略上翘的下巴,尖突处有一道小槽。是那孩子,但我不能相信他会认不出我来,如何还会随便地对着我。我再低头看去,我看到他的手上也有着一块疤,他也把手翻了一下,让我看着那块令人恶心的疤,疤上面有着波浪般的痕。我想对他说什么,可他却是一点不认识我的样子,一副山里孩子的神情。他似乎看清我是对那本书有着兴趣的买主,他举起那本书来,双手捧着,很会做生意地举到我的面前来。他说着我听不懂的话,并竖着了五根手指,随后又曲起两根手指,竖着的便是三根了。见我还是看着他,随后他又从摊上拿过所有的书,有着一堆了,一起捧到我的面前。上面便是那本果树照片封面的书。他的手指在我面前很快地变着动着。我只是看着他,他想要伸手来拉我的口袋了。我退了一步,我突然想着要走。我就挪动了步子,卖书孩子跟着我,手里就捧着那些书,一边手指上做着变化。他前前后后地走着,后来站在我面前退着步子,还是把那书捧在我面前。我只是走着,那一刻,我突然想着要把书拿下来,我想着要从口袋里掏出钱来,掏出在火车上被洗劫剩下的钱都给他,再把书还给他,随后抚一下他的头。只是我觉得那很像我在哪本通俗的书里见着过的,我不动手。我想给他,我又不想给他。我要给他,我不能给他。我要他接受,我不愿他接受。我尽量模糊着眼前的感觉,我的痛苦在这一刻拖得很长,他捧着书在我面前退着的影像仿佛永恒地凝定。

　　好在这一次回到城市后,"蓓蕾工程"就散了,我回到了图书馆。

二十四

　　走进图书馆里,似乎一切都没有变,大厅里还是安安静静的,人微微低头的情景,书轻轻翻动的声音,偶有的脚步的走动与身子的挪动,说不出感觉的声音与动态。但我觉得有着深层的变化,变化在深层里。似乎厅里沉暗了点,大概已是深冬季节的关系吧。我走进馆办公室走廊,人们依然那么从容,拿着报纸取着书的,看见了用眼光触一触,似乎有着一点含意。是不是因为我多时没出现了呢?走进资料室里,秦老师还是坐在他的那个位置上,他的身子还是佝偻着,却似乎更弯了。他朝我注目了一下,头微微动动,仿佛有了一点生气,也许还是旧样,没有表情中含着了一点表情。我想到一切源于我的感觉,我出去了这么长的时间,我进入了社会化的生活里,进入了与图书馆很不同的生活里,我的感觉里融进了许多的感受,那些感受也在改变着我眼前的观感。似乎一切都跳荡了一下。

　　我还像过去那样,很快就沉浸在原来的工作中。一旦静下来,我似乎并没有出去过,只是自己的心境中跳晃了一下。那里的几个月融进了这里的多少年中。我不再去思想什么。在这里,我只是安静着,体悟着安静至深的感受,意识也就沉下去,那些平常的社会语言也都离我远了,那点纷杂的感受都在思想中沉下去。我嗅着书本的气息,糙纸古板油墨味很重的气息。关于送书的感受也都融入了很多很大的书库的气息中,一种让我沉入的气息。

临下班,我听到小马的声音从过道那边响过来,她走进资料室,仿佛发现新大陆似的,挑起她的眼角来说着:"嗨,哎,你怎么就这样已经上了班啦?"她穿着一件上身很宽大的夹克装,抬起手来袖子下端牵牵挂挂地垂着须须,而下身便是很单薄的牛仔装,似乎只有半截,脚上穿着一双小靴子,仿佛是一个港片中的古装骑士,说着现代的话。在她说话的时候,我看到秦老师那里动了一动,一切又让我有动态的感受。

我只是朝她点点头,我还能怎样地上班呢?我并不奇怪,小马的话也是习惯的。

小马咋咋呼呼地说着,跳着话题。她说在图书馆里,是洞外才一日,洞内已千年。小马的嘴里居然冒出了这么一句很有书卷气的话来,毕竟她也在馆里出没许多时间了。小马说到了馆里评职称的事,就在我出去的几个月中,馆里发生过动荡,还停过几天业务。那几日,馆里的头儿都寻找不到,只要他们出现就会被馆员包围着。他们有时还不回家,他们的家里也都有来访者,都摆着了一种架势,要死要活的。

小马的话习惯地带着夸张,她说个不停,我只是听着,我并不惊奇,我也是听惯了的,也听过一个与我谈对象者喋喋不休地说过评职称的事。也许是因为我出去了一次,特别是去了西南回来,我感觉到的多了,社会上的听得也多了,眼前的事我并不会感到稀奇了。我奇怪的是感到秦老师那里不像平日那么静,他微微地动着身子,似乎被话感应着。

"你是不是还不知道,你给评上了中级?"小马的话题又跳到我的身上。我还是不惊奇她话中的夸张。我进了馆后,见着的人招呼了,都会有这么一句:"你评上中级了。"我去馆长室时,那里坐着吴馆长,她还是不认识我,当然更有理由不认识我了,她把我当作外来办业务的人。我拿出"蓓蕾工程"带回的工作鉴定,那上面照例是对我做事的充分肯定,有着吃苦耐劳、勤奋先进等等的话。一直到吴馆长看到我的名字的时候,她才抬头朝我望着。她对我说:"你评上中级了。"她也是那么一句话。之后我就出门了,我没有见到陈馆长,他也许会和我多说一些话,告诉我一点什么的,那也是习惯。

"我是评上中级了。"我觉得应该应着小马一句。

小马的话题又丢开了我,她调子里带着了一丝兴奋,那丝兴奋突然而来突然而逝,说着一场力量的争斗,说闹啊叫啊,哭的叫的,群众议定,领导鉴定,评委评定,谁知道谁卡在哪,谁也都知道谁到底卡在哪里。听着小马的话,我觉得有点累,多少个月在送书组的办公室里,多少天在西南途中和风景点上奔波,我回来后,没有休息就到馆里来报到了,我的累由小马的声音给引出来。我想打呵欠,这也是在那儿获得的习惯。只是小马说着了几个具体的人名时,我有着了在累乏中听清的意识。小姑娘说到了秦老师的名字,她说他也闹了,他也是闹了的。小马看一眼秦老师,似乎这才注意到他的存在。而我也由她引着去看,看到秦老师还是那么坐着,然而,他的脸上带了一点木然的悲哀,似乎是我从西南孩子那里见过的神情。虽然只是侧面,一种熟悉的联想般的莫名感觉浮起来,他的眼光定在书上,还像以往一般抚着书,但他没有进入,他的感觉在他的体内旋转着,仿佛由小马的话所拨动。

"最后他也是中级。"小马说。我多少感到对我说我是中级时的分量了,分量压在心上。这时小马的话又跳了一跳,她说:"我也是中级。当然我也不轻松,但我也没大闹,不会牵来扯去闹别人,不过不给我一个中级,他们知道也不行,能行吗?所以,在这里,你是中级,他是中级,我也是中级,一窝三个中级!是个中级窝。派定了的。谁也不欺谁,谁也高不了谁,也好!"

我听着小马的话,让那重量又减到了无。我的心又飘浮起来,我还是并不惊奇,像是指针迅速地旋转了一下,又回到了常态上。我感觉到钟点停在了往常下班的时间上了,周围有一点说话后的安静,而我听不到以往常会有的收拾东西出门关门招呼的声息。我再凝神一下,我并不意外,我评上中级没什么不应该。秦老师素来不争就没有现成果子吃的,评上中级也是常情,而小马具有谁都弄不清的什么路数,她自有她的本领,中级也是不出意料。一切都是合乎着规律进行的,没有什么可稀奇的。我再抬头,看到室里的两个人已经走出门去,而到我走出去的时候,发现每个室都关着门。也许在小马说话之时,人便已走得干干净净。自然,习惯下班的时间改变了,我感觉中的指针要往前拨一拨了。

走出图书馆大门,我在门口站一站。从安静的图书馆到街上的车水马龙,我每次都要调正自己的感觉。接着我就沿着街往右,走到车站去乘车。往往在车站要候几分钟到十几分钟的车,我正转身时,听有人叫我的名字,在听觉中静一静,感觉那是一个男人。

我身子颤动了一下,那不是冯立言,可能是我谈过对象的许多男人中的一个。在我的意识旋转着的时候,叫声又响了一下,就在我的身边了。我看到了孙小圣。

孙小圣说他刚去市中心转了转,走到图书馆门口,就想到了我,没想到就看到了我。"也没歇两天就上班了吗?我起码歇一星期再去报到。你真是一个难得的先进,真正的先进,名副其实的先进。我这样说没有对先进的贬义,我是很敬重你的,我是很佩服你的,我是很看重你的……"孙小圣的口气尽量地带着让我能感觉到的真诚,说着他赞美的语言。

在这个地方突然看到孙小圣,我心里有一丝习惯的世故的疑惑。但他的声音一下子连着了以前几个月的生活,让我感到一份熟稔。我还是高兴地听着他习惯的语言,带着一点微笑。

"见着了你真高兴,也是我们有缘,能赏光一起吃晚饭吗?"孙小圣发着西方式的邀请,好像很随意。我的身子没有动。在与他同事几个月中,我都是刻板地回家的,他也许有过邀请的示意,但我都没有接口。孙小圣很快地从我的表情中看到了什么,便立刻说着:"你肯定是要回家去了的,不过正好在这里见着了……我……还是请你喝一杯茶,行吗?"

孙小圣站在那里,他在等着我的拒绝,我从表情上看到他已经在做着被拒绝后的表情。其实喝一杯是很正常的,我也就跟着了他,移动了步子。这对我来说是奇怪的,我从没这么随便地接受过一个男人的邀请。也许是我因为第一天离开送书组,想续一续那段生活。我随他到了一个咖啡店。咖啡店离图书馆不远,我每天都会站在车站上看着咖啡店的门,但我对它并没有什么记忆,那只是一个贴着美术字的玻璃门。走进店里我才发现有着浓浓的西方味,响着幽幽的音乐,一个个咖啡座上,相对坐着的都是一对对年轻的恋人,都带着那种倾听式的神情,用匙轻轻摇搅着小杯中的咖啡。很像一回事的,很西方化了的样子。于是孙小圣也是这么西式地在我对面搅着咖啡匙。我奇怪我竟跟了他来,除了冯立言,我还没有单独和一个男人约会过。当然,咖啡店我也进过,那次雅芬约那个文化赚钱人,那男人也带我进咖啡店里。那家咖啡店,也是这般气氛,似乎一旦进了这样的地方,便都化成优雅的情景。在咖啡店里,那个文化赚钱人的调子变了,变作了特有的咖啡店调子。我并不喜欢他一下子变着样子,然而,我也许应该逐渐熟悉这种情调。眼前的孙小圣也变了调子,一种通用的调子,他的笑意中也带着点西方式的开放。冯立言如果到了这样的场景下,也是这般模样吗?他微笑地看着我的样子也会是这般西式吗?

　　孙小圣从西式咖啡店说到他在美国的一个亲戚。他的那个亲戚本来是国民党的一个师长,解放前逃到台湾去了,后来又定居到了美国曼哈顿,大女儿长成后从政并当了副市长,前段时间到大陆来,说城市里有她家的一幢房子。当然她并非为了一所房子回来,她只是想看一看她的出生地,那总在奶奶记忆中的房子。她回来了,还带了一个美国人保镖,连同着市里接待的官员,一起去看了那所房子。房子在一个旧式的院子里,院里住了好几家人家。在那所院子的周围已经筑起了许多的高楼,院子整个被高楼所包围。院里长着一些爬山虎及旧时代所有的植物,还种了一些新时代的果树。那里的人说,要不是这所房子的主人在国外,房子早就拆了。美国女市长在院子里转来转去,对住户说着许多客气的话。她嘴里总提着奶奶。楼上的住户们一个个地也客气地对待着她,他们不知她是否会要回那房子。她与房子的住户拍了一些照片。她的激动神情让那里的住户感到一个美国市长也就是那么回事。美国女市长在大陆的日子,多少人包围着她,亲与不亲的。孙小圣只看过她一次,他的感觉中,她虽然还打扮得很年轻,但遮不住她的老。她太用心了,孙小圣说他不喜欢太用心的人,特别是女人,人还是纯一点好。孙小圣说着,他说着美国的时候,显俗的夸耀语言,说她用心的时候,他显着超脱,而超脱的话中,也含着那点夸耀的调子。我也能从他绕着的话中听到对我这个女人的赞颂,他的赞颂调子总是很到位的。

孙小圣像以往一样不停地说着。我也像以往一样静静地听着他的声音,没想到要离开。我感觉到了变化中的自己。人都在变化。冯立言在变化着,他这些日子里会怎样了?我不急着和他见面,没告诉他我已从西南回来。我在凝神时,经常想着冯立言会在做什么,恍惚间他就站在一个店的门口,他上身穿着一件紧身背心,背心紧紧包着他的上半身,他用生意人的眼光招徕着过往的行人。他身后的小店里一个乡下妹子在端碗端碟,他回转身来,刚要坐下来时,门口进来一个黑影,于是他便弹簧似的蹦起来。我不愿再继续感觉这一情景,一个知识分子的冯立言做着店老板,让我无法真切地感觉下去。我也不清楚我为什么会有这样近乎幸灾乐祸的感觉,正如我弄不清与冯立言的关系的究竟。我想回图书馆工作后静一静心的,但我并没静下来。人世烦恼无非名利,我求何名?我求何利?然而,我却还是有不安静之心,弄不清的不安静。是人都会有对世事的反应,都会有一种衡量,都会有一种求。我求什么呢?我的反应在我的内心,就像我现在听着孙小圣的话,听着俗的,心便不愉快,听着赞美的,心便愉悦。无论是愉悦还是不愉悦,人生就是接受。生活在流动的时间中,时间是需要填补的空白。不管用什么来填补,便是一种反应。反应在社会,又从社会折射回反应,自然生了烦恼,反应强烈,烦恼也强烈;反应淡漠,烦恼也淡漠。强淡都是生活,都是填补时间的流动。拨动了生的时间,也就习惯地去生,烦恼也罢,不烦恼也罢,都是填补一种空白,都是习惯的人生。习惯的反应,烦恼的适应力也强;不习惯的反应,烦恼便难忍耐。我不适应在咖啡馆对着一个男人,也只是无法形成习惯。冯立言只要走出去,他只要习惯便行。他会坐在咖啡馆里,他会适应新生活的环境。他走出去了,无法走出去的是我,我无法接受烦恼反应的一切,我的一切是淡淡的、浅浅的、无意义的、无可叙述的。就是叙述我的生活也是无意义的。叙述也是一种反应。追求叙述强烈正因为有空白填补的强烈感。不管如何,生都是一种习惯,由生的反应拨动而旋转。本无好坏,本无成败,本无善恶,习惯而已。

我面对着孙小圣,他的声音都在我的耳中,而我的心又只在我自己的心中。意识流动着,时间的空白形成了两重,一重是实在的,另一重是虚浮的,我置身在两层之间。我总会有我处在两层之间的感觉,两层的旋转,牵带着我在中间的转动。相对的两层都静下来,我却还在习惯地转动。我不知是谁在拨动我,而我比两层中生活的人多了一层反应。

靠着的窗玻璃上贴着纸剪的红绿花,外面市街上的人还在流动。我常常是并不注意地看出去,那些流动的靠我很近,我注意到的时候,它们便存在着,隔着了声音,形成的一种习惯的繁杂背景。外面的人走过去,边上一排玻璃高窗以及里面的一切便也成了他的背景,是他没有注意到的背景。背景的无声和无注意,便成了人有相对的感觉,人有孤独的感觉。背景都存在,声音都存在,只是注意不注意。背景的一重虚浮着,而我注意的另一重便显着了实在,当我注意到窗外时,那一重便有了实在的感觉和意义。

意识蒙眬的一时,我听着孙小圣反复在说着他的过去,我似乎听他在什么时候说过。他吃力地说着他的父亲被打倒时的一个故事。我用匙去搅杯里的咖啡,从下面搅上来乳白的炼乳。窗外灯开始亮了,但天色还是青白色的。那个从街上走过的女人,她的脸朝着我,她大概也只是偶尔地朝里一瞥,我对她的注意是因为一点熟悉感。也就是那一瞬间,世界真小,我今天在街上看到了熟悉的第二个人,那是雅芬。我看到她的熟悉的笑容,一点熟悉的带着点意味的笑意,在我印象中留得很清晰,有着时光凝定的感觉,仿佛一直凝在朦胧的玻璃上,贴在上面似的。

后来,我面对雅芬说到这一幕的时候,她只是带着笑看着我,她说她没有这点印象了。"这么说,你去咖啡店里喝咖啡了,当然是和一个男人啰。"她的话不承认那一次在玻璃外看到我了,然而她的话却含着看清我和一个男人在店里坐着。也可能她的话只是带着判断,但我是不会怀疑自己的印象的。那印象很深,以致后来我如何和孙小圣分别,和他后来说的什么,都隔在了那印象之外。玻璃外的女人笑意里带着嘲讽的意味,是和往日的雅芬不同的。本来我在一家咖啡店里并没什么奇怪的,只是雅芬还从来没有见我单独和一个男人在一起。也许这对她是重要的,她正要和我谈下一个和我谈对象的男人的情况。我也不知道我为什么要提到这一次见面,相隔玻璃的偶见,我还记得她的身前正走着一个男人,那个男人只是一个背影,似乎给我有点熟悉的感觉。印象中的雅芬的脸朝着我,她的手伸长了,几根手指挽着了那个男人的臂膀。男人是谁对我来说没有意义。我和雅芬应该说是很好的朋友,但雅芬从来不和我谈到她丈夫之外的男人,我也从来没有和她谈到我和什么男人的交往。似乎她的这一次否认,也只是顺延这一种习惯。

雅芬与我说到上次的文化赚钱人,她说他做了一笔电视剧的生意。她说着他对我的评价。她总与我谈着与我谈过对象的男人,那个男人在她的话题中一直存在到给我介绍下一个男人为止。

雅芬和我谈话也在一家咖啡店里。我怀疑现在在咖啡店里谈话是不是一种时髦。这一家咖啡店不在闹市区,但装潢相近,和我进过的几家咖啡店没什么区别。雅芬和我谈话时,她拈着小匙搅着咖啡的样子也显着她已经习惯了这样的形式。咖啡形式便深刻地映进了我的心。中国人以往那些刻板的生活习惯似乎在很快地遭到遗弃。我的内心中的许多东西也都在变化,我似乎早就察觉到了这一切变化,却又无法躲避。

二十五

和冯立言相约也在咖啡店,我已习惯了咖啡店的音乐和气氛。走进去的时候,我在门口站一站,我就看到坐在下面墙边一张咖啡桌前的冯立言。这家咖啡店布置有点别致,门口是拾级而上,咖啡座便是拾级而下。门口正是一个高处,能见池座里围着一个个的小圈,有车座形的,有莲花形的,也有半圆形的。所有在座里的人却又都被造型靠背隐着了。冯立言从座里伸出头来,他的头正好伸在花蕊间,在他的头上面,挂着的是一串葡萄绿叶,逼真的塑料果叶。

"我刚坐下来三分钟。"我坐下的时候,冯立言看了看手表说。说话的时候,他朝服务小姐举了举手,小姐便端了一杯咖啡来。他的这一句话和这一个手势都是随便的,我却有着一点异常感,面前的冯立言看似熟悉又显陌生。从他的身上也使我觉察到一点社会流行的气息。咖啡店的灯光幽幽,看得出他对这一场合已不陌生,他用匙子搅着咖啡的样子和孙小圣很像。每个男人的共同性,我都很容易发现,但以前我对冯立言没有过这个感觉。大概是社交男人的共同之处吧,我心里想着,努力笑一笑看着他。他在我的笑容面前,显出微微的文气来,也应着一点笑,那点笑便是看习惯了的。

毕竟这一次与上一次见面之间隔着我去西南的一行,在时间和心理上都长了。而他也正在这期间,从机关出来进入了社会。我本来想,也许会看到一个疲惫的冯立言的,但面前的冯立言眼圈的黑影多少加深了些,却是显得精神了,细微的表情中都添了一点力度,这也许只是我的感受。

"你变了一点。"他说。他的话里带着男性的注意。以往他也注意着我,但我的表象,似乎他原来是并不注意的,也许他注意了并不说出来。

"你的神情中多了一点……色彩。"他分明是在赞赏我,他的赞赏的口气和孙小圣相近,只是多少还不习惯,但他的感受我已感受到了。我轻声笑出来,我的笑让他有点不自然。他抿了抿嘴,他抿嘴的神情还是旧时的单纯。接下去他对我说了他这段时尚的生活,主要是找工作,他说他为工作烦了很长时间,最后他在一个小学同学那里找到了落脚之处。那个同学开了一家公司,公司的名称是"宇盛有限公司"。

我听着公司的名称,习惯了的厌恶感浮起来。从西南回来,我听到一串与赚钱连着的名称,便会生出不愉快的感觉,由赚钱的名称便会联想到那个西南乡村手上有疤痕的男孩,感觉没有怜悯而浮着厌恶。冯立言说他的那个同学很需要能干的贴心的人手,他说着公司的业务和同学在生意场上的眼光,不由得使我想到了那个文化赚钱人,恍惚间我仿佛听着文化赚钱人在大谈着发财门道,旁边还有着雅芬附和的声音。这时咖啡馆音乐换了曲调,我努力清醒一下,意识着面与面相对的是冯立言。播的是《何日君再来》,

一个嗲嗲的女声在轻唱着,我不知道那是不是邓丽君,那歌声却也和公司一样有着流行味道。旁边咖啡座里的一个女人跟着哼起曲子来,哼着的曲子伴随着一点动静而起伏,之中再夹着一点嗲嗲的笑声,还和着一个男人的笑,都是轻轻的,压低了的。

冯立言在说着:"……并不是我的专业,我现在才知道,一无用处是秀才。大学的专业是没有用的。特别是文科,用不上,也不需要。公司做生意,只是要一个点子,一个赚钱的主意。说白了也就是钻空子。公司没有实业,赚钱自然是来自流通中,正常的买进卖出是无法赚太多钱的,钻空子便成了根本的手段,最能钻的也就是国有资产的空子,因为那里把门的松。眼下尊崇的是钱,是公开了的没有忌讳了的,贿赂腐败便是钻空子的通行证。人生的道理许多说纯说污,是纯是污弄混了,于是便合道家说的:道可道,非常道。现在公司赚钱便是无道,无道偏偏是大道。

"我的那个同学在小学里本来显得很文气的,现在看上去也还文气,但他对我出口的第一句话就是……要操你就要脱裤子。他的话都没有掩饰,直白无忌,我不适应也得适应。他的这种调子已经进入了他的习惯。他做生意时间并不长,这之前他做过很多事,最早的个体户、股票投资者,还做过承包厂长。他希望我去,说同学贴心,见面便说好了我的报酬,两千元工资和年底结算后的利润百分之十分红。也就是说,两千元是保证的,假如他赚了一百万元,我还能分到十万。那么我当然希望也自然尽力让他能赚到一百万元,那将是我十年的工资,我还从没有想到过能一下子拿到十万元钱。

"我第一次到他的办公室去,那是在饭店的一幢楼上,似乎很小的两间房,门边的墙上钉着一个印有公司名称的铜牌牌。站在门口的时候,我还想着,也许他让我来只是知道我的情况和我开个玩笑。在小学里我和他都是其他同学开玩笑的对象。推门进去,我看到房间里的装潢完全是电影电视里看到过的气派,他没有站起来迎我,坐在老板椅里晃动着身子说出了第一句话。谈完报酬后,便对我说现在就上班,第一件事是去印名片。他便给了我一个部门经理的名头,我不知道他很小的两间房里会有多少个经理。外间坐着一个漂亮姑娘,自然是他的秘书,也是电影电视里装扮的时髦模样,见人便龇牙一笑,笑的感觉还不错,只是不能说话,大概是受了同学的影响,也是一嘴粗俗直白的话。同学当面就叫她'木钟',她也是一笑。我开始上班就跟着同学出去和人谈生意,一桌桌的酒席上,吃着谈着,同学的派头就显着了,许多的话许多的酒许多的菜,绕来绕去绕着那笔生意。他的口气里全是百万、十万的,只几天我已经听惯了。我也很快知道什么是假的、空的,当然也有真话……我不明白生意就是这么做,钱就能从这上面来。"

我静静地听着冯立言的话,我想在他说话时插些见解,我突然觉得离他的话有着距离,我把手指向他,我的手指是虚浮无力的。我已经插不进话去。我看着他的眼睛,他的眼光在咖啡屋的灯光下,眸子黑得很深,而眼白蓝幽幽的。他一直让我感到有一种纯色,眼下许多的东西凝结起来,不知他是否能化得开。他说的那种生活,我并不感到惊奇,在"蓓蕾工程"的同事议论中和文化赚钱人的叙述中,我已经接受过,只是我无法走进去。现在冯立言走进去了,我看着他很吃力地走进去,那里面饭店的两个房间中,他的老板同学身子在老板椅上转悠着,外面坐着一个打扮时髦的龇牙笑着的漂亮姑娘,四周的背景是堆积着的空穴来风的物资,恍惚一切都浮在水上,这世纪末的空浮,有时觉得整个地把人生都浮起来。在冯立言的内心和他的叙述之间有着一段间隔,冯立言正吃力地填补着这个空间,而空间之中飘浮的便是一张张钞票。

"……我真无法适应,有时我躺着,会感到我的身子浮起来,细想那是我梦中的感觉。以往的感觉是陈旧的闷着的如大气的压力,习惯了并不感觉到,一旦从里面出来了,我又觉得旧感觉是实在的,而前面的所有都是虚悬着的。我不知我会不会一脚踩空了,仿佛走在一片冰地上,能看到冰下的水在流动着,还映着上空青天白云的色彩,脚底下滑溜溜的,我不知什么时候会踩空下去,于是我便陷进冰水之中。也许一脚踩不稳,于是我便一直滑下去,滑到不知何处不知何地。所以我每次走进公司包房时,我总会脚下踩重。我面对那个同学上司,我便想抓扶着什么。那个房间很豪华,但我总无法让它和原先那个憋气的机关办公室相连,无法称之为工作场所。我摸着那两千元,我觉得那钱也是不实在的,好像是我从空中取来的,我不知如何使拿这钱的心理变得实在。我并没有在施展我的才能、我的学问,许多时间我只是陪坐着。同学说这一摊很快就交给我,也就是说我就要坐在那张老板椅上,虚浮地晃悠着。同学还会去开辟新的天地,租下又一个包间,增添又一个虚浮的背景。我眼前的一切就如一幅幻景,我有时会怕那幻景突然消失。过去我在机关里,让我做的也只需要我所学的百分之一,但我总还实实在在地做着。我有时会突然走回到我原来的机关,走进去,看到了我熟悉的那些同事的时候,我才突然醒悟过来。于是我开始说着我的公司,说着我的工资,说着我将可能有的分成。我说着这些的时候,我看到同事眼中显现的感受,我像在说着一个梦似的,说得人人都信,只有我自己内心还不信……"

"你是不是有新婚时那样的感觉?"

我问了一声,我看到他的脸色一颤,仿佛整个背景晃了一下。一时我觉得失口,我无意中牵到了他的母亲。他是从他的母亲那里挣脱出来,走进新房面对着他的新婚的妻子。那时他是不是也有现在这样的感觉呢?正在这时,不知是谁叫了一声:"有联防队!"咖啡店里顿时生出一片混乱,仿佛那时音乐也跳动着异声。所有对坐着的男女突然形成了距离。我和冯立言没动,还那样对坐着,但我的心还是颤了一颤。社会上正在严打,如果查问起来,冯立言还说不出我的单位。很难设想已经结了婚的他,和一个不知底细的女人坐在这样的场合中,让人会有怎样的理解。这里的男女大概许多都是婚外情,也会有租的女人借的女人买的女人,整个环境便是虚浮着的背景。我看得出冯立言也多少颤动着。

两个穿着警服的人出现在高高的门口,老板迎上去,带到旁边的包间里去了。于是一个小姐带着微笑对熟悉的咖啡座上的人说:"是自家人。"于是,大家都笑了,重新安静下来,继续谈他们的话做他们的事。

这也是我听过了的事,不过现实发生的多少不同于耳闻。冯立言也许还有些疑惑,他朝那边望了好一会儿,再转过头来的时候,他却露着看惯了的笑,他已经能接受了,仿佛早已接触了的。

"……开始走出来时,我的整个人生都仿佛晃动了一下。旧的特别是和母亲一起的生活像隔开了交错的一层,我的一条腿在这一层,那一条腿连着身子都在那一层,而我心的感觉还留在另一层。我自己也不清楚我到底是在哪一层,浮空感由此而生。我只有向你诉一诉……慢慢地我觉得这样赚钱太容易了,我完全可以自己做,我很快就摸到了门路。我现在还受着制约,我坐在那里的时候,我忍不住想到,我是坐在了人家的位置上,我完全可以把这个位置变成我的。我把这位置变成我的时候,我的才能才会真正地发挥,我才没有这种虚浮感。我能赚更多的钱。那些客户对我的同学上司并不信任,我能有更好的办法融合他们。那些办法只要我敢想,我便会做到。现在做什么,似乎是没有不正常与正常之分,只要去做。我看着同学在人面前的豪爽样子,在我与秘书面前的老板样子,他把脚跷在办公桌上,在他的背后贴着一张影星的黑白大照片,那影星搔首弄姿的神情,我又会生出无法忍受感。有时我会想到,这种感觉便附着背叛念头,也许这种背叛感,从我走出原机关时,便吸附在我身上,是不可摆脱了。我有过第一次的背叛,而我便将会有许多次的背叛,我会背叛下去。我的脚已经挪动,便收不住了,要滑下去,不会再立足在哪一个地方。我会去背叛,我的心没有朋友……"

冯立言说着的时候,他的语言带着自责的痛苦。我知道他为什么要说得这么严重,我能理解他。他的背叛感应该是从对他母亲开始,只是他没有说出这样的一句话。是我鼓动他开始背叛的。

我看着他的痛苦,痛苦在语言中,他把痛苦的语言说出来,在我的感觉中,他的痛苦已经释化。我觉得那痛苦乃是他的动力,在我的手指的地方,他旋转而前行。

旁边的咖啡座里发出一点细微的呢喃声,含着一种蚀骨的味道。静静中冯立言对着我的眼光也显着一层朦胧,他的身子并没动,但我觉得已经向我贴近了,许多的感觉都在晃动着,无形无声地晃动着。他的双手都搁在咖啡桌上,咖啡桌是那么窄小,以致我发现冯立言的手是那么大。

我便说:"我来给你说一个我过去的故事。"我的声音也变得微微的,耳语似的,整个咖啡座里的声音都是这般低沉。

二十六

在农村几年,我得了病。我想我应该得病了。上山下乡,我算是扎根派。几年中我的内心对农村的生活一直没有适应,但我的身体已经适应了农村。我能和村上的妇女一样做活,什么活都难不住我。我接受了贫下中农的教育,便是能干粗俗的活儿,能说粗俗的话儿,能做粗俗的事儿。比如会提着篮子去割野草;会用耙子耙着地上挑担遗下的干草;把自己的屎尿都用在自己的自留田里;养几只鸡,让它们放野去吃田头的稻穗。我整天做着,我也逐渐变成了农村人一样的肤色。村上的老嫂子们坐在村头看到我时,便会议我一句,说我很会做。于是也就有人开始给我介绍对象,说这一个那一个。如果我不应声,他们便会问一句,你是不是不想找农村人?接着说,你现在也是农村人了。我无法应答这样的话,因为,在农村扎根一辈子的口号一直提着,没有扎根的思想和行动,就无法得到赞赏,就是有机会上调也得不到推荐。推荐愿意在农村扎根的知青招工上调,这是个奇怪的却是现实的做法,使人变得虚伪或者祈求机缘。

有一两次,村里的老太并没有征求我的意见,便把外村的小伙子直接带到我的小屋里,说着露骨的介绍对象的话,显着露骨的有关男女关系的笑。我无法拒绝她们的好意,我看着黑红粗俗的农村小伙子,想着他们在田里说女人为老婆时占有感的语言,便觉得脚下仿佛踩着一片随时会陷下去的深坑。有一次老太带来了一个长着扁平的三角形脸的男子,一张嘴便显着满口黑黄的牙,我不由得觉得一阵眩晕。我想我最后也许无法摆脱这样的结果了。有一时,听说知青招工不再进行了,我每月供应的粮食也停止了。我的一切都和农村人没有区别了。虽然我很会做,也很像农村人,但总被认为不如农村人吃得了苦。所以老太带来的农村小伙子,都是不入流的,还有一次那个小伙子手上还带着一点残疾。我的心很灰很灰。

独自一人时,我心中浮起了一点伤感情绪。那点伤感是开始下乡时所有的,已经在长期的劳动中消逝了。这点小资产阶级情调,现在它又回来了,环绕在我的心间。我朝一面小镜子看着自己的脸,这张被乡野的阳光和风变化成了黑红色的脸,已经完全是乡下式的。只有脱了衣服上床时,里面露出的才是那种白皙的皮肤。那也并不代表城市。我见过村里的一个女孩,夏天她穿短裤的时候,偶尔露出来的一点屁股上的肉,那么细白,和她脸上的皮肤相比才称得上真正的反差。我没有什么可以赞赏自己的了,我是一个农村人,从户口到一切都只是一个农村人,除了我还有的一点小资产阶级情调和一些学过的一无用处的书本知识。

那一段时间,我突然对一天天的农活感到了厌倦。一天又一天、一年复一年的农村生活,何时是个尽头?也许永远这么下去,便是我无法逃脱的命运。有时我挑着担,走在田埂上,突然便想到了死。也许只有死才能解脱。农村的人也一样叹着:人活着也就活着,没有意思啊。活着到底有什么意思? 当然我无法去死,有时我真想就这么倒下来,睡下去,身子无法动弹,我也就能卸下这一切,哪怕是暂时的,我可以轻松一下我的内心和肉体。

于是,在一个初春,我病倒了。那天我在柴场上做搬草工作,一捆草从上面塌下来,我就被草压倒了。坐下去,我站不起来了。那些农人本来还笑,看我倒下去,像演戏一样。我努力想站起来,但怎么也站不起来,只觉得腿上发软。那些农人根本不相信我是病了,还围着我叫笑。叫笑了一会儿,生产队长过来,让大家都去做活。生产队长走到我面前,叫我起来,但我还是无法站起来。边上有人说,她被草砸昏了。那口气是调笑的。生产队长再次叫我起来,口气带着严厉。但我只是闭着眼,那一刻我觉得身子到处发着软,已经不听我的。我没有一丝力气,只有我的精神在我的体内活动着,只有眼泪开始活动,慢慢地流出来,我使劲不让它流出来,但我没有了这一点点的力量。

我不知道过了多长的时间,终于他们知道我是病了。他们把我搬回了家,在那间小屋里,我一直躺着,村上人来看我,老太们咂着嘴说:"作孽作孽,竟会被草砸坏了,到底还是城里人。"

我躺了很长的时间,我的思想转动得很快,我想让自己睡着,但我无法睡着。我把过去的城市生活都想了起来,我想到了母亲和父亲的事,我想到了我的童年和少年,我想到了同学和老师的事,有些早就遗忘了的小学老师和同学的名字都想了起来。我就那么想着,有时会闪过一个念头,那些农村老太因为我的病,不会再带小伙子来了。转念又想到也许她们还会带一些岁数更大并且离异过的男人来。我尽量去想城里的事,想一些早年温馨的事。那些事在我的感觉中都显得那么单薄,那么轻飘,轻飘飘地浮着。后来,我似乎睡着了,似乎只是恍惚一下,天色已经晚了。我想我应该是睡了一会儿,我这才有点力气撑起身子来,我需要起身去小便。我需要去做饭,我的肚子还有饥饿感。

吃了一点饭,再躺下去,我迷迷糊糊地就睡,就这么睡了有两三天的时间,我觉得浑身无力,只想睡着。有时白天里清醒了一下,外面静静的,都去下田上工了,阳光从砖砌的窗口透进来,明亮的一片。我还是不想起身,我想我大概是做得太累了,这几年中的一切都太累了,我应该好好地休息一下,这是要让我好好休息一下。我不想有病,我害怕会是真正的病,因为我没有钱看病,家里没有钱,看病要花很多的钱,而我这几年中又挣了多少钱?这一想,我起身来,我能起身了,但我的脚下在发飘。我使劲做着事,把屋里收拾了。到第二天,我挺着去上工,做场上较轻的工。农人们都相信我病了,他们说看我的脸色不好看。我坐在场上选种,但我觉得我的身子直往下沉。坐了一会儿,我终于坚持不住,身子又一滑,从凳子上滑倒在地上。我终于知道我是真正病了。

我支撑着,回到了城市。我已经有很长时间没有回城市了。我怕回城。城市已经不属于我,城市与我有了很大的距离,在城市里的每一个人都高于我。我有着一种孤独感,一种被遗弃感。我感到城市的可贵与不可及。下火车时,看到火车站前的一片城市高楼,我就有着一种深切的感伤。城市和我有着一点记忆的牵连,这是我的出生地,我无法忘怀的,这便是我生存痛苦的根子。我并没想得太多,我神志迷糊地回到了城市。

我到城市的医院检查。医生似乎无法相信我的叙述,他们经常会遇上一些知青患者,夸大着他们本来没有的病,目的是借病退回到城里去。当时我并没有这种想法,我回到了城市以后,便想着这个城市再不是我的了,一个病着的知青回到城市里来,只能和老头老太在街道的加工组里干活,我还是愿意在农村作为健康的人生活着,等着招工,堂堂正正地回城市。但是我是真的没有力气。母亲也是那种疑惑的神情,但她什么也不说。没有检查出病来是无法退回城里的。我被母亲送到了市里的一家大医院。一走进医院的候诊室,我就有一种明亮感,同时感到那种严肃认真的医疗气氛。我觉得有一种安静的气息进入了我的心境,我默默地看着窗外大门里的绿荫道。

也许正是这情境让我的感觉清醒了一点,多少天中我一直是朦朦胧胧、迷迷糊糊的。我凭着习惯在家中生活,凭着习惯和母亲说话。我只有一切由着人的感觉。我听着叫号,走进门诊室,按吩咐躺在了小床上,就在这时,我看到了面前的一只手,那只伸到我面前来的手。手来触碰我,来碰着我的脸颊,碰着我的眼睛。此前,还没有男性的手碰过我,我的神志似乎在那一瞬间清醒了。我看清了那只手。那只手是细长的,在我的眼前,显着长得出奇,手掌也是长长的,连着手纹伸长着,而那手指便更显长了。那只手映着窗帘透进的白光,白皙而细长,给人的印象特别深刻。我的感觉一下子都恢复了。隔着塑料帘那边的人声,都成了那只手活动的背景。它没有顾忌地在我的头上抚着,随后还掀开了我的衣服。

没有像其他的医生一样等着病人拉开衣服,它便把衣服掀开来。不知什么时候,我已经只剩一层内衣,它把那件内衣也掀开来,一瞬间我感到清凉的空气和肌体的触碰,而我那一时正为我肌体的显露而发窘,满脸添加了一层黑红色,同时还多少为不同于脸上的肤色的显现而感到一点宽慰。我的身子动了一动,但那只手并没在意,它便落到了我的胸上、我的腹部。我感觉着轻轻的指头的力量,那种轻微微的力量。那一瞬间我在颤动着。手在我的乳房上滑到乳沟边,在我的肚上往下轻轻地波浪般地按下去,再按下去,移动着按着,有时停了停,仿佛是悬起来再按下去。我那时突然感觉丰满起来,在一阵内在连续的颤动后,我的眼前模糊着,那一瞬间我似乎感觉是饱满的,却又似乎是失了神。我的一切都活动着,我的一切又仿佛都静室着。我看着一切,知觉着一切,我又看不清任何的东西,看不清眼前的一切。到手指的感觉再一次落到我的皮肤上,我不由得哼了一声,我想连续哼下去,但我在内心中阻拦了自己,那是在农村多少时间养成的力量。我觉得我的脸热乎乎的,从下面涌上热来,而我的凉意又都往下去,下到我的身体的最隐秘处。我身体除上下两极和手指触及的地方之外,仿佛一时间都消失了,成了一个空段,感觉在三点上呼应着,而中点便在手指下。

　　似乎是漫长的时间,又似乎只是一刻儿,我的生命涨满了,无法再满了。那只手又抬起来,慢慢地那整个肉体和感觉都恢复了,一切消失的都回到了它们的位置上。我的眼前现着一张脸,半个脸给一只口罩遮住了,而在口罩的上面有一副眼镜。眼镜有着深度,厚厚的镜片使里面的眼睛有点走形,成了多层眼皮和多重的眼眸。他的额头很宽,露着的脸便是一片额头,能看清几条不深不浅的额纹,在纹的中间斜着一个凹点。我在意识中强制着把这张脸和那手连起来,然而,脸虽然清晰地在我面前,但似乎只是虚着的背景,而那一时虚映着亮的手指却实在地凸现在我的感觉中。

他去水池边洗手,我看着他的背影,听着自来水冲着的声音,他的手上浮起白色的皂沫,我想着我的身子在许多乡村岁月里积存下来的污秽,我感觉着自己的不洁,很想掩起我的衣襟。我怕我的无力,但这一刻似乎力量回到了我的身上。我很快地动起来。我感觉母亲就隔着帘子站在那边。在这张小床上,那一刻连母亲也隔着距离,只有那双手是我的无可争辩的主宰。

母亲进来帮我整衣,她没有想到我已穿整齐了衣服,并站立下来,正把裤带束起。我很快地走出去,我坐在那只手的前面,我坐下去的时候,它握着笔在我的病历卡上写着什么。我只是看着它,手指拢在一起捏着笔,是五个手指一起捏着的,笔在手指下像摇筛似的摇着,很少有人这样写字的。但它特别美地显在我的眼中。我的心仿佛都捏在一起,我的力量都捏在了一起。我觉得我有了力量,那一时被草砸而失去的力量,都回到我的身上来。我不知他会不会认为我所谓的病只是奇怪的借口,我想到许多假装得病的知青他们都会有一种病的借口。我很想对他说,我不想病退回城,我并不想和那些老头老太一起在加工组。

那只手丢下了笔,笔下却是一张住院单。他把单子交给了我的母亲,母亲问着什么。从他口罩里传出一点含糊的声音,是在说:要检查。他没再说话,他的手空下来,半抬着准备去取下一个病历卡。同时他还和母亲说了几句什么。我很想对他说,我没有病了,我的病都好了。但我没有说,我只是看着那只半抬着的手,那只手修长的手指微微动着,阻止着我的说话,让我安静着,静静地听着它的安排。我仿佛听着了它的语言。

我住进了医院,这是我出生以后第一次住进医院,多少年中我的身体并不强壮,但我很少和医院打交道,我不喜欢医院的味道。但这次我住进了医院,在我觉得我身体已经没有病的状态下,我躺在了白色的床上,穿着了医院的病号服。我不知这张床是不是躺过死去的人,我不知这件衣是不是死去的人穿过。躺倒在医院里的时候,我想着了这几年艰苦的农村生活的磨炼,我曾觉得自己的神经磨得很坚强了,然而,坚强的神经似乎一下子消逝了,我变得神经衰弱起来,多少年前那种精神上的小资产阶级味道的脆弱都浮上来。我带着粗茁的手抚在那软软的床铺上,很快地就变软了,我的身子也变成软软的,我怕我无法再回到农村去重新磨砺一番。

我躺在医院的八个人的病房里,听着那些病人的谈话,更多的是说着病,说着各式各样的病。在病房里,我才发现这个世界上多的就是病,什么病都是可能有的。他们说着病时,便像是说着很简单的事,绝症也是随便地说着的。他们问我是什么病,我说我也不知是什么病。几个老住院的病人便互视一眼,不再说话,他们的眼光里带着一点怜悯,便如早年看着我初下田挑担摔倒在稻田时那些老年妇女的眼神。他们接下去问着我的年龄,问着我的下乡情况,问着我家里的情况,在病房才可以有比在大田里更多的时间来问着各种各样的话。他们的嘴里发着啧啧声,互递着眼神说着真年轻。多少年我一直是孤独地住着的,我不习惯和他们睡在一室,我觉得我无法应付他们的问话,我无法掩饰自己的一切,仿佛只能脱光了,让他们看个清楚。而那些病号本来就没有什么羞耻,他们随时准备着掀开被子,露出屁股来让护士打针。有的还故意把大半个屁股都露出来。

在医院里躺了一个晚上,我又一次尝到了在城市里我才有过的睡不着觉的滋味。我听着周围的人睡觉时发出的声音,那鼾声、磨牙声、叫喊声、低语声,我一直看着玻璃门外面的阳台,上面铺着一片星光。我很想逃出去,我想逃出一种困惑,一种困扰,一种困顿,一种困境。然而我觉得有一点宿命感。我必然要躺在这里。我还无法逃脱。我决定要在白天里离开,我没有病,那些病号的眼神让我寒心,使我生出生命未知感的震颤。

到第二天,我却又感到了浑身的无力。我想那是我没有睡觉的原因。来查房的护士缠着我问这问那。我很烦,我很想叫一声,让她走开。我的情绪变得很激烈,但我没有力气说话。同室的病号都在说服着我。我拉着被子想睡去,我不想应护士的话。护士在掀我的被子,我用劲掩着自己。我的感觉在我的内心里,那里有着我的思想。

就在这时,我感到了一只手按到了我的额头上,那只手带点暖意。我立刻知觉到它,它的几根手指轻轻地贴着。我不动了,并清醒了,睡意一下子都消失了。那只手在我的额头上停了一停,只是一瞬间。他在和护士说着什么,口罩里的声音我听不清。但我感觉着那只手,它随而往上提着,我脸上很大的部位还能感觉着那手指间传下来的暖意。一点敏锐而细长的间隔。它像是要随意地垂下来,食指微微地抬着一点,而小拇指靠着无名指往下弯着,像还留意着下面所触摸到的。四根手指从微弯到直起,像垒着几节阶梯,细而长,柔而绵,如细长柔软的玉色阶梯,引人攀上去。食指尖正抬着,仿佛在拨动着旋转的东西。那一刻我正对着那只手,几根长长的手指,仿佛一下子遮遍了我的整个印象世界,一切世俗的现实生活都虚浮着,只有那细长的手是实在的。对着它,一种感觉再一次攫住了我,其他的都消逝了,我只有顺应着、感动着。童年时期和少女时期激动和感动的体验,毫无目标地浮起来涌在心间,我整个身子都鲜明地兴奋着。我很想站起来,爬起身,我又有了力气。但我只是看着那只手,那只手引着护士掀开被子,我躺着,随着护士的手,它掀起我的贴身的衣襟,而我自己在解着短裤,我毫无顾忌地露出了我半个臀部。我看着那只手在我眼前晃着,我的身子在针头刺进我的皮肤时颤了一颤,我感到那只手晃了一晃。我很想稳着它。我听护士在说针头弯了,是我的肌肉太紧张了。那根针头拔了出来,重又刺进去,那么刺了三次。我看到那只手伸过来,它靠近了我,那一时我忘了皮肤上的反应,我看到那根弯曲的小拇指轻轻地勾动了一下,在我裸露的地方触碰了一下,轻抚了一下。那点暖意便透着皮肤渗进我的肌体中去。我就听到一个扎辫子的护士的声音说,已经打好了。而后,那只手缩回去,五指捏着在一个本子上记着什么,又写出一张条子给来医院的母亲。他还和母亲说了几句,他的声音含糊,手指在不安地动着。他走后,我去看条子上的字,我一个字也认不得,圈的、勾的和写着的字母。

他的签名也是细长的,如他的手指一般。我也认不清他的名字。我只是随那上面的指示,去一个个检查室,我站着、坐着、躺着,由穿着白大褂的医生,把我拨来拨去,转来转去,掀上掀下,他们把闪着亮的尖的圆的方的长的细的粗的东西放进我的嘴里,刺进我的血管里,扎进我的肌肉里,捣进我的身体一切可以进入的部位。在我的血管里,在我的口中,在我的鼻中,在我的耳中,在我的眼中,在我身体的一切之中都转动一番。我只是由着他们,我看到它虚浮地隐在我的眼前,看着他们在那一个个圈着的地方记录着。

在医院开头的几天,我不知如何就过习惯了。我习惯每天躺在床上,我的身子变得懒懒的,我无法离开那张床。我看惯了那个扎辫子的护士,我见着她便会掀起被子,拉下裤子,侧过身子去,我感觉着她是把针头刺进去的。在刺进的时候,我的皮肤似乎也由习惯而自然,不需要扎上几针。我习惯听着铁推车推到病房门口来叫唤吃饭。医院里的病人都说医院的饭是最差的,我很快也感到那米的粗糙,想着乡村里的那些新糯大米,一口口地吞咽着。我每晚看着阳台外的一片天空,迷糊地睡去,而每一天的早上我会看到那双手。我总是先感觉到它,他戴着眼镜和口罩的脸我总是分辨不清。只有感觉到它的时候,我才感觉到他的到来。我听由他的检查,听由它的触摸。他的手指总是那么细细长长柔柔绵绵,在他的手下我承受着身子的一点颤抖,那点颤抖也习惯地隐入我的内心,我几乎带着了一点鸦片瘾似的饥渴,一到时间便会渴求着、发作着。颤抖入心,刺激着全身的快感,形成一点波浪式的震颤,在我的一个个穴道上做着闪跳式的回应。我在一个检查室里看到一幅光身子的男性的穴位图,那是我第一次看到男性的赤裸的全身,是我能定神看的光身男性。我身上对应着那上面标着的一个个的穴位点,在我颤动的一刻便一一生着反应。

有一天查房时,我看到一个戴眼镜和口罩的大夫进来,但他的手一伸出来,我便感觉到完全不同了。他不在,那不是他,我感觉着那肯定不是他。我觉得身上产生了一点凉意,那种凉意一下子渗透到心中去。那只手也来触碰我,我的皮肤处处都抗拒着。我的皮肤使他的手疑惑地缩了回去。我听他说,怎么这么冰?我也许是听错了。他很快走到另一张病床去。那一天中,我都仿佛泡在了凉水中,我搓着我的皮肤,我把皮肤搓得发红,但我还是感到凉凉的,一点暖意也没有。

那天母亲从住院部医生那里拿来了一沓我的检查单,单子上都是我不认识的字。母亲告诉我,我的头没有病,我的病是在肚子里。她说了一个名称,我听不懂,我只听清楚我的病是在肚里,是在肝和胃的中间。那里生着了一根东西,不应该属于我肚子的东西。它像一根短小的指头蛊在那里,需要开刀拿出来。我听了以后,突然忍不住地就笑起来,我笑了很长时间,我是很长时间没有这样笑了。我一直笑到我的肚子里发紧,我肚子里的气旋转着,都转到了一起。我就感觉到那根东西在我的肚子当中,气便在它的周围旋转着、环绕着。我双腿团起来,我还是在笑,我还觉着那股气在它的周围不停地旋下去,仿佛要把我的一切内在都旋成一根。我也只是随它旋转去。

就这时,我的眼前出现了那只手,我看到它的一瞬间,那一切都停止下来,凝住了。那只手仿佛微微地颤动了一下,我的内在也那么颤动了一下。它柔和地垂落下来,我的腹部也松动了。它落到了我的肚子上,从我的胸前滑落到我的腹部,我的腿和臂都松开了,我伸直了,只是我的肚里的气还凝着。它掀开了我的上衣,直接按在了我的上腹部,从我的乳房下轻轻地按过去,带着一点微微的揉动,一层一层揉动着,轻轻旋转着的感觉,我的那一点颤动在全身跳闪着,全身的状态都恢复着。我感觉到我肚里的那根东西萎缩了,那些气都缓缓地逸散开去,不像旋转而来时那么有力,都化成了轻柔的气,缓缓地散开去,散浮在我的整个穴位间,散在我的皮肤表层。那一刻,我感觉到我的原来因劳动变硬了绷紧了的皮肤,都由气的松散而变柔软了。我的全身都变柔软了。柔若无骨是我在书上看到过的词,这一刻是气揉遍了我的全身,使我柔若无骨。我还隐隐地感觉到肚里的那根东西,只有那根不属于我本体的东西还存在着,还有着硬度。于是我希望着从我的体内取出那根东西,使我的通体都合成一气。

　　我听到他对母亲说着一些话,说的便是我肚腹里的东西,说那东西与头脑神经的反应。我听不明白,也听不清楚,但我从那手指的颤动上听懂了它将为我拿出那根东西。于是,我安静下来。那几天我温柔地等着,像等着进洞房似的。饭的难吃和夜的失眠都消失了。我那几日很安静,我的神经得到了恢复,我发现我的肌肤也开始在变化,变回我下乡前的那种白皙。我裸露在手与手臂上的皮都蜕了一层,硬黑红的皮一片一片地脱落着,露出里面旧日细白的肤色。就是被衣服盖着的胸腹上的皮肤也变白皙了。我变胖了,病室里的人都说我不像病人了。在一个黄昏,我躺倒在了手术室的铁床上,上面一盏无影灯亮着乳白的光,和旁边的光亮融成一体。我是全裸着身子进去的,对我来说没有可怕的。我睁着眼睛,看着一个个穿白大褂的人。我还是认不出他来,但我能看到那只手,虽然手指上都套着了白胶皮手套,但我还是能认出它来。他的两只手都抬在胸前,手指像一层层阶梯似的向下弯曲着。在我的面前遮拦着一层东西,我不想被遮着,我很希望看到它对我做的一切。我几乎没有感觉到护士在我身上做的事,她们刮去了我腹部皮肤上的汗毛,从胸部一直到下腹部所有的长短毛发都刮了。我显在别人面前的便是光光的一切,像胎儿似的。麻醉师在我的身上打了我并不需要的麻药,我也并没有睡去,我的感觉还在,我的眼睛就是不闭上。那层布隔在我的眼前,不让我看到我被开膛破肚的情景,但我能看到那里隐隐地正映着光。我能感觉到那五根手指的动态,手指在我肌肤上触碰了一下,我的那儿便立刻柔软下来。我能感觉到五指捏着的刀划出的印痕,也带着那点暖意。我的内里便向他敞开来,流出殷红的血,血色鲜亮。我有着比我皮肤更吸引人的鲜血,美得不比任何女性差的血色。我感觉它伸进去了,伸进了我的内里,在触碰着我那些从来没有被触碰过的内脏,我为那种唯一的触碰而兴奋着,所有内里的被触碰着的器官,都兴奋地颤动着,露着气感的美丽的色彩。他会看到比他以往所看到的一切器官都更年轻而美丽的色彩。我的全身都起着一种颤动至深的激动反应。我听到旁边的护士说,奇怪,一般被开刀的人因为流血多而血压往下,我却在那一刻血压升了起来。她们在检查血压测量仪,并换了一台。我感觉到手指停了一停,在轻轻抚着了我激动着的内脏。于是在换了一台血压测量仪以后,我的肌体安静下来。我的内脏不再过于颤动,只是顺应着捏着器械的胶套里的手指的拨动。我那些最隐秘的连我自己也无法看到的一切,都在他的手指下,带着处子的欢欣顺应着。我的那些内脏都张开了感觉迎着他的手指,承受着他手指的触碰,柔柔地失去了实在,都化作了无,而只有感觉在颤动。

我感到没有多少时间,似乎只一刻,那根东西便取在了他的手指之中。那根东西衬在手指上显得很丑陋,我为我腹中生出的那东西而羞愧。我那时闭上了眼睛。我听到麻醉师粗粗的声音,说我终于麻过去了。但我还是感觉着手指,它再一次在我的体内动作,触摸轻抚着每一处它触碰过的地方,让我整个身子又一次地达到了颤动。血压测量仪上的红汞柱再次上升,使护士诧异一次手术中竟会有两个血压测量仪产生问题。而我浑身都暖洋洋的,整个肌体都上浮着,上浮,如浮上宽阔的天空,化作了无的境界。最后,我的腹部的皮肤被盖起来,我的内在似乎并不愿意,于是我便感到皮肤上的刺痛。那不是他的手指,大概是一个实习医生在缝针。我觉得痛,我想叫出来,但我叫不出声来。我努力去看着它。我看到胶套正从他的手指上解脱下来,他走到水池边去。他的手还是那么抬着,手指带着疲倦无力地下垂着,仿佛带着兴奋后的委顿。我不再想叫出声,我只是看着它,带着怜悯的柔情。

我被推回到病房,离开了它,我觉得累极了,我想睡去,蒙蒙眬眬地睡去。那被实习医生缝起来的皮肤却感觉到了痛,我忍住了痛。我听到麻醉师说,我应该痛的时候没有声音,而在手术麻醉后却总是在呻吟。

我睡到第二天才醒来,正好是查房的时候。我一睁开眼,就看到那只细长的手,它向我伸来,动作熟稔,仿佛步入属于它的领地,我把那里掀开了。纱布打开换上新药时,它在口子上巡视了一番,微微地像在画着一个圈,小指垂下去,颤动了一下,食指伸直着划动。在他的身后跟着一个年轻的实习生,他回过头去和实习生说了句什么。我看着食指的游弋,画着圈,仿佛在回忆着已进入历史的昨日的过程。我一时有点羞愧。我低眼看了一下那里,那里涂着一些黑乎乎的药,上面歪歪扭扭的一道口子,缠着一道道黑线,如我最早缝补衣服的补丁处,游动着黑蚯蚓似的一条。我觉得血往上涌,那里太丑了。我很想把它盖起来,然而我却动不了,只是感觉着手指传递下来的微微的暖意。我听到实习医生说,我恢复得很好,到底年轻,体力、精神和血色都不错。

他走了。一整天里,我再也睡不着。我一会儿想到了过去,一会儿想着了将来。我把眼前忽略过去。而不论是过去还是将来,那只手的印象都仿佛若隐若现地附在背景上。我的心里冷一阵,又热一阵,想到高兴时,身子热起来;想到悲哀时,便又冷起来。我觉得这段时间太长了。一直躺着的滋味太不好受,我想起来,我想去四周看一看,看一看四周的院子,看一看这里的房子,看一看这所医院所有的一切。我想对这里产生出背景的熟悉感。

等到第二天,他出现了,这次它只是靠在了他的身边。他在和实习医生说着什么,靠着腰部的手,微微地颤动一下,让我浑身跟着颤动暖到心里。身边护士在换药,实习医生伸头看了看,一边点点头。我看到他只是朝我那儿看一下,手指还是微微一动,像是熟悉地招呼一下。我感到了一阵被冷落的痛苦,凉至骨内。他们便走到其他床边去了,我的眼光跟着他,他的背影遮着了它,整个背景是干巴巴的。

那以后有两天他都没有露面,我没有看到那双手,我不知他去了哪里,我想他也许是休假了,我想他也许换了工作了,我想他也许在门诊了,我想他也许参加下乡医疗队了。我躺在那里胡思乱想着,我为它的失落而痛苦,一种心头的痛。我觉得热,我的头很热,热得我昏昏沉沉的,但心里还存着许多的心思,流动着许多的思想,在旋转着。我想着我的腹部的伤口,想着唯有它曾经从那里进入,想着唯有它进入后拨动过我的内脏,想着唯有它做过的那一切。我觉得我有一种被遗弃感,有着一种近乎恨意的伤感浮升起来,一时间内心苍苍茫茫的。后来的一天他又出现了,我看到了那只手,它垂落在腿边,半隐在他的身后。护士打开我腹部的纱布时,他的身子冲前一点,从眼镜内朝下看了看,我看到那半只手,小指背对着我,只是神经质地颤动着。我失望着。我很想对他说一句什么,但我只是满面悲哀地看着他离开。

之后,他只是偶尔出现。虽然他不露面,可我还是能感觉到他在这层楼上的走动。我从病房门中间的一块玻璃看出去,有戴着眼镜的医生走过,我不知是不是他,因为我看不到他的手。我便想着是他。那几日,似乎是我一生中最难受的。我的感觉由于敏感而累乏,比我在乡村的大田里干最艰苦的活儿还要显得累乏,我的精神像是要崩溃了。

就在那一天,我又看到了他。在护士掀开我的伤口时,那只手又伸动了。我看到它伸过来,我的身子动了动,我挺着了胸,很想去迎着它。我感觉到他的手悬在了我的那道口子上,手指终于落下来,那个阶梯仿佛弹奏了一曲音乐似的,在我的口子上轻轻颤动着抚过去,带着绵绵情意,重新熟悉故旧的感觉,轻抚过去。有两处微微的停顿,颤动着细微的别人无法感觉的亲近。我的心里涌满一股难得的暖意,百感交集却又平复了所有的感觉。这一刻,我只想向他忏悔般地表示歉意,只愿能深深地再感受一点。然而它抬起来了,几根手指像敲了最后一个音符似的弹起。我从那指头离开的那一瞬间中,感觉到此情不再的决断。

从送走医生回头的母亲的口中,我知道我可以拆线了。我一时有点眩晕,我不知我说着什么,我是在表示着不想拆线。但我说了什么,自己也不清楚。在几个小时之后,我觉得我的伤口痛起来,很剧烈地痛,我忍着痛,但我还是忍不住地叫出声来。我自己撕下了纱布去看那伤口,我觉得那伤口完全不像是我所有的,不应是我的,不应是那么丑陋。我觉得那儿该是发炎了,也许是里面在发炎,那里面也许又长出了那个被取出来的东西。我大声哼着。母亲去叫来了医生。来的是年轻的实习医生。实习医生想要看我的口子,我使劲按住不让他看。我大声叫着痛,我一下子便叫出了那个医生的名字,我也不知如何在心里记下他的名字的。但是实习医生没动身,在母亲的帮助下,实习医生看了伤口。实习医生说伤口没什么,也许是恢复得快好时有点反应。我不顾一切地大声叫着他的名字。我渴望着那只手抚在我的伤口上,哪怕是最后的一次,也许就不痛了,再也不痛了。我这时清楚地听到实习医生对母亲说,这是我对开刀主治医生的依赖性生出的反应,是习惯而正常的。其实伤口恢复得很好,这并不是什么大手术,而现在开刀的主治医生正在手术室做的是一个真正的大手术。

那一天,我一直在叫着痛,一直感受着伤口从里到外的痛。但母亲没有再叫医生。我自己起身去找,我没有找到他。手术室的红灯一直亮着。我无法进去。我隔在门外,我在手术室外的椅子上坐了好半天,直到扎小辫的护士从手术室里出来,呵斥我回到病房里。之后的两天,他都没有来病房。他仿佛忘记了我的存在。通知我去拆线的那日,病房里又来了一个姑娘,是城市机关里的姑娘。她躺在那里,那么怯弱,那么苍白,问她的病情她只是摇头。病友们交流着眼光。于是,他出现了,我又看到那只手,它毫无旁顾地接近着她。细长的手指带着颤动伸向她的脸,伸向她的胸部,伸向她裸露着的身子。在我的眼里,那是多么漂亮完美的身子,它在那个身子上停了很久,我感觉着了手指阶梯式的抚动,它颤动得那么厉害,手指仿佛都颤动在一起,那么柔情,那么细致,那么体贴。我睁大着眼看着这一切,看着那手指的上上下下的抚动。许许多多的情景都一下子涌到我的感觉中来,产生出重叠的繁复的多彩的印象,同时在床上消散了的力量也回复到我的身子中来。几年中现实的农村岁月和我作为农村人身份的现状,也都涌进我的心里。我觉得我又恢复了在农村挑担干活的力量。

拆了线,我便对母亲说:"我好了,可以出院了。我想下乡去了。"

二十七

有两天我恍恍惚惚的,我意识不到我的存在,一些旧的感觉回到我的心中来:那些隔着许久的,离我很远了,带着一点焦油般的陈尘般的气息。我努力让我的心静下来,我在图书馆里待的时间越来越长,用那些书的气息来冲淡我的感觉。我不坐下来,我在做着事,我把许多许多的书收起来,凡是我能想到的我都做了,凡是我看到的我都做了。图书馆里人们用各种眼神来看我,也许只有我不清楚,他们中有的人也许会说我评上了一个中级,在表现自己。我并不管那些,我只是做着什么。我越来越退缩到我的世界中,传统的世界中。又是一个年末,我又被评上了先进。我的事迹被报到了市里。听说事迹很感人,有记者来图书馆采访我,我并不知道他是记者。他在我的身边转了很长时间,他说他是学理工的,他问我一本什么书,我拿给了他,那是一本文学理论的书,很少有人看的书。他便和我谈到了这本书,好像是谈到其中对陶渊明诗文中有关桃花源的看法。他问我是不是也有着对桃花源的向往,我说我不相信桃花源,我只可能在现实中生活,每一个人都有对现实生活的理解,做梦的年龄对我来说,已经是很远的往事了,我很不愿意和往事打交道。那个记者是为了写一群先进工作者,他以分类法把我放在传统文化影响的一类中。他的文章发出来以后,我发现里面涉及我说的话,都不像是我说的,我也不知道当时是怎么说的了。因为略去了问话,便显着说者有点在故弄玄虚。好在他并没有指名道姓,略去了姓名,只说图书馆某某,我也就不在意。但图书馆里看到文章的人,会对我产生一点看法,我也并不在意。

雅芬见着我的时候,提到了这篇文章。她提到了这一节,说她一看就知道那是我。她也清楚我会怎么说。雅芬是个聪明的女人,世上最了解我的大概就是她了。她笑着问我:"那是你的心里的想法吗?"我说:"你又怎么确定那就是我?"她又笑着说:"我知道你会那么说的,我还是难确定你的内心想法。"雅芬很快便不再谈这个话题,她像贵妇人似的叹了一口气。她穿着越来越趋时,一套大袖如蝙蝠翅膀式的服装,带着民族扎染的图案,正是街上最流行最时髦的。穿在她身上又很合着她。她说我的服装也越来越适合我,也只有她这么认为。我根本没有在意自己的服装。她说:"我们是两极,两极相通嘛。"她说这话的时候,嘴里喷了一声,脸上带着一点有意味的笑,意味到位,但也不显粗俗。

谈着这些话的时候,我们坐在一家新开的茶艺园里,竹椅竹凳,里面有着浓浓的暖气。我们的侧面是大片的玻璃墙,透过挂着的竹帘窗布,还是能看到外面正在忙办年货的人流。一年又将过去了,又增添一岁了。这种感触也是淡淡的,只轻轻的一层,很快地飘过去,染着那点旧气息,我想我正处在世纪末,都说有世纪末情绪,那么是不是还会有岁末情绪?

雅芬又对我说到了那个文化赚钱人,她向我介绍一个男人,便会有一阵子总谈那个人。那个男人的行业,正是连着社会的时髦话题,哪怕我明确不想再见面后,还会议上一阵。曾经有过一个高干子弟,她多谈了好些日子,似乎想做说客,改变我的主张,但最终还是丢开了。后来她也对我说到,那种高干子弟天生有一种高人一等的口气,有一种随便的毫无负担的心态,实在是他们最大的弱点。眼看着他们能够很快地得到什么,很难失去什么,但总会有那么一天他们会一下子便失去一切的。而这一次,她又把这个文化赚钱人说了很长的时间,似乎还要长些,她久久没有再另给我介绍人。虽然并无劝我的说客味道,但她还是谈着他。虽然在她的话语中,也对他有着了批判。一分为二的批判开始,往往是丢弃他的开始。她说到他与他们怎么相互联系着,脚踩着多条船,不为一个老板或者多个老板干活,他们是哪里低就往哪里流,趋向没有标准,一旦看破了,只在钱上名上。在得利的标准上,可以把一切都策划了来。那个文化赚钱人正在策划一个绿色行动,口号是保护环境,保护动物、植物和连同儿童心灵的一切。那些策划词都带着最大的诱惑性、最大的正义性,合着世界的潮流。而他们的目标不光是国内的老百姓,更着眼于国外的老板。他正跑一个宣传部门,对象是那个算是洁身自好的快要退下来的老干部,引他画一幅竹,写几个字,加一个顾问的头衔,让他舒舒服服地进入瓮来。在文化赚钱人策划的同时,他便已计算着会有多少利益的收效。很多宣传部门头儿的名字都借来,划入策划中。策划得冠冕堂皇,私下又说着赤裸裸的为利的看法。在这类人的内心失去了任何的负担,正是可怕又可赞赏,对现存的社会道德有着彻底的破坏力量。

听雅芬说话,我习惯默默地看着她,她的直率是我迷着她的原因。她注意到我的注视,仿佛游戏般地把眼定着了对着我一会儿,一直定到眼光碰得叮叮当当作响地脱了神,她才笑起来。

雅芬叹了一口气,她说:"有什么办法呢?现在就是这个样子,礼崩乐坏。那些传统的理论,谁也不信了。都知道传统道德不能适应,都清楚眼下没有合适的规范,因为都抵不住西方的物质享受。开放正是接受西方,偏偏又要批判西方价值观。什么理论都不合适。只有做着算,摸着石头过河。国家能做着算,自然个人也做着算。已经无法守旧,守旧的只是傻呆子。就像这茶艺园说是东方的,却是吸引着西方的眼光,更多是用来谈生意,用来赤裸裸地谈生意的。只是我们对冒险的粗俗大款看不过去,那些太轻易获得一切的不学无术的也让人生腻,那些伸手便拿的当权者也让人唾弃。有文化又能变通并赚到钱的人,总还算是好的,总还能让人感到理解,说话还解风情,还能让知识层的人满足。明知一切也都在他的策划中,也只有随着、容着。世界便是世纪末的,又如何再找一个和你一样甘于蜗居的男人来呢?"

雅芬的话题最后落到我的身上来,便如一个归结。我正好闪过眼光去扫一眼茶艺园,进来的人大多穿着流行的服饰,手握大哥大,也都伴有一两个柔肢蜂腰的漂亮小姐,走路时身子都显着一种流行影视剧中的女性娇媚。我觉得仿佛一切漂亮的女性都进了舞厅、宾馆及公共场合。年轻的气息、年轻的色彩都可用于服务的,都可猎取的,也如文化赚钱人,没有什么区别。

也许就我一个是例外。便是眼前的雅芬,竟也无法让人看清她的年龄。她的气度姿容,也合着这儿的一切。我大概总是一个落伍人,从乡村回城来便是落伍人。而那时我还有着希望和向往,现在这一点似乎也没有了。

雅芬随手拿起一本杂志来看,不知是她带来的还是茶艺园放在那儿代做广告的。那是一本硬面涂塑的大开本杂志,封面上印着照片,写着外文的字母,我也弄不清那是国内的还是国外的。现在的东西连同食品一样,都会标着外国字母,看上去是外国的,但翻来翻去,也许便在一个很不起眼的角落里找到一行中国字,写着出品厂家、单位的地址和邮编电话什么的。雅芬坐在那里看着,她的脸上不知是对杂志还是对我微笑着。而我默默地看着她。我并不在意这种对话突然停止的静默。我喜欢这种静默。我有点羡慕雅芬,看着她一次次地显着不同的交友色彩,她似乎越来越能进入这个社会,游刃有余地活得很自在。她坐在那里看书的样子,便显着她的与众不同,同时又显着入俗的意味。走过我们身边的男人的眼,都会向她投过一瞥,这是我和她在一起时总能感受到的,无论在什么地方。她对我说过她参加的大场合,谈到她在那个场合的言谈举止,我能想象到她的游刃有余。而我只希望一个人独处,最多也就是两个人的交谈。在大场合下,我便无话,希望自己隐匿掉,我会感到累,所以我一般不去参加同学的聚会。就是两个人之间,我也不了解雅芬,不知道她真正的生活,不知道她真正的感觉,不知道她的许多的快活与不快活的事。她的思想也太游动了,然而更多的是我并不希望深入了解她,正如我自己也不希望别人能了解我、清楚我。我退入蜗居间。偏偏雅芬她喜欢和我交往,肯定许多活跃的地方更能显着她,但她和我相处也显得自在。我有时会想到,我究竟心中有着谁,挂着谁,在乎着谁?我只是很私有的自身,内在的私有和外在的先进工作者。

我也觉得我的心态不好,以前似乎没有生出过这种感觉。当时还有一个冯立言,我应该说还了解一个人,比任何人都了解着这个人。我其实是只能对一个男人产生兴趣的,心志只能属于一个人的。我可以说比世上人更了解一个人。然而这也不在于交流,他根本不知道我,我只是一个外在的女人。现在这个冯立言也在变化中,他有了不定性的钱,也有了不定性的前途,不定性的趋向,这种趋向也合着眼前的一切。这种趋向有着我的力量,我的手指引他走去了,而我只有退缩到很后面看着他,我带着幸灾乐祸的心情,也带着失落的感觉。我只能对影孤独了。

雅芬拍着膝上的杂志笑着,她说真有意思。她说绿色和平组织的小船会去包围大舰艇,像几只小虫在大象上飞。她说外国的人真有意思,他们根本不在乎吃什么。吃得多了,活得快活了,也就想着法子找事儿做,谈着的做着的都用人类的名义,关心的都是什么人类大问题。中国人都在为个人怎么活得舒服费神,最好不费力气就赚大钱,得最大的快活。而外国人便去寻找不快活。

"到底是个人的事大,还是社会的事大?"她问我。

"我不知道。"我说。

"你总得说说你的看法,不对也不要紧嘛。"她像个教师似的循循善诱。

"我不知道。"我说。

雅芬合起杂志来,很快地合着。但她没有生气,她太熟悉我了。有时她反复问着我的话时,有着一点逗弄的游戏的味道,并不等着我的答复。她接着对我说,我知道她有着答案会对我说,她说她认为大家都在关心社会的事时,社会的事便是大事;在大家都关心着个人的事时,个人的事便是最大的。"想群众所想,急群众所急嘛。"雅芬总结着。

雅芬问我的时候,我其实真不知道怎么回答她。但雅芬后来的话却使我想着到她的处世原则。她是顺应的。而我往往在内心的感觉中,总是认为大家都关心着个人的时候,社会的事便是大事,而大家都关心着社会的事的时候,个人的事便是大事。我也不愿意就此想下去,这是从我不合群的心态直接产生出来的感觉,是不确定的。大家现在都有着确定的目标的时候,我是不确定的,谁也弄不清我的目标,我自己也是如此。而无论是社会还是个人的事,我觉得那都在外面,我只是沉在自己的内在。我认为最大的事,莫过于把自己的内在安定了,寻找到一种结果。

二十八

图书馆的人通知我去接电话,我觉得出乎意料。从来没有电话找我,电话只有办公室里有,离资料室有着一段路,再说我也不愿意在单位里接着朋友的电话。雅芬了解我,所以她从来不打电话来。而我就没有其他可以通电话的朋友了。对认识了我问我要电话号码的人,我都告诉他们我通不了电话的。我想大概是那个记者,他的样子并不使人讨厌,圆圆的一张娃娃脸,总好像是希求着别人的友情。但他的这一做法却使我讨厌。

打电话来的却是孙小圣。他的声音在电话里有点走调,显得结结巴巴的。他先让我猜他是谁,想以此调节气氛。但他很快被我的沉默打乱了,他便开始说着他的一些琐事,说几句便会喂喂地叫两声,听到我的声息再说下去。后来他敏感到了什么,他问:"你不希望我打电话吧?"

我说:"是。"

他愣了一愣,便说:"那好,我知道你不喜欢电话打到图书馆,我听你说过的,每个人在单位都有具体环境的嘛。我是不是以后不要打了?"

我说:"是。"这一次他连着说了下去:"那好,我还是直接去找你吧。哪一天,你下班时我会静静地等候在图书馆门口的。"他似乎不想再听我的回答,随后又说他不会再打电话,便挂了电话。

在送书组的那段日子,算起来还不太远,但我感到已经过了很长时间了,我往往会觉得过去的日子都一下沉到了很遥远的一个地域里,一个陌生的地域,一个另一层面的地域,一个飘浮的地域,一个梦一般的地域。那种存在的真实感只是一次性的,只是一瞬间的,只是一恍惚的。鲜明的现实瞬间失落,四周环悬着的都在飘浮,就如登在一片云间,意识的腿踩上去实实在在的,而四周触碰的那些坚实的外在,都在旋转着,在瞬间触觉中转动着,往下滑去。低头再去看滑落了的那些感觉和情景,便都模糊在一片迷迷茫茫间,一层雾般飘飘浮浮的了。送书组的那些日子已经与许多过去的岁月一般,有时不用意识去分辨,便恍惚都糊在了一起,滑落到一个迷茫的平面上,无前无后,无上无下,只偶尔梦般地闪进记忆中来。孙小圣的电话连着了那段旧生活。我越来越感到,有时眼前不远的生活似乎滑落到了很远处,而记忆中还鲜明一些的,却是以前在农村的生活,还有一点童年的生活,一点有关父亲的生活。要不是有对时间的理性的分析,那些流逝了的在记忆中实在很难分辨前后。因此我接了孙小圣的电话,一时有一丝轻快的感觉,像牵着一根旧绳。

便有几日,我出了图书馆的门,会生出迎着一个身影的意识来。在男性中,还很少有孙小圣这样不怕拒绝的。我也感到我的内心生成的一点变化,我的理性并不喜欢这样的变化。

那天回到我的那幢旧楼里,没多大一会儿,便有人敲楼下院子的门,拍得很响。常常会有人敲院子的那扇旧薄板门。有时我会诧异它总在拍打中晃动,竟也没有被敲破。那扇门总是关着,院里住着十多家人家,每家都有自家的门,眼看着一家家的门包了铁皮,也有上了防盗铁栅栏门的。我不串门,也不知这里的人家有没有富户。我出门进门时总把那院门开着,我不喜欢听拍门的声音,我还怕由拍门声而引起对旧薄板门印象的联想。住院子深处的老太,不断出来把门关上。她经常见着进门来的我,就咕哝上一句,说报上登谁家的东西被偷了。她提醒着我:"要记住把门关上,特别像你这样的一个女人,你要等着哪一个人,可以让他敲门。"老太说着这话的时候,她的满是皱纹的脸上挂着木然的神情,让我有岁月流逝的下沉感。

拍门的声音停了,我听到老太在院门口和人说话的声音。我把感觉收拢来,但很快我的房门被敲响了。我去开门,就看到老太站在阴暗的楼梯过道上,那一瞬间,她的脸上满是沧桑感。我恍惚像对视着我将来的一层印象。她的身边站着一个高个子的男人、一个矮个子的男人。老太说是房产开发公司的人。

高个的男人和我说话。在我的感觉中,公司从来就是老板赚钱的买卖。这一位公司的男人口气却也是我听惯了的机关做派。他告诉我这里的房子要拆迁,已经列入他们公司的规划,他们是来看一下面积的。说着他们便往我的房里走。那个矮个子男人在后面对我微笑了一下。

三个人在我的房间里转进转出,东张西望。我似乎是陪客似的跟着。连同老太也把我的家看了个遍。高个子的男人上上下下地看着,仿佛这从父母辈开始便属于我家的房子,只是他们临时借给我的,而这时他正皱着眉来索回他们的产权,并估算着房子被损伤的程度。

他们上了阳台,我还是莫名地跟着。那个矮个子的男人和我搭话,他说话的时候,带着那点微笑。他告诉我,从规划到动工也许要几个月的时间,也许还要一两年。"这一片都在规划内。"他用手指朝着阳台外转了一圈,像拨着了一个无形的转盘。这里的房子都要拆,这里的人家都要搬迁出去,也许要搬到市郊去。后来,在他们离开的时候,矮个子的男人对我招呼说,这段时间他会常来,他问了我单位所在和在家的时间。

我重新在椅子上坐下来,眼前还是一个窗的轮廓,那熟悉的天空之色,习惯所见的玉兰的树枝。远远有孩子开始试放春节前的爆竹。一切都如旧时。我虽然早就听老太说到过拆迁的事,这里有一片旧院子,自然是房产商看好的可以赚钱的所在。眼下便有了一种拆迁的真切感。我住了多少年的家要迁移开去了,我的父亲留下的房子,我多少年中都蜗居着,很多的时间,除了图书馆,就这一片属于我的天地。我第一次感觉到它的不实在,它也将属于空无,它也将在我的记忆中滑落下去,而我不知将会落身在哪一处。当我再回这里来时,我不再会看到这所房子和这个院子。这里会有一片和其他地方没有区别的高楼,只是意识告诉我,我曾经在这里生活过,这里曾经有我多少年住着的房子。现在我还坐在这房子里,房子的墙我曾经粉刷过,窗上的一处插销,因为年久坏了,我换过了。而墙边上因为我有一次没有关好门,一阵突然的大风把门吹开了,门的铁把手撞在墙上,墙上便出现了一个凹坑。有时我看到那个凹坑便会有一种缺憾感。而这整个的墙,连同这整个的房子,和这里看惯的属于我的和不属于我的都会毁掉。毫不怜惜地被毁去。

　　这也只是我的一时之感,我在这一时之感中沉湎着,任感觉流动着。流得淡淡的,并没深揳进我的内在。那还属未来的,没有到来的似乎悬在我的上空,也在一片虚无缥缈间,迷迷糊糊无前无后,没有真切感。感觉飘在遥远处,只有落到身前的那一瞬间,它才是真切的。我还坐在我的房子里,我感觉着它的将来,和我的将来。现在的一瞬间的我,也只如此存在,都没有真切感。隔着一段时间,若有若无的时间界限飘浮着,连着我的一切,都由不真切到一时的真切,便又滑落为不真切。真正地感到真切的恍惚都只在一瞬间。属于我的也只是一瞬间,都只由习惯而支撑着,由连成一片的感觉习惯地连着。都会流浮过去,连同我的存在。我想到那个矮个子和高个子的形象,在我的生存中,多了两个人的印象,扩大了熟悉的人,他们会常来和我相交,我只有任由着他们走进我的房子里来。我几乎不容任何熟人来,连雅芬我也没邀她来过,但我无法阻拦他们进来,无法拒绝他们在房间里和我说话,问着我什么,我也会问到他们什么。一切都是我所不希望的,我并不想见他们。他们不容我一个人独居在这个房间里,我只有在他们敲门时打开来,让他们走进来,和他们有着某种联系。

　　第二天我在图书馆门口看到孙小圣,他侧着身子站在那里,他的双手插在裤袋里,他的肩靠着一点图书馆的门角,见着我的时候,抬起来,他站直了,带着了一点电影里有的男人文气的笑。这一瞬间,我心里有着一点滋润。我有着一点熟悉感,有与谁相近的感觉。我向他走过去,也带着了熟悉朋友的笑意。我们走了两步,他开口说话的时候,打破了那点温和的暖意的感觉。

"你,才下班?"

"你来很长时间了吗?"

"不……我也是才到的。我来了一会儿。"

孙小圣说着,有点不顺畅。他的语调让我有什么被打破的感觉。他提议去公园走走,说那边有个公园虽然小,但很有味道的。他说着的时候,手伸着指头拨动着,指点着那个含糊的方向。我不知他指的地方有什么公园,他说那地方并不远。

在几条曲折的马路上转着,孙小圣对我说着话,他说着那些赞颂性的排比句。我只是听他说着,带点静静的笑意。也不知转了多少条马路,他问我饿了没有,他说这里有一家大排档很有味道的。我吃过好多次的大排档,都说街头上的大排档卫生成问题,我并不在意卫生,卫生也是一种习惯,我的肠胃经过了农村那么长久的所谓不卫生,在习惯中很坚强,不挑剔,久经考验后在回城生活中没让它娇惯起来。我诧异孙小圣也有开放的随意,能在街头坐着享用。他却把我带进了一家馆子,馆子的招牌上确实写的是"大排档",进到里面,到处悬挂着古色的红灯笼,四围一个个食品制作处,也刷成古漆色的木排档,摆着一小碟一小碟的很精致的点心。一个个服务小姐穿着旧时代的对襟青布服,围着小围裙,推着小担子似的小推车,车里也是一个个小碟子的小点心和卤菜,在桌边转来转去。孙小圣很熟练地接过菜单,点了一些点心,又递过来让我选。那上面的名称都带着变异,端上来的也只是那些鸡爪和卤鸭。孙小圣夸张地说,他知道我会喜欢这里,他说我的气质合着古色古香,合着这里的味道。我只是听着,我并不喜欢这种复古的调子,这里的古调让我觉得是一种外在的模仿,是已经异化了的,骨子里还是杂乱纷扰的,还不如上次那个咖啡店里幽幽静静的。那一碟碟的点心也显得小气烦琐。看着他一个个碟子地递给我,而又一碟碟地由他清着,他的吃相还让我有着朴实的感觉。

"……有时候,人也需要古旧的味道,你一走进来就觉得心静,心里回到一个很陈旧的味道中。人是要讲一点味道的,没有味道人就没有调子,没有了可以谈的,我不喜欢和没有调子的人谈话,干巴巴的。人到了一种调子里头,觉得怎么呢?有味道。你看红的灯笼就是一种味道,小姐的围裙就是一种味道,一扎起来腰身就出来了,身材就出来了,调子就出来了,走路还应该有旧时代小姐走路的味道。现在这种培训还不够,应该走得像电影里小姐的味道,说话调子还不够,说话还往往会太冲,都是现代小姐的口气……"

孙小圣说着他有关调子的理论,他说这些时,也显着他的味道,带点自以为是的不伦不类的男人味道。

"……根本还是在于本质,我注意到你,你并没有穿她们的服装,也不管你是不是站在这样的环境中,你当然是很配这样的环境的,你总是你的调子,你总有你的味道,说古色古香的调子也好,说大家闺秀的调子也好,说诗情画意也好,你就显着与众不同的调子。我上次去看画展,我是很喜欢看美术展览的,在那里可以接受一种熏陶,人接受熏陶和不接受熏陶是两回事。我看到一幅古代仕女画,当时我想你就有那种仕女的情调,出了展览馆我就给你打了一个电话,上次电话我就是在美术馆门口的公用电话亭给你打的。你那种味道是高雅的,是文静的,是兰花式的,是深谷里的兰花式的……"

听着孙小圣的赞颂词,眼前是一个个叠着的小碟,红灯光映着一片片的亮色,我也觉得进入了一种调子里,不是古调,也不是现代调子,是人生很奇特的调子。我总是固守着一种调子,自己守定的习惯的调子,而对其他的调子总会觉得刺激而疲倦,那也许只是不习惯而已。我的时间表上总是静静地动着,拨前拨后都是费力的。

出了大排档的孙小圣有点兴奋,他的步子偶尔带着一点跳跃。虽然没有喝酒,我也觉得从那个情境里出来,再到冷清的街道上,头里好像暖意蒸着,兴奋地散开去。

走到了那个公园,那是一个很小门面的园门,上面两盏幽幽的灯,用绿字草体写着的牌匾上是"情侣园"三个字。走进去,晚上的公园里静静的,一块块圆形的场地,好多四季绿色的植物,长得很密,植物的气息浓浓的,也就感觉不到户外冬天的寒意。同样随时发现好多的人头,一对对的人头,都在静静之中,使我有咖啡店里的感觉。向前走去,一个个的小亭和一个个植物圈起的小场合,便是一个独立的所在了。小径曲曲绕绕,岔出的支道终点便是一个小所在。四处都幽幽静静,然而处处都有着一点危险的刺激的意味。

在曲径里转了一会儿,只要看到植物之丛上有头之形,便再向前绕。孙小圣不再作声,似乎注意力都在支道尽头。终于迎面走来一对年轻人,随后也就看到那旁边的支道终处空空的。走进去,那是个很小的空间,有一个很小的亭子,中间一根柱子,像撑着一把伞,坐在伞围的木椅上,眼前便是植物的枝尖,不拔直身子来便看不到远处。

孙小圣坐下来。他就在我的对面。他没再说话,他似乎把自己融进了这种调子里。我嗅着了他吃过饭后的气息,男人的气息。但四周有着一点微微的凉意在撑开着一切。他似乎也想让我融进这种调子里去,但我还不习惯这样的对坐。虽然我和冯立言多少次这样对坐过,并且比这更靠近着。在黑暗中与一个男性对坐的感觉是相同的又有着奇怪的意味。

孙小圣想说话,但他欲说又止。我觉得他是想让我感觉到这一点。我只是默默地看着他,他的脸在黑暗中有点模糊,隐隐约约的。

过了一段长长的时间,孙小圣开始说起话来,他的声音里似乎带着一点与往日不同的调子,有点糙黏,有点潮湿。也许是在这个小小的天地中,在一个流荡着绵绵之情味的天地中的原因。圈形的椅子,封闭式般又开放着,让人有靠近的愿望。他说起了他的妻子,他说到了她的骄横,她的颐指气使,她的永远的坏脾气。他说她是一个干部家庭的女儿,他说到她父亲的级别的时候,做了一点强调。他说她总认为门第比他高,她总认为他家庭的俗气,她总是在指责着他,指责他的说话,指责他的嗓门,指责他的吃饭模样,指责他的睡相,指责他的一切生活习惯,指责他的一切对待她的态度。他说他有时很像是在地狱中,她的一副模样完全是现代的,超现代的。女权主义女强人的一切做派她都有,和她在一起,他心理上经常感到是一种折磨。孙小圣在说着他的妻子,说着他的悲惨处境,他也充满着悲哀情调。他的声音沉下去,又高上来,再沉下去,他说他很希望自己哪一天能倒下来,到他生着大病的时候,也许她会停下她指责的声音。可是他有一次病了,她却依然把平时由他做的事留下来,比如要洗的碗留在桌上,等他去洗。他又很怕自己大病以后无人会照顾他。他诉说着这一切,他说他很想倒下来,躺一躺,真正地休息一下。

孙小圣诉说的时候,我有点恍惚,我想到了冯立言,男人诉说着什么的时候多少是相近的,都让我生出想要拢近去的感觉。恍惚间我眼前便浮着冯立言的形象,他总是在低低地倾诉,叙着他身处的一个个场景,我便如站立在他的身边,隐身看着他一幕幕演示出来。孙小圣的声音有点糍黏地诉说着生活的哀伤。声音静下来,我感觉他的眼睛就在我的面前,他模糊的脸形间,眼睛含着两点光,凝定着。我静静的,不知有多长时间。我感到了那种凝定,似乎一切场景都凝定了,他的气息在凝定中透过来。他的欲望也透过来,让我的心在浮动着。

"我很想……看着你,你是那么安静,那么优雅,那么娴静,那么……我真想过去亲你一下……"

他的声音传过来,我看到他脸上浮起奇怪的笑意,那点笑意也似乎随着传过来,摇着我的神思。我似乎难以集中自己的意识,我听到我的声音在我之外响着:"不。"

"不是的不是……我的意思……其实外国人的亲是平常的,什么人都互相亲的,我只是……想亲近你,或者让我伸出手去,在你的头发上轻轻地抚一下。"他说得断断续续的,他很少说话是这样的,引动我的一些旧的感觉。我不知那感觉是由现实而出,还是由记忆而出。

"不。"

"我不是……我想我只是……你大概……我只是想得到亲近的安慰……也许你能伸手抚一下我的头……这样没有侵略性……"

他的声音低沉,使他的感觉都糙黏在了一起,我还是静静地看着他,他模糊一片的脸微微晃动着。

我说:"不。"

后来他不再说话,我听到他声音里带着低低的喘息。仿佛那里水波在晃动着,他身下是水波晃动。而我凝定般地坐着。这以后不知有多长时间,我和他终于起身出园去。我和他并肩走在很小的小径上,铺着鹅卵石的小径,我们的手臂会不时地碰一下,他似乎躲着似的敏感地移过。

"你碰我一下,用你的手不论在哪儿碰我一下……你的心真硬,这有什么呢?我们跳舞都靠得那么近,都那么拥在一起的……"

"不。"我说。

二十九

　　我给冯立言打电话,我也不知自己想对他说什么。以往我知道他在机关里,他的时间表我掌握得很准,但我很少那么做。现在我不知他在不在公司里。他说过他大部分的时间不在,要在外面奔波。我也弄不懂自己为什么这样对待冯立言。我与冯立言相处已经积淀了多少时间的记忆。从一开始和他相交,我就确定了自己与他的关系,和我与他关系的目标,并确定我的做法。在我确定的关系中,我不是他的情人,也不同于他的朋友。之后我也忘了我到底确定的是什么关系,我只是和他一次次地相约。他也不求我什么,不求我做什么,他只是对我说着什么,听我对他说我的故事。

　　接电话的是一个男人,他听到了我说的名字,便嗓门很粗地回答这里没有这个人,就把电话挂了。我愣了一刻,我又把那个电话号码默念了一下,那是冯立言告诉我的,我记在心里的。我不是好记性,但我很少记什么电话号码,自然不应该记错了。

　　在那以后,我又拨了电话,我听着话筒里的声音,想再听一遍男人的声音。在拨电话的时候,我能确定我刚才并没有拨错,但电话里换了一个女人声音,她说,喂,喂……接着自报着"宇盛材料有限公司"的名称。没有错,那正是冯立言说到过的名称。我便说找冯立言,那边顿了一顿,后来她的声音压低了,仿佛她和冯立言有着什么秘密约定的意味。她说他不在这里了,他自己搞了一个公司。她似乎在说着一个危险的人物,而怕别人听到似的。她后来问:"你是谁,是不是他的妻子?"我说:"不是。""那么你是他的那个?"她的声音里不光光是好奇。我说:"不是。"她又问:"那么是朋友?"她的声音里带着女人的意味。我说:"不是。"她那边又顿了顿,问:"是不是客户?"我也顿了顿,是因为我对这个词有点陌生,也对冯立言与这个词的联系而陌生,我说,不是。那边女人短促地笑一声,显得兴高采烈地问:"那么你和他是什么关系?找他做什么?"我说:"我认识他,是他的熟人,找他说说话。"我突然有兴致想多说说话,正是因为她所告诉我的有关冯立言的情况。她似乎觉得我是在和她开玩笑,咕哝了一句粗俗的话,便挂了电话。

  我还是不知为什么要打这个电话,这时我觉得没有找到冯立言有一点高兴。我从送书组回到图书馆后,便想着要让自己的感觉收回来。我想缩进自己的生活中去,只有内在凝定的生活才免受外在的过多冲击。我旧日的生活是团在一起并带有硬壳的,而听任雅芬介绍对象,和冯立言的相约,则是两个气孔。谈恋爱对象的一个孔吸取的是社会平面浅层的感觉,而与冯立言对话是通过他得到稳定深层的感觉。然而,我觉得我许多个气息孔张开了,已经合不拢来。我在合拢的时候,只能用着折断式的强力。这让我痛苦。

  现在我觉得冯立言这原来稳定的气息孔,也开始飘浮不定,我无法去稳定。这应该说是我的期望,他也飘浮到了浅层上来,他飘浮到了社会流行的浅层,大概凡是飘浮的也都只在浅层上。我已无法把握,除非我也飘浮起来。我觉得是我的手指引着他,使他从单纯开始旋转,然而他旋转的力带动他旋出原有的生活轨道时,也似乎带动着我旋动起来。我有点反常地性急着,想知道他眼下飘浮的情况。

我再拨动电话,为打电话我买了一张磁卡,我站在街边新立的磁卡电话机前,拨着一个个的电话。我问了一个个区工商局的电话号码,接着给一个个工商局打电话询问新立户的公司,问一个法人代表为冯立言的公司。有几次我电话里遇着了工商局流行的老爷式的回答,也有几次是电话局报错了号码。我的身后站着了一个个等着要打电话的人,那些没有耐心的人对着我的背影站久了,便离开去。而我不得不让那开口强蛮的人,于是我又站在他的身后,耐心地等着。后来我抓着电话筒拨号时,感觉就像在大海里捞针似的渺茫。我只是习惯地很有耐心地拨着电话号码,并不管接电话的对方的不耐烦的语言,而耐心地重复着自己的意思。我想到冯立言也正在开张的新公司给一个个单位打电话,推销着那半是虚无半是虚浮的业务。他坐在一张老板椅上,微微晃动着,电话一旦接通,便说着耐心的话语,软软地磨着,泡着,说着,夸着自己公司的业务……到那张磁卡上的钱快要打完的时候,我终于从一个工商局捕捉到了冯立言公司的名称,那感觉便像垂钓终于钓上了活蹦乱跳的大鱼似的。我再从电信局要到了冯立言公司的电话号码。我在拨那个号码时,仿佛在兴奋地收着钓钩上的鱼。对方是一个女性的声音,我有点怀疑地问明了公司的名称,随后我报出冯立言的名字。我便听到那个女性声音离了话筒叫:"冯经理,电话。"声音嗲嗲的。她自然是公司的女秘书了,和别的公司一样,女秘书是必配的。那里也会有两间房,里面一间,外面一间,冯经理就坐在老板桌前,晃动着老板椅,伸手接过电话。电话里传过冯立言的声音:"我是冯立言。"

"你猜我是谁?"

"你是……"

"是我,你也猜不出来啦。"我声音显得高兴地说。我觉得我的高兴声音和我的说话语言都带着了流行的女人调子,我也不知如何便用了这样的声音和语言。

"……是你?"冯立言调子里带着疑问,很快他能确定了,也带着了高兴的声音,"你怎么知道我公司和电话的?"

"我怎么会不知道?"我的声音里继续着我讨厌的调子,我想静一静自己的情绪,但我静不下来,只能顺着刚才问电话号码时的情绪流动。

"你是不是把我当作业务的女经销了?"

"哪能呢?只是……你今天在电话里的……声音有点变。"

我静了一下,我清楚我把握不住情绪,我只有顺应下去。我便笑了一声,笑中继续着那高兴的调子。

冯立言也用了高兴的调子,他开始对我说起了他的公司,他的声调也变了,在介绍公司的话语中,他带着一点开始形成惯性的空浮的夸耀,没有了以往见我时谈话中所带的些许彷徨和恍惚,他像在给业务联系的客户介绍着公司,带着点流俗的推销。我听到了他的公司是如何建立的,如何打开局面的,如何吸引到投资的,如何与客户展开工作的,如何拉到一笔笔生意的,他带着自我鉴赏一般高兴地说着。我也继续用高兴的声音对着话筒应着他。到后来,我们似乎都一下子感觉到什么,我们都对着电话筒没有声息了。静静的一时,突然我眼前的光暗了暗,磁卡电话里亮着的数字灯灭了,话筒里再没声息。我磁卡里的钱用完了。我还对着话筒站了一会儿,吹了两口气。我突然感觉到这个电话的俗气,仿佛远离了我多少年的调子,也感觉着远离了多少年相处的冯立言,我不知以后再见面时,我和他会用怎么样的调子说话。我觉得似乎在电话磁力的变化下,那不是我,也不像他,非我,也非他。

这时在我的听觉中,又响起四周一声声的爆竹声。快到除夕快要过年了,那些爆竹声仿佛总响在我的下意识中。我站在街上,我不想回到家里去。我乘车去图书馆,图书馆里安安静静的。我想起了这天是星期一,是图书馆的休息日。社会上已经开始实行双休日。都忙过年了,连值班的人也没有了,读者也都忙过年了,只有传达室还坐个老头。大厅里大块大块的大理石地砖上,还留着馆里分鱼时留下的水迹,溢着一点腥气。我打开窗子,拿来水管接着自来水冲刷着。水从我的手指按着的水管头上,如扁平的水针似的冲出去,在地砖上溅着水花,流动的水面上带着油似的浮花,淌开去。我用拖把和刷子把地弄净了,于是再往资料室去。在走廊上,我看到了一台黑色老式电话机,它静静地躺在那里。我朝它看了一会儿,在它的旁边挂着一本被翻破了的电话簿,刚才我完全可以坐在这里尽兴地打电话。然而,我并没有抓起电话筒,我不想再打电话。我每天从它身边进进出出,但我从来没有用它打过电话,我忘记了它打电话的功能,它一直只是我工作场合中的一个背景,我从来不用公家电话来打私人电话。

  独自坐在资料室,这里已经见不到外面的动静,但我还在下意识中感到那时起时静的爆竹声,许多流动着的思绪浮过来,刚才与冯立言的电话谈话是一个抹不去的感觉兴奋点。我想静下来,我开始梳理一下自己的一段心路。我用我过去的书本知识,我过去接受的文化思想理论,来衡定自己的生活,我觉得原来稳定的境界也像在飘浮晃动着。我无法稳定,我无法把握,对错好坏都无法把握,都无法在思想间裁定。然而在我的感觉中那指针不停地旋转着,我几次想用我感觉的手指去按定它,可那指针总在旋转。我不知我坐了多久,也不知感觉中的指针已经停在了哪一个刻度上。

  后来我起身去拿起黑色老式电话筒,在旧的拨号盘上拨了个117的号码,那里面传出电话局小姐机械的报号音,报着当下时间,我听着重复地报着的那个时间,也不知对我有什么意义。

三十

  那是一个寒冷的春节,我每天都蜗居在房间里度过。雪飘飘洒洒地落了好几天,居室里也带着阴沉的寒意。我把几乎所有能穿上的冬装都穿上了身,就像个大棉球似的坐在房间里,翻看着书,书上也溢着寒意。早先看的旧式书,不管是文学的书还是理论的书都带着陈旧之气,不用看便知道了一切。而新的一类文学和理论书,显着西化的烦琐语言,脱出了我生活的这个社会。我身处在两层的夹层里,看着一面缓慢地转,而另一面又剧烈地旋转,转得人眼发花。很多的时间我便独自陷入了冥想,我不知自己究竟如何站实了,我的身子被带着旋动起来,那只是我的虚影,站着的是我,我想要站着,旋转的是我,我的内心在游荡着。我的心恍惚间在动,仿佛有一个巨大的指头在拨动着我,拨着我的脚跟处。我尽量不低头看我脚下,我盯着远远的地方,那样我的脚就是在滑动中还是踩实了的。

  雪住的时候,我出了一次门,我踩着了厚厚的积雪,脚下软软柔柔的,在院子里走了一圈,脚踩下去,是一个个雪印。院里树上都堆着雪,站着看一片明亮整体的雪,我的心中也仿佛都连成了一片背景,合着雪的情景。那些烦恼的浮动也就凝止了。有一两寸的雪在树常绿的厚叶片上凝定着,也许有一点声音响动,便会飘洒着落下来。我尽量屏住呼吸。后来,我出院去,我在那厚厚的积雪上踩着,眼前凝着整体的雪景。走到大街上,那里有人在铲雪,铲去了雪又落下来薄薄的一层,被人踩着便成了冰碴儿,碎碎的,污污的,在人的脚下索索落落的。一条潮湿的黑色的路。我走回家去。从外面进到房间里来,便嗅着了一点家的暖意,脸上暖热起来,发着红。

有一时,我开了电视。那台很少打开的电视,播放着一台晚会,女主持人说了一句表面激动的话,于是让一群先进工作者站起来,他们一个个胸前别着花,主持人把话筒伸到一个先进工作者面前,让他说话。也许是早已准备好了的习惯的官话,女主持人再激动地表扬他。我就把电视关了,图书馆里也送我一张参加电视晚会的请柬,我如果去了的话,也就在这一群人中,跟着站起来,迎着镜头。也许还会被邀上台去,做着什么游艺式的活动,那些看惯了的很俗的让人调笑的游艺。他们坐在那里会有什么感觉呢?我怕感觉他们的感觉,正如我不愿意看那些宣传严打的镜头,我不喜欢看着人被押着被揪着头发走过镜头。我对社会上时常会发生的恶性凶杀事件也总是闭着眼睛和耳朵。我让我的心关闭着。

春节后上班,照例是很清闲的,各个室里都在聊天。男人聊天少不了是国际上的战争和政治家的大事,女人便聊着社会上的千奇百怪的小道消息。我习惯和秦老师坐在资料室里,我把春节前借散了没来得及进书库的书收起来。小马来了,她手里提着一个包,她从包里拿出一把糖,说是她订婚的糖。我一直弄不清她的年龄,小巧的她是否到了可以谈恋爱的年龄。她又抓出一把糖来,说那是她调动的喜糖。她就要调到市机关去,一个有着实权的可以批条批钱的掌握着财权的机关。听说坐在那里只要卡一卡官拨的钱,也就自然会得到进贡。小马发了糖以后没有离开,她在我的面前坐下。我不知她要对我说什么,也许会发表一点她对社会的看法。可是她却问我想不想也离开这个书的墓库,到一个能赚钱的地方去做事。

"去哪里呢?"对就要离开的小马,想到也许再也见不着她了,我有了说话的兴趣。小马有时表现着天真的神情,还是讨人喜欢的。

"公司,一家公司。能赚很多的钱。一年赚的是这里的十倍。"她说得很冷静,让人无可怀疑,她说,"这一点数目还是保守的。"

我看着她,她也用眼看着我,仿佛在探着我的内心。

"你大概会说,既然这样你自己为什么不去?说实在的,我要去的机关,想捞钱容易得很。机关那地方我能去得,你去不了。我是为你着想,你真去不了。再说,我也并不是去捞钱,因为那里不用费事,去办事的人还都投来尊重的眼光。我是冲着那一份感觉去的。再说我是一个姑娘,我不想我太累,自然有男人会出力。还有,机关和这里一样是有国家劳保,我不想悬着。我对男人的标准是:他要会养着我,他要会满足我。要不他就不可能是我的男人。而你不同,你现在在这里干得太累,这点钱对你就太不公平了。公司当然也累,但有你这样负责任的干劲,便绰绰有余了。你一个人有公司给的个人保险就够了。一个公司的白领阶层,干到退休,便完全可以过小康的生活。"小马说得很有条理,一条一条,很清晰,这一点是我早就清楚了的。

小马还和我分析了许多,诸如公司的工作单纯,公司的人事简单,公司的发展余地大,一旦有了在公司工作的经验,人生的路比眼下这个图书馆就开阔多了。那些我都明白,我和冯立言在一起时谈到过,分析过,雅芬在介绍对象时也分析过。但我还是看着她,没有点头。小马向我说了一天,让我考虑考虑,说是第二天再来听我的意见。到了第二天,她继续来做我的思想工作,就这么做了好几天,也没见她去新单位报到,她似乎忘记了自己,而只是对我做着说服工作。

后来她对着我眼光时,她说:"你大概会问我为什么对你这么感兴趣吧?那个公司的主管是我很要好的朋友,不是一般的朋友。他帮我做过许多事,我说我也要帮他做一件事,就是把你弄到他的公司里。他需要一个像你这样又有水平,又踏实,又有风度,又不贪的女性职员。现在的人特别是女人包括我,都心不定了,有了这样便要那样,有了钱又要清闲,有了快乐,还要刺激。像你这样的女人真是少有。"小马的话中说不清是恭维还是贬低,她的神情是难得的一本正经。

"也许我到了那里,也会变的。"我的话让小马朝我看了好一阵,她还从来没听我说过这样的话。她点着头,像没看清我似的看了一会儿。

"你不会变,你是生成的气质。我看是一种贵族气,你的骨子里有一种贵族气。你是中国最后一个贵族女人,你不会甘心变到俗气里面去的。我总是相信自己的眼光的。"她说得老气横秋。

"谁说得准呢？我也说不准自己，也许变动了头就变起来了。"我觉得我说话间就变着了，对着这个小姑娘，我突然想变着说一说话。

"这我倒要想一想了……"她突然笑起来，笑得很天真单纯似的，"不过，我把你带给他的时候，他看到的是现在的你，他肯定会欣赏你的，我的情算是还了。到以后你慢慢地变了，那时候就不关我什么事了，我可以说是他带坏了的……再说，你再变能变到什么程度呢？我实在是想不出来。思想越多的人，越在自己思想中转的人，就越做不出什么坏事来，也许在心里会做，就是做不到外头来，我也是看穿这一类人了。"

小马坐在我的面前，我手里把一本本旧书的卡片放进书背的插卡里，盖了章。左边一大堆的书，从我手下转到了我的右边。我很少一边工作一边和人说话。小马越聊越起劲，她似乎找到了一个可以聊天的人。她似乎一直想坐在那里和我聊下去，一直聊到我起身跟着她走。她的话一会儿为我着想，一会儿为我分析，一会儿说着她的道理，为她自己想着的道理，一会儿再变过来。她的语调里是那种不变的老气横秋，伸着手指，指点着一切。

她说了再给我一个晚上好好想想的，到第二天，她没再来，资料室里又像往昔一样安安静静的了。我继续给书插卡片，有时会想一想小马的话，她的声调有时高上去，有时又落下来婉转地劝说着，分析得头头是道，仿佛占着了天下的理。我头一次发现小马是真正离开了图书馆，还显着有点冷清。

依然一天天地走进图书馆，从大厅里走过，一个个低着头看书的人,偶尔有人抬头看我一眼,视线在我走动的身上停留两秒,再低下去。我穿过办公室前的走廊,走进资料室里去。每步都仿佛是丈量好的,那种感觉也是习惯的,那种气息也是闻惯了的。心中浮着一点人生稳定感,我知道我是无法移动的,我会一直在这里生活下去,不管世界上发生什么事,不管社会怎样地变。那是一种宿命,那是一种缘,一种必然性,一种无可奈何。

有一天,我和雅芬见面。她约了我,我想她大概又是帮我物色到了新的可谈的对象了,见面时我就静静地等着她说那个男人的身高、长相和家庭,以及过去生活的种种情况。她在介绍中总带着她的分析,也总会谈到社会眼下的流行看法,她总带着一点激情地谈着那个男人,仿佛她与他生活了多少年,有着熟悉的赞赏。有一会儿,我的感觉中浮起小马的说话神情,小马和雅芬的说话是两种调子,但在两种调子之中,又连着了一个轴心,像是隔着的两层,依然也是一层转旋得快,一层旋转得慢,我就在夹层中,眼睛看得虚浮。

这次见面雅芬没有很快开口说话,我定睛凝视她的时候,才发现一个有点陌生的雅芬。好像她一下子有了变化,不再像是她。她原来悠游的保养得很好的脸形有了一点改变,细细看还是那个样子。我现在常会发现我看惯的东西和人,看上去是熟悉的样子,但突然去看时,便在像与不像之间了。我带点记忆地去看着,发现雅芬的妆比以往略微艳了一点,头发也蓬了点,吹着蓬松发型,便显着脸大了一点,整个脸上仿佛多了一点刻意的东西。她是经意修饰了,却改变了她往昔的那种我所熟悉的自然了。我也弄不清她是好看了还是难看了,只感觉不像熟悉的她。

雅芬脸上还带着一点笑,感觉上那笑的样子也不熟悉。我想也许是因为我自己的心境。已是春天的气息了,我在那个墓库般的馆里待得太久了。城市街道上风还有点寒意,但树上都有点绿意了。

雅芬说话了,她的声音还是我熟悉的。她说这段时间,她有点累,实在没有意思的累,她只想找人谈一谈,她想来想去真正能谈的人就我一个。她认识的人实在是多,有时星期日在一条街上逛时,可以看到她和好几个人打招呼。她还能叫出那个身边带着的孩子的小名,抚着头赞一通聪明之类的话。

雅芬说,人活着真累,特别是在和人的交往上。人只要有一点不同,起一点变化,相交的关系便有了新的变化,也就累。她说她一直认为和我有相近的地方,我是尽量不与人交往,她的内核也与我是一样的。那些交往都像流水一样不停地过去,但是毕竟不是流水,有时会遇着阻拦,会有岩石,会有陡坡,会弯着绕着,生出变化,变了就会往下沉,旋着旋涡。真感到累。雅芬说她有时也觉得奇怪,她还会累,还会有旋涡,她应该一切自在了,自如了。

我没有说话,我只是静静地听着她的话。我清楚我如果参与她的话,我们的说话便会沉下去,就像起了旋涡。我也很怕旋涡,相交如水,我和雅芬都不谈到某一些会形成旋涡的话题,这也是我们之间约定俗成的了。她和我都清楚并遵从这一点。显然雅芬的话题已经开始一点转移,带着了一点旋力。我只是不作声。我面对着她盯着我的有点迷迷蒙蒙的眼光,神情一动不动。

我们站在一个街边花园里,小园有着一个亭子、几张石椅。我们站在石椅后面,腹部靠着一点椅背,石椅弯曲的椅面上,遗着孩子的一张撕破了的精致的巧克力包装纸,还沾着人的鞋底擦上去的泥印。泥印在石椅上十分分明,椅边角上还有着一小片橙黄的橘子皮。我知道雅芬在等着我说话,她等着一种声音,但我只是不作声。她的神情松了下来。

"你真是……讨厌啊!"雅芬突然朝我叫了一句,声音不大,还是她习惯的。但那意思里面肯定是说我错了,她用了一句平时不对我用的也不恰当的词,正是多少年我们交往中形成的旋涡。我还是一声不响地看着她。我动了动身子,我想站稳一点。脚底下有个小泥沟,我想是多少年中下雨时从椅背淌下去的水冲成的。

后来雅芬突然朝我笑了笑。她过来挽住了我的胳膊。我们便又像往常一样,散步似的逛着街。雅芬又开始了说笑。也是习惯的。

三十一

冯立言准时到达,他准备下车的时候,我正好走到情侣园的门口,他迎着我的面,在车窗口朝我笑一笑。他走下车,朝后摆一下手,那辆崭新的黑色红旗轿车就无声地开走了。他正好站在了我的面前。他伸出一只手来向前引着,他的姿态里带着一点陌生而又熟悉的意味。他似乎对园子是熟悉的,在鹅卵石小径上走着,一边和我说着话,到一个空亭子处领着我进去坐了。

这个小亭子是草盖的,很让我想起早年乡村里的牛车棚,那是大热天在乡路上走热了,避太阳坐着歇的。在这里是用来做装饰的。抬眼望出去,月亮正倚在伞形的亭沿。

"老板当得不错吧?"

冯立言坐在我身边,还没开口。他的身子溢着一点男性老板的气息。他朝我望着,也许以前也是这样望着我,而他的注视中带着了一点热力。那点热力原来便在他的内在之间,现在发散出来了。我接触过有钱的人、官和那些有生存力量的人,在他们的面前,都会感到他们身上散出来的热力。我不想如此去感觉,我便开口说话。我的口吻中带着了嬉戏,我的笑意中带着了旧时熟到深处的悠然。

"生意难做啊……"

冯立言也笑一笑,说了半句话,停住了,这也许是他在公司里说惯了的话。他咽了一下口水,像是吞进了他笑时说的话。他觉得不适当。这多少日子里,他已经熟悉了一种语言,那种语言过渡到对我说的语言,中间有点阻隔。我伸出手抚了一下他的衣领,那件西装的领子,其实贴得很紧的,以往我也经常像是无意识地对他做一点亲近的举动,我的手指轻柔而熟稔,他都接受着。我希望他的感觉回复到旧时,我很想听他低低地倾诉。他一时没有反应,只是静静地看着我,散发着他身子的热力。这一刻我突然感到有点恍惚和不安。我和冯立言在一起时,还从来没有体悟过自己心境的感觉。我的感觉显得外在。

我的手移上去,我碰着了他的头发。在我的感觉中,他的头发似乎硬了一点,竖了起来,不知是他的头发烫了一下,还是我感觉的异常。他缓缓地伸出手来,握住了我的手,手背上的感觉是轻轻的,似乎一切都自然,但我感觉他的手也传着了一点热力,他的手感透进我的臂上的穴位传进热力来。

冯立言这时说话了,他说:"这里真好。"他朝旁边看了看,植物齐头高地遮着视线,只有朝上才见着春夜里的星星,一点早春花的气息溢在园子里。

"我真觉得累,真想早点见着你。"

他还是原来的调子,但他的调子里的一声累和一声见着你,便不同于以前说着的口吻了。他说下去,慢慢地便给我旧日的感觉了。

"……有好多次,我都想往后退,我想退回到原来的状态中去。

那时我只是低调、无聊,但心很清静。现在旋在一个个的旋涡里了,我像被拥着往上冲,直冲过去,不管前面会撞着什么。有时觉得我什么也不具备,赤手空拳,一切都很虚。一门生意的学问,就是从虚到实的过程,这个过程里有不少是奇怪甚至是荒诞的。原来我的工资都是交给家里的,开始是交给母亲,母亲去世时给我留下了一万元钞票,其中有一张上面还有着父亲的字迹,那一张十元的钱,几乎没有流通过,还是张新钞,是一张二十多年前的新钞。这些钱是每年存一点备用的。那时我觉得有点愧对省吃俭用的母亲,她能存那么多钱留给我。后来,我的工资都交给妻子,我的手头上一直只留很少的钱,我也不需要用什么钱。我不知要怎么去用钱。可是,现在多少钱从我手上流过去了,一万元,根本算不了什么,一顿饭便是一两千,简直是不可思议。有时也不知花那上千元吃那一顿有什么意思,我是凭着感觉去请客吃饭,把钱花出去,有用没用都花。我很快就懂得一条:在现在这个社会里做生意,便是要把钱花出去,吃掉用掉,花费越大,花出去越多,就越会有回报。这是一个奢侈才有结果的生意场。我也曾经想过,又何必吃到肚子难受?省着钱用的精明人,才是真正的生意人。但这不是一个做精明生意的时代。我有时坐在彩色灯光的包厢里等着上菜的时候,那一瞬间,会想到我在奢侈,我在腐败,我在做我痛恨的事。同时我又在想,我也许需要更多的时间来克服自己的这种想法,我应该把赚来的更多地花出去,也就能滚动回来更多的。我发现我被推了一下,推到了高速转动的一个游戏场中,我只有随着高速地旋转着,我不知什么时候才会适应习惯的旋转,在旋转中抬起头来,而我的面前便都是一把一把可捞着的钱……"

冯立言说话速度快了,有顺流而下的感觉。在他说话停顿的时候,我很想呼应他一句,但我只是笑了一下,短促地笑了一下。我有时奇怪自己会短促地笑,往往在莫名其妙时来一下,我感觉这种笑很难看。冯立言停下来看着我,我又笑了一下,这是习惯的笑了。我把头靠近他一点。

"从必然王国到自由王国。"我说。

冯立言有一刻没有说话,他像是在调整自己的调子,也像是觉得累了。他平时说话肯定很多的了。静下来的时候,可以听到四周浮着呢呢喃喃的声音,一会儿是男的声音,一会儿是女的声音。静下来时,让人感觉有一点恍惚,四周仿佛包围着温柔而危险的气氛。冯立言的眼光定在我的身上,我觉得脸上有点异样,明显感受着他眼光中的热力而变得发烫。在暗色朦胧间,他不会看清我的神情,我却清楚地注视到他投向我的蓝莹莹的眼光。以往他也总是望着我,却不会如此传递到我的感觉中来。

"一下子变了,我原来以为会有很长的时间难以适应的。我是凭着一股气去做去干的,我想这样快的变化,我永远无法适应的。可是我迅速适应了。人到不得不适应的时候,自然就适应了。我有时还会感到适应得太快了。那些酒席,那些娱乐场所,那些花费金钱的地方,那些物质享受的地方,本来似乎远在另一个天地中,走进去纸醉金迷,便会迷失了自我的。但我进去了,也就很快习惯了。也许还有着一种宿命的感觉,我恍惚早在遥远的世纪中已经享受过了,一切只是复习而已,没有太多的过程,我便习惯了那一切。还没有来得及细细地品味、体悟,我已经感到平常而疲乏了。有时回到家里,才会意识到反差。家里还是那样的气息,她坐在小凳上,择菜,我想放松一下,我想把她抱起来,我觉得累,我想倒在她的身上,我想不出自己想要怎么样。但我发现她还那么坐着,她投向我的眼神是恍惚的,是奇怪的。她继续做着她的事,她似乎没有注意到我,也没有注意到我把一件件的新家电搬了回去。有时她会对我说一点她单位里的事,说单位的那些我现在看来很琐碎很没有意思的事。有时她对我说一件她亲戚的事,她的亲戚被车轧伤了,找一下人可以多要近千元的赔偿金。她说来说去说这件事,我很想拿出几千元钱给她,让她送给她那个亲戚。可是那样她肯定会睁大眼睛望着我,在她的眼里我已经变了,变得不正常了,变得疯狂了。在她的眼里我的钱来得太容易,其中必有奥妙。她还积攒着她自己的钱,而把我给她的钱放在一边。在家里,我时时会感到金钱的罪恶,和感到我所做的一切的虚玄。我怕落下来。我想到我开的公司,公司的房子是借的,租的;公司的业务是虚的,飘的;公司的资金是借的,凑的:一切都不是我的,都在虚玄的基础上飘浮着。我用着飘浮的力,做虚浮的事,并把虚浮的事越做越大,用不属于我的钱去砸开局面,去搭起一个架子。而说不定什么时候一切都不再属于我,仿佛在云上踩个空,我就塌下来,连那张法人代表的执照也成为一张废纸。然而我离开了家,走进我的公司的时候,我便又有了力量,我必须把所有的事做下去,我能把事情越做越大,我不比周围公司的老板们差,他们能做到的,我为什么不能做到?于是我很少回家去,我把我丢在了歌舞厅和娱乐场所中,而当我回家时,妻子便用一种悲哀的眼神看着我,仿佛看着一个将要判刑入狱的罪犯……"

冯立言突然停了,他的眼光中有着一种恍惚的、不知所措的感觉。我默默地看着他,我用我的眼光迎着他。听他说这段话的时候,我生出一点熟悉的相呼应的感觉。我努力去感受他说话的声音和形象,他的声音与形象仿佛在旋转着,我在旋转的那一面看到了孙小圣,听着孙小圣充满控诉般的说话,再转过来看到的是冯立言,听着他带点自责和忏悔的倾诉。我在那一刻间,便站到了两个形象的当中,一边旋转得很快,一边缓慢地转动着,我很想用手指去按着两边,我伸出我的双臂,但两边都在虚浮中旋转,我的手指按不到实处。我摘下了一片冬青叶,叶片涩涩的汁水沾在了我的手指上,漫着一点青涩气。在我散神的一晃间,我感觉冯立言的身子离我近了一段,他靠近了我,他已从他叙述的调子中出来。无论他在叙述中还是静下来时,他过去那种有点使人迷恋的懒懒散散的神情是变了,变得和我接触过的男人相近了。陌生而熟悉的感觉,使我想避开,退后。但我还是伸着手,手指在他的臂膀上温柔地按了按,随即我又朝他笑了一笑。我们都安静下来,感受那随着夜色深沉的四周充满着危险动人的声息。

"几十年前来过这个园子的人,大概无法想象现在园里的样子的,谁能想象现在这样的变化呢?"

我说话的时候,自己也不明白地又那么短促地笑了一声,这使我想掩着自己的嘴。我觉得有点突兀,这个晚上的感觉不对,我总在意识着自己。

"只有到你的身边,对你说着一切的时候,我才觉得自己不是空空落落的,感觉得到了你一点实在的力量,身心完全松下来,好像也不觉得累了……"

冯立言这么说着,应该说他说的是实在话,但他带着微笑的神情,使我仿佛感觉到他说的也是男人习惯的恭维话。也许过去都在他的心里,而从来没有听他说出来过。现在他说出来了,我便觉着虚浮起来,恍惚与孙小圣所说的融成一体了。以往听他悠悠懒散的叙述,我便走进了他的天地中,在他的母亲身边,在他的妻子身边,在他的机关里面,我仿佛能看着他的具体形象。而现在他叙述他的公司、他的事业和他的感觉,我都像是隔了一层,我进不去,我只是听着。于是,他也隔着看着我,我感觉到他外在的冷静观察。也许他意识到隔着的距离,他又靠近我一点,他的眼光中融着一股热热的力,让我有点慌乱。我再伸出手去,我的手指有着一点颤动。我们一直是亲近的,说话时相依相偎过的,但我还从来没有感到他的气息是那么粗重,那么有力,那么繁杂,和他刚才的叙述一般。

我说:"我来对你说一段我过去的故事吧。"

园子里仿佛一切都安静下来。

三十二

　　那一年,是我下乡的第六年,我已经习惯了乡村的农活,已经习惯了乡村的景色。那乡村的太阳,那乡村的风霜,乃至乡村的一切,都成了我习惯生活的一部分。我已经和一个乡下的女人没有什么两样了。那一年里,社会上发生了很多的事,传到乡村里来,都变得很淡。乡村里的人依然用他们的语言谈着粗俗的男女之事,对上层的人用乡村的土语评价着。也开大会,谈几句官话,回到田里便再谈俗话。我也是一天天地过着,几乎要忘记了自己曾是城市里的人,那些广播里的消息使我有一点兴趣,但还是感觉离得很远了。那是城里人关心的,与城里人生活相关的。我学会了做团子和包馄饨。剁好吃的馅,这才是最要紧的。有时倚着门和一两个乡村的小伙子说一些话,听他们放肆地说一些男人挑逗的占便宜的话,我都感到虚浮着,从这个耳朵进,那个耳朵出。

　　有时黄昏挑担水回来,半路歇一歇,看一眼田野里映着夕阳的黄澄澄金灿灿的一片绿色,心间浮起一点旧时书本上的词句,那些词句也都在桶里的水上浮漂着,晃晃悠悠的,仿佛隔着一个世界,隔着一个时空。

　　那一年社会上确实事多,一会儿传下来一个理论,一会儿宣传一个运动。天和地都随着晃动起来。那一次,生产队长从公社开会回来。他是经常去社里开会,干部喜欢开会,开会有工分。他每次开完会回来都面带喜色,站在田头上向做活的人传达几句上面的精神,也不像平时总在田头上吆喝。他正对着田里的女人说得高兴,将女人一个个轮过来说几句。说到我,他停一停,突然想起来什么似的,说:"有件事你可以做的,总见你捧着本书,可以写上几句,社里说要比赛什么诗歌,你这两天就歇着做做写写,每天给你记工,到时候上去念念。"

他一时高兴这么说了,我就应着。我知道到他不高兴时便会变卦。那时能不上工记工,就和干部开会一样,是件让人眼热的事。第二天我就不去上工,我闲着了,快活地做一点我自己的事,把房里的脏东西洗了,再有工夫做一点馄饨吃。我歇够了一天,到晚上才想去写要我写的。我翻出一些书和报纸来,按着上面的一些样子想句子,那旧日城里的感觉便回了来,那时事也都到心中来,那些和我生活搭不上竿的一些运动语言,也都涌进脑中来。

读多了那调子,我觉得也好写。用土话说,只是准备写一个去糊鬼。过了两天我才把那写了的东西给队长看,让他给我记工。在记工的时候,队长似乎才发现给了我一件闲事,让我偷懒占了好处。他皱着眉头看着我写的东西,指点了几处,好像很不满意我的做工,要让我田头返工一样,并宣布我明天一定要上工了,改必须在下工的时候改。我也就只在上面涂几个字,随它去了。心里暗喜闲歇并白占了两天工。多少年间都是天天上工,过年都歇不了几天的。

因为给我歇了两天,要不大概队长就不会记着这件事了。他忘不了给我记的工。那一次他就发给了我一张油印通知,通知我到公社比赛。我是头一次有公社发函通知我,多少年中我在村里,见到大队书记便话也说不出来,能到公社去抛头露面,那是一种莫大荣幸。

演出在公社礼堂,一个个轮着上台,有唱的,有跳的,有舞的。有一个队群体上的,脸上化着妆,涂得红红绿绿的。我在后台站着,等着叫我,后台到处走动着人,乱乱的。会场下面也是乱乱的声音,和台上声音相呼应。话筒和喇叭里拖拉着哑哑之声,夹有咳嗽声和清嗓子声。我站在那里,旁边的人进进出出,撞着我的肩,我没有反应。我只觉得身子有着一点虚浮,飘飘忽忽的,晃悠在一片杂乱的世界,一片兴高采烈的世界,一片混沌的世界,一片割裂的世界中。而原先我怕见人,我喜欢孤独,我在人多的地方都晕。我不知道由谁通知我上台,什么时候轮到我的节目。我等了很长的时间,似乎已经等了一个世纪。到我走上台去,我突然觉得我是一脚高一脚低地走上去的,台下的人也许会以为我是个跛子。我想尽量走直了。我走到台中停下时,后面有人提醒着:"走过去一点走过去。"我偏过头去看看,我的脸上带着笑,一种木木的笑,木与木堆起来的笑。我的眼前是一片人头。我看过礼堂的空场,一排排的水泥矮墩上盖着长长的木条板,现在,这些木条板上无数的人头挤成了一片黑影。我的眼前是一片虚浮的黑影。我其实没有看清眼前是什么,我只沉在我自己虚浮起来的感觉中。我忘了我要说的一切,我忘了我要做的一切,我只是走上了台,我就站在台上,我听到有后台的声音,我听到有台下的声音,上下的声音都轰鸣着,都虚浮着,都在我的感觉中模糊成一片。我一个人站在那里,我不知我要做什么,我忘了我要做什么。我还是孤独的,孤独地在一个人的世界里,迷糊,朦胧。其实可以想象一个演出的人走到了台上,她堆着笑,没有化妆,也就是走到台上,站在那里,任凭四周的声音群起。有笑的,有叫的,有闹的,有喊的。在乱成的一片之中,我站着。突然我看到台下有一只手抬起来,就在前排。台并不高,离台下并不远。那只手是黑的,在一片有点发黄的灯光相映之中,那只手黑得发亮。五根手指微微地张开,它伸起着像是突然闪现在我的眼前,在我的一片模糊的感觉中一瞬间闪亮起来的。我看清了那只黑手,它似乎没有关节也没有纹路,它只是一只手,手指直往上伸,每一伸都是凝定的。我的感觉中唯有它的存在,我对着它似乎有很长的时间,其实只是在一瞬间中。似乎就在那一瞬间,所有的声音都在它伸起时停止了,我的感觉中一片清亮,我看着它,我的脑子清明起来,我作的那些词句都到了我的脑中,都闪亮起来。我见那只手晃动了一下,它在我的感觉深处闪动一下,仿佛灯光也随之闪动了一下。于是我便朗诵起来,我的声音便喷涌而出,那只手落下去了,我的感觉中它还伸着,我朝它伸出一只手去,做了一个朗诵的习惯动作,一个我自己也不明白的手势。我的动作随着我的声音做得自然,那些词句仿佛都流到我的嘴边,组织得很好地从我嘴中流出去。我的心也在我朗诵的时候浮起来,我感觉到了一种从未有过的体验。而在我的一切感觉之中,始终是那一只伸起的手,那闪动着的手指。

我下了台后,还听着掌声。那是我感觉中的掌声,我只是听着一片声音。声音对我来说,都是虚浮着的。那一种如潮一般难以退下去的感觉。我觉得头晕晕的,身子还在浮荡着。我的笑意还浮着,漾开来,化开来。我的感觉中那只黑手的印象还鲜明地跳闪着。

演出结束后,参加演出的人都到食堂里吃夜宵。那是一碗面,切得细细长长的面,面上放着几片红烧肉片。很少吃到这样的机制面了。所有的人都高兴地吃着面,一边兴奋地谈着演出。吃完了夜宵要回村的时候,我被叫到了公社会议室,那里坐着几个人,旁边放着吃完了面的几只空碗和一些残剩着卤菜的碟子,显得杯盘狼藉的情景。而对着端正地坐着和我说话的,是组织这次活动的一个公社女干部。她一边和旁边的人说笑着,一边问着我的情况。后来她似乎突然地问我,想不想去县里参加业余宣传队演出。在这一问的同时,我心中又升起虚浮着的感觉,我看到了在她身边坐着一个男人。那人手是黑的。我看到了那只黑手。是那个男人戴着的黑手套。天并不算冷,他却戴着一双黑手套。是那种薄薄的纱手套,能见上面染着一点污色。那只手蜷着,团成了一团,在我的眼光落下的时候,它微微地动了一下,小指仿佛颤动起来。我的心也动了一下,我的感觉中满是它伸起来的印象,仿佛爆亮了一下,无数游浮着的都飘起来。我没说出话来,我只是点着头。点头的时候,我看到了他的一张脸,他的脸瘦削平板,没有表情,一双凝定的眼,眼中带着一点黄浊。

于是我便去了县城文艺宣传队,进了县城。我从大城市到农村,又从农村走进城里。县城只是个小城。文艺宣传队住在文化馆的楼里,那是一幢古旧的楼,原先是座庙宇,有一座天井,围着天井的耳房,都是用旧红漆刷着的,时间久远,那漆变了色,显深了,成了紫色,斑斑驳驳的,好多地方都翘了皮。风吹着我们住的木房里的玻璃,边框响着嗒嗒的声息,还有糊着的报纸的瑟瑟声。我被分配兼管道具和服装,就睡在道具房的外间,在地板上铺一张草席做床。我很高兴没有和宣传队的其他人一起住,我喜欢孤独。嗅着道具和服装混合着的奇怪的气味,我感觉我的人生飘浮起来,不像在大城市出生的所在,也不像在农村实实在在的土地上。大城市的生活感觉旋转得很快,农村的生活旋转得很慢,而我进了一个中间的夹层,一边显得清晰一边显得朦胧,两边的感觉反差着,我被带动着旋转。我有了人生实在的感受。我还没有老,我还在青春期,但我的心已经在经历了许许多多的旋转中老了。宣传队里都是从农村上来的漂亮的能尖儿,她们成群地穿起了城里人的服装,在县城的一条古街上走着。那个年月里,街上多是旧景致,木窗木棂,店铺用的是木插门,像我童年时父亲带着在大城市的旧街上行走的记忆。我总是独自走着,从石板路上走出去,再走回来。

有一段时间搞节目排练,宣传队员都集中在天井正里间的大殿里。脚下是一块块很大的正方的古旧地砖,许多的地方都踩裂踩陷了。有时踩着了陷下去的地方,正笑着唱着,感觉便一下飘浮起来。乐队一遍遍地反复着越来越显单调的曲子,演员一遍一遍唱着那几句重复的词。我看到戴着黑手套的手伸起来,很多的时候,那手指动的幅度不大。往往是微微悠悠地晃动着,乐曲仿佛便在手指间流动着,而并非殿里的乐队奏出来的。我看清了五指,分开来时,那个拇指显得特别宽厚了一点,成了一团,在上端似乎蓬展开来。很快它又收拢着。它在颤动。有时它会单独伸上去,显着特别悠然的状态。在激越的曲调里它伸上去,似乎永无尽头地伸上去。乐声也就高上去,也是永无尽头地高昂着。我便觉得我的身体内部也有一种东西在往上升,整个地飘浮起来,飘浮着往上伸展。我的声音也自然地往上升,我的脚步也自然地往上升,我从来没有想到过我的声音会那样清亮,我也从没想到我的身姿会那么轻快。由那只伸起的手指指引着,我大幅度地做着动作,我没有羞涩,没有犹豫,没有迟疑。我原来身上积累着的多少的生活经历,与我的肉体的感觉仿佛都消逝了,整个的我飘浮起来,心里空空的,身子也空空的。性别意识,书本知识,一切都在我的内在消逝了。我飘浮着,轻盈地有着一点梦般的色彩。

很快开始了彩排演出。我作为报幕员,最早地开始化妆。在后台一片镜子之前坐下。两边一面面镜子映着了一片片灯光,亮闪闪地映着了一张张的脸。涂上了彩妆,于是便显出了另一个形象来,一个涂着了色彩的人生世界。我对着镜子的时候,在我面前显现的是我陌生而熟悉的形象。我还没有这么久地对着一面镜子,这么久地对着自己的形象。面前的这张脸让我觉得不像是"我",只是在意识中我清楚那就是"我"。我在对着"我",有着一种恍惚,而似乎真正的我,意识中的我飘浮了起来,游到了坐着的肉体的我和镜子里的我之间,我在夹层中间,镜子里的我和肉体的我,一个是平板鲜亮的,一个是饱满而充满乡村色的。我做了一个表情,一个动得缓慢,一个动得迅疾。我在中间带动着,不由自主地动着,慢慢地就迷糊成一片。三位一体的我融在一起了,形成一个惯常的我。

我无法把那些化妆品涂到脸上去。我只是坐着,我的神思游移开去。我看到了他,他抬着那只手,在指挥着往上挂幕布。我的感觉飘浮着,我想说话,我想唱歌,我想动作,而我无法对着镜子凝定着"我"。我一直坐着,那些平时和我一起的宣传队员一个个在涂着肉色的底色,镜子反映出来是异常的形象,更让我的内心生出一点飘浮的不实的人生感觉。我意识到我上浮到了这里来,总有一天会落下去。我不知我是不是还会落到乡村去,这时的一切都是临时的、虚浮的。我听到有队员说我,还不快化妆,就快要上场了。我还是坐着,听如没听。他走过来,我看到他的那只戴着黑手套的黑手靠近我。他走到我的身后,他站在那里,看着镜子里的我。我看到他在镜子里显现的平板无表情的脸。我笑了一下。我摇着手,想把手上的化妆底色涂到左脸上去,但手在右脸处停下了,我的手晃了晃,又垂下来。我看到那只黑手伸起来,伸到镜子里,那只手似乎突然地感到了颤动,指头收拢着,仿佛要从镜子间游开去。我看到那只手的大拇指迅速朝下弯去,这时,出现了另一只手。那只手已脱去了手套,是一只平常的手,带点粗骨节的男性的手。他用那只手抓住了先伸出的手,抓住那只总是伸起的手,把它一个一个指头上套着的拉起,那只手很慢很慢地拉脱着,它仿佛要退缩,但上面五指的指管已脱空了,余下的是一下子脱光了的,我便看到了那只手完全的本来面目。那只手仿佛是一闪动地显现的,有着一种苍白色。我只感觉到白色显亮着,正映在灯光下。镜子的一片反光定在它的上面。同时我看到了在它的大拇指指头上，还伸着一个指头。那个微小的指头，完全是成形的，像一个小的指娃娃，一时因为裸露而有些羞怯地弯靠在大拇指指头上。它是按比例生成的微型指头，上面还有着很小的指盖，指盖尖上还长出了一点小小的指甲。

我凝视着它，一时我的感觉在那只手前面凝定了。我感觉那只手张开来。在小六指的映衬下，那只手显着特别粗大。那只手的手掌上有着化妆底色，轻轻地按贴到我的脸上来，一掌一掌轻轻地贴着。我从我手上拿的一面小镜子的光亮中，看着一片色彩贴在那面大镜里的"我"上面，那个"我"仿佛已完全是陌生的形态，不同于我了。而我的神质都凝到了一点上，我所有的感觉都团聚在了我的那一处，被抚被拍，被贴被擦，被揉被按。"我"升浮虚悬起来，在异常之感中，恍恍惚惚，浮浮沉沉。所有的感觉都往上升往上升，升空而尽；而实在的知觉又都往下落往下落，落空而尽。我忍不住地要笑出声来，短促的笑声被贴着的手指按定了。那个小指顽皮地靠着我的脸颊，在我的眼角，在我的皱褶处轻抚着，在我肌肤的突出处轻按着、轻揉着，在我的嘴上轻吻着。我的感觉都凝到了一点上，而又仿佛爆散开来，歌唱着、朗诵着、摇曳着、跳动着、飞舞着。无数的从来没有过的感受都涌来，如潮般地涌上又退下，一层一层拍打着，飞溅如雪，摇闪出各色的光。感觉整个天地中都是彩妆之色了。在手掌偶尔抬起时，我看到它微微地偷嘴似的沾着了我的化妆色，就在指头尖上沾着那点首次化妆之色，像是装束了，又仿佛带着了一点得意之色。它弯下去，似乎在逗笑着嬉闹着。我忍不住地要笑出声来,我笑了一声,那一声在喉咙里,成了短促的声音。对那一声我自己也奇怪。我看到它也好笑似的颤笑了,前后地仰合着。我又忍不住笑,笑总是短促地在喉咙口。我终于忍不住要笑出来时,手掌便又速度很快地贴着了我的脸,带着胭脂妆色。手指轻轻,我感觉到五指的安抚,而六指和五指一起抚到我的细微处。我的激动安静下来,一潮一潮地退去,退到心里去,化作了一点力量,一点艺术的充实的凝聚的动力。而在那只手再套进黑手套后重又伸出来时,我感觉它不再是羞怯的,而是与我有着一种呼应的秘密,显着一种装饰后的体面。它往上伸,在拇指伸着的地方我看到六指那昂扬的姿态,五指微微分开时,它也撑开着,顶得高高的。我在那只伸上去的手挥动的一刻,随着音乐走上台去。我的声音自然地喷涌而出,是那般清亮激越,我也伸着一只手,声音带着我的激情传到台下的每一个角落去,那里都应着我如潮般的兴奋。我心中的感觉,我身体内部的感觉,都喷涌而出。那是一场属于我的最辉煌的演出,我仿佛对着世界,对着整个艺术的天地,飞扬着我的神思,飞扬着我的激情,飞扬着我的欢乐,飞扬着我出生以来最畅快的声音,从心底里发出去,从身体内部发出去。我觉得那声音升浮到很高很高处,透过了剧场平板的房顶,在天穹中飘浮,整个天是湛蓝湛蓝的,而整个地面俯首而看是彩色的,云去云来,飘飘如烟如霭,缓缓地呼应着的一种我内在激情的节拍。同样那种激情还在我的歌舞中,在我的朗诵中,在那里激情喷涌,带着我飘浮起来的感觉,伸展着的感觉,飞舞着的感觉,游动着的感觉,充满着人生色彩的感觉。

我在宣传队里被当成了台柱子。我仿佛换了一个人,我自己从没想到我身上会有那许多人认为的艺术天赋。我似乎只要登上台,我就能压下台下所有嘈杂的声音。我往那儿一站,所有的色彩都表现出来,那被称作内心中的艺术色彩。我其实没有任何意识,在我眼前的印象中,只有那只伸起来的黑手,那伸展着的手指。而台下的一切呼应都在我的外部,是虚浮着的,我依然感觉着孤独。

夜晚,我独自躺在那间满是道具和服装的小间里,我有着一点疲倦的仿佛被抽空的意识。一轮月亮在有着几百年历史的小木窗上亮着,照着冷清的天井。我的心沉下去,我有一种人生如寄的感觉,那点感觉混在了游动着的残余的激情间。我觉得人生本来就是这样飘浮着。我的感觉中,没有站在台上的印象,没有台下人群的印象,也没有我表演的印象。我看着一两张拍下的演出照片,下面一个个的黑发人头,台上是一张彩色的脸,一个化了眉眼的人伸着手,我无法和"我"连起来。照片上的形象陌生而熟悉,而现实是虚浮着的,如隔着一层。我依然站在夹层中间,我依然感觉我是孤独的、飘浮的。

那段时间,社会变化很大,到秋天以后,又是另一种气候,又是另一种色彩,又是台上的另一种表演语言和表演舞蹈。形式没有变,而变了内在。也许内在没有变,只是变了语言的形式。在排练的日子里,我在等待着演出。那枯燥的一个个的排练时刻,一天天地让我觉得心焦。我看着那只手在乐队前面伸起来,我看到那六指微微张开闪动一下的动作,它伸展开去,我有时便会跟着唱起来,我发出的声音集中起场中人的眼光。我看到他平板的无表情的脸,而他的那只手微微地颤动一下,呼应着我。那段时间太长了,变化着的一切,让我又感觉着了社会与人生的虚浮。

新的演出开始了。我几乎等待着每一次的演出。每一次登台之前,我坐在化妆镜前,等着他过来,等着它裸露出来,等着一片片的化妆之色贴到我的脸上来。我与它之间仿佛有了一种无声的语言,五个指头的安抚和六指的秘密。他粗大的手指却是那么轻巧,很温柔地贴抚着我的脸,微微地挑一下、抹一下、抚一下。一切都轻巧极了,温柔极了,柔和极了,细致极了,均匀地一片片一点点地抚过我整个脸所有的部位,轻轻抚着了细微的凹凸之处。我被触及的地方都软化了,一片温柔地去迎着六指。大拇指轻拍着我的眼角,那第六指便会搔痒般地点在我的感觉中,让我忍不住有笑声在喉咙处,极短促地笑出来。那笑声成了一种异于我本体的声音。我奇怪所有的人都没有意识到这种笑,只有我面前的手指在一晃间带着一点颤动,呼应着我的笑,仿佛是为我的那点笑声而震颤,而欢欣,而波动。

每次演出我都有那种激情的表现,我自己并不知道我已经成了县里人们议论的话题,他们议论着我的形象和我的声音。县城里的演出告一段落,宣传队到各公社去巡回演出。在一个个简易的会堂里拉起了幕布,摆下了道具,在窄窄的后台上穿来穿去。已是冬末春初了,很冷的天气,我躺在玻璃窗破了的返潮的稻草地铺上,在话筒和播音设备很差的台上演出,有时还到村里去,在临时搭起的用劲时会摇晃的舞台上表演。我都演得充满激情。我扬起手来,我的感觉中,乡村之夜闪着星光的天空中,激情拉开了那道铁青色的天幕,舞动着我声音的色彩。在色彩的后面印着的便是那只黑手套里脱出来的手的形象,五指展开来,第六指微微地弯曲着羞怯地颤动。

巡回演出来到了我下放的公社。演出还是在我第一次上台的礼堂。黄昏的时候,礼堂就开始来了各个村上的人。我看到了一些熟悉的面庞和一些隔着时间变得熟悉而陌生的脸。我面前浮着几张与我有着距离的笑,也有叫着我名字的声音,使我有点不知所措。在我坐在后台镜子前化妆时,我的不知所措的情绪慢慢化开来,我只是呆呆地看着镜子里的"我",我没有看到那只黑手。幕布在上午便拉好了。我找不到它,听说他不在。他被人找去了,听说是一个女人。有人说那是他的妻子,有人说不是。那些声音在我的耳边响着,我没有听进去,我只是在镜前坐着,看着镜子里陌生而熟悉的形象。那张脸的眼角有点往下挂,我不知道如何登台,想到要上台去对着那些多少年一直在田里说笑的男人和女人,我便有点慌乱。我第一次感觉到我将对着许多的人,对着许多熟悉和陌生的人。这时,宣传队演出组长过来对我说:"你怎么还没化妆?"她已化了妆,像戴了一个彩色的面具。我只是摇头。她说:"我来给你化妆。"我还是摇头。她告诉我,是他说了如果我不会化,就由她来化。演出组长一边给我化妆,一边总叫我不要摇头。她的手指很小很尖,但她的动作却是粗极了。她几乎是在拍打着我的脸,拍打得我的脸发热,血都涌上来,又被拍打下去。而她一直笑着说:"你不要摇头,你不要摇头啊。"我觉得我的脸肿胀起来,我的脸被她的手指弄得旋转起来,我的脸已经不属于我,只是由着人拨动由着人涂抹由着人旋转由着人拍打由着人支配由着人玩弄的东西。我感觉我在承受着从来没有受过的苦,多少年来的生活中受过的难堪和痛苦的局面都浮到了我的面前,几乎使我无法再忍受,又使我麻木着。而到最后我心力交瘁的时候,我从镜子里看到了一个完全异化了的我,一个涂彩的木偶。我的内心也变得木木的,我就这样木木地被推到台上去。我走到台中,我站在那里,只是站在那里,突然我就听到了猛然而起的声音,我哆嗦一下,于是我就仿佛一下子被拔去了耳塞,后台的声音和前台礼堂里的声音都传到耳中来。我低头看去,是那许多的人,仿佛我第一次出工被担子压歪了肩时,他们对着我笑的样子。那时只是一个队的人,现在却是密密麻麻的一张张脸。我不知我如何突然会处在这个场景中,我还从来没有感觉我面对过这么多的人。我从来不喜欢人多。我无法对着这许多人叠着的人。礼堂里坐满了人,门口也站着人,窗口也探着人。那许多的人,那许多的脸,叫着嚷着扭着怪样的脸。一瞬间中我想跑,但我腿发软,我几乎是一拖一拉地无力地躲到幕台后面去的。

那一晚我都不知自己是怎么过的。到第二天,我仿佛才突然看清了东西。我看到了那只黑手,看到了他的没有表情的脸。他盯着我的眼是冷峻的,但那手指很生动地颤动着,仿佛要脱出手套来贴抚到我的脸上来。那根小指显出了它的小小的身形,像在朝我微微一钩地打着招呼。我不由得短促地笑了一下。我周围的人都望着我,我并不理会他们。我的眼前只是那手指的形象。

这一天的晚上,演出在一个新地方,我又在镜子前,等着那只从黑手套脱出来的手,由着那几根手指在我脸上跳动贴抚,六指安慰般地抚过,似乎特别地轻柔。所有手指的动作都是小心的。六指悄悄地多抚了我几次,嬉笑般地逗着我,引着我短促地笑。仿佛有许多的语言在我和指头间相叙着。有时五根指头离着了我一点,微微地朝我弯曲着,唯有第六指直着,一时默默。似乎只是静静地相对着,许多许多的感觉都在交汇,都在融合,都在缠绕。接下来便是惊心的触碰,触碰的感觉印入心,渗透到肌肤里去,到骨子里去,到内在里去,到心底里去。他的六指上都染着了我同样的色彩,脸上和指头上都染着了同样的感觉。最后,我便又在黑手伸展的感觉中走上台去,让我的声音让我的形体带着我的激情飞扬开去。这以后,那一晚失败的演出不再被提起,偶尔说到,他说,那也是习惯有的,大概是近乡情更怯的意思。我并没在意他的说法。我注意到他说话的时候,那只手在颤动,仿佛含着另一层意味地朝我晃动着。

巡回演出结束,又回到县城里。有几日休整期,所有的宣传队员都回乡村家里去了,我还独自住在道具间。每日里,我都到他的办公室去坐坐。很多时间他握着一支笔,在一张旧报纸上画着圈,写着字,墨黑的字,一团团的。我只是坐在那里看着他的手。我的感觉只在他的手上。我看到那手像是避着我,不自然地放在那儿,注意到我的眼光时,似乎便有了一点微微的颤动。有时它落到桌底下去了。我抬起头来,看到他那平板的脸,他的眼中染着了一点黄浊之色,仿佛是定了神似的。我们隔着桌子坐着,他的嘴微动着但没有说话。他平时也很少说话。我想我们也许说过什么话,但那些话仿佛又都没有说出来,只在我和手指间无声地交流。我很希望他能把手拿上桌来,我很希望他依然写着字,我可以看着那些指头的动作,那根六指自是闲着,在黑手套里对着我,做着不安分的动作。

　　这么过了两天,我没在办公室里再见他。他的那间办公室上了锁,食堂里也没见他的人影。我想他一定是回乡村的家里去了。我这时才想到他乡村的那个家,想到他的家里会有着什么人。我很想去他乡村的家看看,我不知他的家在哪里。这样的日子过了一日又一日,我觉得我几乎等了一辈子。我头晕晕的,身上开始发热,我在床上躺着了,也不知躺了几个白天和黑夜。那一日,我似乎听到对面办公室的楼上有着声响,我起身来过去看了,门还是锁着的。我觉得我有了一点力气,我吃了一点东西。我走到他的宿舍去。这几日我起身吃饭时,都会在他的宿舍边上转两转。我觉得自己的人生虚浮着空空落落的,我不知落到哪儿去,许多人世的沧桑感都涌到了我的心头。他的宿舍在殿后的小平房里,我绕过院落时,看到他的窗子是开着的。我这时心里没有想着什么,转过院落我就推开他的木板门。他正背着手站在那里,看着他的一只小煤油炉,绿绿的炉火静静地舔着小钢精锅底。他抬头见到我,脸上还是平板板的。我直朝他走去,他朝我伸出一只手来,那只戴着黑手套的手,像是迎着我,又像是不由自主地挡着我。我看到他的手指伸直着,大拇指上隆着的一团。不知为什么我的心一下子虚浮起来,在颤动着,嗓子发干,脸上燃着了似的,无力向前再走。我只是说:"脱。"我不知我细微的声音能不能传到他的耳中。我看到他另一只手伸上来,把一个个的指管脱空。我仰着了一点脸,像往昔迎着他化妆的手,我有点饥渴地等着那手指触碰到我的肌肤上来,触碰到我的一切的部位。他似乎更小心缓慢地脱着,最后他一下子拉开黑手套时,我看到有一团白色的东西滚下来,落到地上去,恍惚能看清那是一团从大拇指处落下来的棉纱。接着,那只手便伸向了我的脸,那一伸的时间肯定不长,就在一瞬间中,我突然看清了那只手。那只手上只有五个手指,我无法相信那只是五个手指。平平常常的五个很粗很大的手指,朝我伸来。我突然想喊出声来,我不知我是不是发出了声音。手还是向我伸来,越来越显粗大的几根僵直的手指。而我只是瞪着眼,张着嘴,我看到拇指那一边,原来嬉戏着的微小完整的第六指处,变成了一片空漠,显着了猩红的斑斑驳驳的一片,丑陋的一片,繁杂的一片,污糟的一片,琐屑的一片,重重叠叠的一片。我仿佛就在那一瞬间看到我将来平常生活中的一切画面,我将嫁人生子,我将铺床叠被,我将仰倒承受,我将烧饭洗菜,我将倒盂刷桶,一片片的尿布在飘,一锅锅的饭菜在烧,伴着千年陈旧的模样都涌到我的视觉中来,伴着千年芜杂的声音都涌到我听觉中来,伴着千年酸臭的气息都涌到我嗅觉中来,伴着千年干巴的味道都涌到我味觉中来。我的所有的感觉都一下子涌满了,那种比真实还要真切的感觉涌得满满的。我想大喊一声,我不知我是否叫出来了,我只是瞪着眼,我只有知觉着那一幕幕仿佛整个一生的画面……

那以后业余文艺宣传队又集中了,又开始登台演出,但我再没上台去。我还和道具做了一段时间的伴,那种陈腐的气息愈加明显,虚浮起来的感觉已变得实在。我无法再回到旧日乡村实在的生活中去,我只有在虚浮中飘游,我感到只有这种虚浮才是现实的。所幸的是那年恢复了高考,我便考上了大学,我向上浮去,我重新进了大城市。

三十三

　　天气暖了,又是一个春天了。街市上显得杂乱了,到处是一堆堆的挖出的泥,一堆堆的沙,一堆堆的砖,一堆堆的建筑材料。

　　那天晚上我回到家中,院里的花正开着,在朦胧夜色中,溢着浓郁的香气。我转到院后楼门时,我看到了上次到我家前前后后看过的矮个子,而他身边站着的是一个穿着警察服装手上拿着一个长本子的人,他把那个本子在手上轻轻敲着。矮个子对我笑笑说,他们是来对一对户口本上的人数的。

　　我很长时间没有用户口本了,我告诉他们这里只住着我一个人。我一边在我的抽屉里找着。我说我在这里住着已经多少年了,在民警的长本子里,应该有我登记的存根。可他们还是等着我找出户口本,仿佛那才能证明我确实在这里住着。如果没有户口本大概他们将宣布这里根本没有住人。矮个子便会很高兴,他的公司将会少拿出一套房子来拆迁过渡与返还。我翻遍了抽屉还是没找到那本户口本。矮个子收了笑容,他让我三天内找出那本也许不存在的户口本,去公司登记,否则会作空房处理。

　　他们走了,我独自坐着,我不再去找那个本子,我意识中是硬壳子的本子,我忘了我是不是拿到过新本子。感觉中的硬壳本只是旧本子,是我和我母亲生活时的本子。可能我将从这所房子里被赶出去,再一次地飘浮着,从大城市中消失,而再无一处是我的所在。我将完全飘浮着。

我并没有心焦。我静下心来。我嗅着窗外透进来的花香气息,那种有点沉郁的香气。城市里的花也不是清新的香气,和着一点晚上音乐的杂乱,以及灰沙的气息。我并不着急,说拆迁也已有很长时间了,隔着一年还不知是多少年了,似乎是在遥远的时光,许多的事都团在了一起。

我总是坐着。我总是在飘浮中。

在图书馆的楼下大厅的橱窗里,有我的彩色照片,和一个个的照片并排在一起,那都是先进的工作者。玻璃上映着反光,在人像上,浮着一片涂抹上去的晃眼的白亮。那张照片我不知是什么时候拍的,谁给我拍的。我有时会奇怪"我"如何就会在那里,那个"我",有陌生的熟悉感,正连着我的名字。我从那里走过去的时候,她就望着我,让我有一种分裂感,我仿佛有一个身子凝定在那里,凝定在永恒的一个世界。

那天我出门的时候,我看到橱窗下站着两个人,很少有人对那个有阅读兴趣的。那两个人朝着大楼的楼梯,也就是朝着我。那个男人看到我便微笑着,是一个熟悉又陌生的脸,我发现那是孙小圣。他身边的一个姑娘也转脸朝着我,她的眼看着我。她打扮得很入时,她的身材修长,穿着牛仔裤,束出了她青春的上下腰身。同样孙小圣让我陌生的也是他的打扮,趋向与姑娘合拍。他向姑娘介绍我,说我是他"蓓蕾工程"的战友。姑娘看看橱窗里的照片又看看我,像是眼光中连着一条线,牵着两个"我"。

孙小圣说他们逛街走到这里,他想到这里有他的同事,便来看看我。我习惯地默默看着他,我看到孙小圣的脸上红着,他的脸浮着的仿佛是一层色彩,异于我一直见过的轻轻说话的他。他脸上似乎带着一点昂扬起来的兴奋,我不知是不是他身边的姑娘使他不习惯。我却是习惯的,多少次雅芬带着陌生的男人来与我见面,谈对象的事,我都泰然处之。我习惯地面对那位姑娘。姑娘和我说了几句话,问我资料室是不是有许多的资料,是不是都是旧书,是不是也保管着一些违禁的书,还包括那些查禁的录像带。孙小圣便拦住她的话头,说这是图书馆,图书馆藏着的是各种的书,哪会有影片和录像呢。孙小圣在显着他的学问。姑娘俗气的脸上带着年轻的天真气,有着什么都无所谓的气息,但给人很纯真的感觉。我有时不理解现在的女孩子,她们并不在意地表现着一切,随随便便地就把一切袒露出来。我告诉姑娘,图书馆里藏着书和一些报纸,也许有一天,会设一个资料馆,把音像资料都收进来的。姑娘便斜着眼对孙小圣说:"我问的是对的吧?"孙小圣说:"你没听说那不是现在的事吗?"孙小圣和姑娘斗着嘴,突然他变了语言,开始赞美着姑娘,他说她很聪明很有头脑,反应很快,说她年轻美丽,说她朝气蓬勃,说她活泼可爱,他用着习惯的排比句,似乎是恭维又似乎是玩笑。一边说着一边朝我笑着,递着亲昵的眼色。姑娘笑开了,朝他亲昵地翻着眼。我站在旁边,默默地看着他们,还是我习惯的有点悠悠的神情。姑娘似乎对我产生了兴趣,她靠近着我,想来挽着我的手,她的手指甲上涂着蓝蓝的指甲油。她说她一看见我就喜欢我,她认为我很有思想,不像她看到的一些先进工作者,总是古板的拿腔拿调的。我说我也觉得我不像什么先进。姑娘说那是我的谦虚,真正的好人都是谦虚的。她说她并不喜欢人家谦虚,她说谦虚总显得有点假,但她看我不像假,好就好在真实。后来,她手挽到我的肩上对我说,听孙小圣说我还没有结婚,四十岁的女人没有结婚会是什么样子,她很想看看的,她看到我就觉得我不错,没有那种女强人的气势,女强人最没有意思。她说现在人是自由的,她就赞成女人不结婚,她说她也想不结婚,结婚没什么意思,趁着年轻多玩玩,一结婚就拘束了。她靠近着我耳朵但声音并不低地说:"但是男人可以要的,谈不上性自由,只要两个人合得来。"她朝我说着话,又朝孙小圣斜斜眼睛,似乎断定我是她的知音。她的话中带着年轻人自以为是的感觉。孙小圣似乎想拦着她的话,又似乎只有由着她。在她说到与男人相交的时候,孙小圣便说:"你说得开放,其实,你这方面还是认真的。"姑娘说:"我这方面认真? 我哪方面不认真?"孙小圣笑说:"你各个方面都认真。我最怕的就是你太认真。"姑娘便冲着他说:"我什么地方太认真了?"孙小圣再认错地笑着,眼光朝着我。我还是静静地看着两个在斗着嘴的人。这时,图书馆里的工作人员都走了,厅里空空荡荡的。最后,孙小圣说不早了,他们和我一起出门来。我往车站去,他们说还要逛逛街。我走过了几步后,就听到孙小圣叫我,我回过头去,我看到孙小圣正手揽着了姑娘的腰,另一只手抚在姑娘的头顶上,姑娘的头顶就遮住了他的半个笑着的脸,她斜过头像是亲昵地挣扎着,又像是看他的手。他的手指并拢着在姑娘的头上朝我招招。

我也微笑一下,我带着那点笑意走了很长的一段路。下班高峰期，公交车挤得很，我散步走回家。在路上看到一个眼顺的小饭店，便进去吃了一顿。也许是我面生，那个年轻漂亮看上去很文静的老板娘结账的时候，报了一个明显是宰人的价，我忍不住问了一句："这是一碗面条的钱吗？"她突然发怒起来："你还吃不出这是什么面？面和面都是不同的呢，你要吃不起就不要吃！"我不由得说："这是吃得起吃不起的事吗？"那个女人冷笑起来："不管你吃得起还是吃不起，你吃了就得交钱，难道还想赖钱吗？"我突然也有了兴致，想再说两句，就见那两边走过两个高矮男人来，矮个子的黑皮肤的手上刻着青色怪兽。我还是那么站着，并不在意地静静地看着女人。两个男人手肘靠着柜台，那个矮个子把手肘露出来，瞪眼看着我。我还从没碰到过这样的事情，多少年中我走的是熟悉的路，上的是熟悉的车，售票员都不再在意我拿出来的月票。我进的小吃店，也都是我面熟的，虽然没有对过话。在送书组听人议论社会上的事，我都听在耳里，并没在心里感受过，觉得他们说的那些社会上混乱的事都有着一点夸大。然而偏偏在这一天遇着了，我并没有害怕，我心里怎么没有害怕的感觉？我只是站着，许多的思想乱窜着，在过去的人生中我见过各种野蛮的事，那些事都有着包装，而现在一切都不用包装。一时我很想见见世面，看看究竟会弄到什么样子。我突然想到，假如我死在这陌生的地方，也许没有户口的我失踪了，也不会有人知道的吧。我的头脑中思想着，可我嘴里说出声音来："怎么？怎么？"我自己也不清楚如何就说出了城市的本地音来，我疑惑自己如何会说这种口音。我从小跟着母亲说的是普通话，下乡再回城来，说的便夹着了外地口音的普通话。多少年也没校过来,而我刚才两个怎么却是纯粹的本地音了。同时,我脸上显着了笑来。似乎是一种本能的反应。眼前气氛也就缓和了,那两个小伙子似乎气弱了。那个文静的姑娘却还扯着嗓子,顺着也是本地口音:"怎么?交钱,不管你是不是本地人。"那个大个子用手指点点柜台:"看你人还有点样子,怎么不识抬举?"他也带着本地口音,手指在台上敲出秃秃的声音来。我看看两个男人,他们都只有二十来岁吧,应该比我小上一辈。不知怎么我看他们都显着大,似乎经过了多少世纪了。我突然失去了抗拒的勇气,我的心气软下来,我几乎是一下子要垮下来,我很快地拿出钱包交了钱,很快地出门去。走出门后,我对我自己说,我是不值得和他们多理论的,不值得有那么多的想法。然而,我还是在想着刚才的情景,我的心里有一种闷气感,我无法把这种感觉排解出去。我想着那个看上去很文气的女孩,她如何会有那样的声调的?她走在街上肯定很时髦的,很引一些男人注目的。那一刻我很想说一句,你说话的时候,破坏了你好看的模样了。我那么说的话,不知她会有如何的神情?这时我一边走着,一边微笑着嘴里说着这一句话,把这一句话说了一遍又一遍:"你说话的时候,破坏了你的好看了。"我反复念着这一句话,往家走。这条街面上人不多,风刮过来,我觉得我的身上有点冷,我缩着了一点身子,双手的手指却在我的腿边张开着。

三十四

　　到春暖的时候,资料室里添了一台电脑,我越来越沉溺于图书整理工作。我决定给每份资料都做一点记录,我在电脑前一坐就是多少个小时,把一本本资料书编了号打上去。我几乎将存书整个地翻了一遍。我每天都在图书馆里,一直到天色完全暗下来,再乘车回去。饭店有时打了烊,便在小吃铺吃上一碗热热的面条或馄饨。小吃铺也越来越多,听说是下岗的工人办的,态度很好,使我觉得多了一点的方便。我回到家里,便脱衣睡觉,我不再有什么思想,脑中映着一片电脑屏幕上翻滚着的字印,一条条地翻过去。

　　这么过了几个星期,我的眼睛有点红肿发疼,我知道那是因为对着电脑太久的缘故。我给眼点了一点眼药水,于是决定这个星期天给眼睛放一天的假。我还是早上来到了图书馆,捧了一会儿的书,很快把书上的标签贴好了。我突然觉得我做的都没有意义,有了电脑的记录,我不必这么习惯地做了。我在资料室里坐了一会儿,出去上厕所的时候,我看到了那台黑色的电话机,我想到要给冯立言打一个电话,那个想法是那么突然,我也就抓起了听筒,我拨了他的呼机,静静地站在电话前等他的回电。我已经有一段时间没和冯立言相约,我觉得他是愈加虚浮,他的时间表是虚浮的,他的形象是虚浮的,他的工作是虚浮的,他整个的在我的感觉中都是虚浮的了。我伸出手指去,感觉中触碰不到他,我的想象无法在虚浮之间走进他现在的生活,那些生活我也不愿走进去。那生活是烦琐的,是无聊的,是虚假的,是腐朽的,是颓废的,是沉沦的,是痛苦的,是忙碌的,是资产阶级化的,是有慢性毒素的。是我把他推到那儿去,我把他推进了那个虚浮的世界中,我丢开了他。我失去了对他的力量。他在那虚空中朝我举着希望得到帮助的手,但我无法再托他一把推他一下。我有时也明白那只是我的感受,是我无力而生出的感觉,我的感觉缘于那旧的人生传统理念。我无力再影响到他,他也不再需要我,似乎在他的时间表里忽视了我。可是我的思想中却偏偏常会浮起他的形象来,他朝我伸着手指,似乎要携着我走进舞厅去。那应该是孙小圣,而不是他。他的形象和孙小圣的形象摇晃着浮在一起。

电话铃响起来,声音那么响,仿佛老式话筒在话机上跳颤着。我拿起话筒,听到那里面是沙沙沙的杂音,有一个很小的声音在沙声里说着:"喂喂,是谁啊?是谁啊?"那是冯立言的声音,又不同于他的声音,在背景声音中他小小的声音却显着很粗大的壮气。

我对着话筒说:"是我。"

话筒里的杂声低一点又高一点,他的声音在声浪里摇晃着:"我在这里吃饭呢,和着几个朋友……几个好朋友吃饭呢……喂喂,你听得到吗?……"

我能听清他的声音,可我还是觉得有点陌生,同时我想到我在图书馆里很长时间了,我感觉中的时间表失灵了,不知已到了吃饭的时间。我常常会忘了吃饭。我说:"我听不大清楚,你在哪儿打的?"

"我就坐在这里,我用的是大哥大。这里是皇天大酒家,皇天你应该知道的。四星级。在皇天大酒家的贵妃包厢里,声音不清楚大概是因为旁边卡拉 OK 声音太响了……"他的声音在那边夹着一点笑声,仿佛每个音都夹着笑声。我想到那热气腾腾的包厢里,满桌叠着的菜肴和竖着的几只酒瓶,桌上的人都已经红着了脸,带着那种谈得很热的气劲。

"……你知道我们在干什么?在喝酒,小姐正给我们倒着酒……你们喝,你们喝……在谈一笔生意,一笔百万的大生意,两百万,可以达到两百万。酒席上谈生意,这是流行的,不在于吃……是不是?在于友情,酒席是暂时的,生意也是暂时的,两百万也是暂时的,友情是永恒的……你也过来吧,我介绍这几个好朋友给你,你过来……"他在那边说着,很高兴很兴奋。我见过在酒席上的一个个的形象,我仿佛看着那华贵的地方,到处都闪耀着华丽的光彩,他在向他们表露着友情,永恒的友情就在他的嘴上。他从来没有在第三者出现的场合邀过我,现在他在那酒席台上带着笑意地邀着我。我便笑着说:"我去了,你不就吃完了?"

"不,早呢,才开始呢,你能来,你想要吃什么都行。就是你来迟了,吃完了,我们便在舞厅里。你来正好,我们正缺的是色彩……"说时那边传出一片笑声,听到那边有人说着,"来,来,正好我们见识见识冯老板的红颜知己。"接着又是一片笑声。

我也对着话筒笑起来,我笑着,声音笑得咯咯的。他那边却没声音了,他似乎有点被我笑蒙了。我一直笑着,弯着腰把电话挂了。挂了电话我还脸上带着笑,我的喉咙里还卡着笑,我还从来没这么笑过。

我很想跑出图书馆去,在这条闹市街上找一家豪华的饭店,我要上一盘盘高级的生猛海鲜,我在那里甜甜大吃,我的身边站着服务俊男。身材修长的服务生殷勤地给我倒着酒,高脚玻璃杯里透红透红。我把这一时的感觉驱逐开去。我不愿做如此想,我不想奢侈,做此念也是一种恶。我走回到资料室去,我的胃里并没饥饿感,但我的感觉中的时针已经指着了正午。我泡了一袋方便面,把面条捏碎了,给面倒水。我先冲了一次,把水倒了,再冲一遍,加上佐料。这一次泡面,我用了孙小圣曾经说过的方法,这样面易软,也容易入味。我把这一顿面泡得很仔细,从来没有过这样仔细。我吃着面的时候,觉得这是一种美味,方便面的美味和方便是无可比拟的,比任何的大餐都好,都适宜我。适宜才是一种好吃,这种享受不是每人都能得到的。

吃完了,我便重新低下头来整理书,给一本本书贴标签。我贴得很仔细。这一天我做任何事,都感觉到了自己的仔细。

以后的日子里,我感到自己的心静,特别安静。我一直很静,但这些天我是感觉着这种静。有几本旧诗词的书,在我贴标签时翻开来重新读一读,觉得黄纸页上那么排列的诗句总是给人以美,给人以一种特殊的美的气息。

那天图书馆有人通知我接电话,说是个男人。我走向那台黑色老式电话机时,想着会不会还是孙小圣。电话里还是有微微的沙沙声,我一时听不出是谁的声音。我想到了那个记者,但声音一点都没有熟悉的印象。我对话筒说着:"你是谁？你是谁？"我连问了两遍。那边还是没有说是谁,后来声音说到了雅芬的名字,我才想到他大概便是雅芬的丈夫了。以前我几乎没有听到过他的声音。他说雅芬住在医院里了,接着他就告诉了我院名和床位。我问雅芬得的是什么病,他没说,是没说清楚,他就把电话挂了。

我不喜欢医院,我不喜欢那里的气味,不喜欢那里表现出来的都是无力的人生,残缺的人生,痛苦的人生。我觉得人进了那里便带着了精神的颓废感觉,显着了夸大了的依赖和无力。我到医院看了雅芬,她也是那种形象。她躺在那里,上身穿着统一的病号服,显着了她的胖身子。她的头发似乎没有梳理,乱乱地耷在额上。她的脸一下子像是发了胖,胖得肉都有点堆起,显着了与她往昔不同的四十岁女人的老态,黄沓沓的脸,眼角挤着皱纹。她躺在那里,看到我,把手抬起来招呼一下。她的抬手仿佛是无力的,身子的躺法也是无力的。倘若我贸然走到这里,不是来看叫雅芬的病人,我会认不出她就是我熟悉的雅芬的。我会不明白她怎么一下就变成这个样子。

她对我说:"我病啦。"她的声音也衰弱无力,像是异常的夸张,不像原来总是明晓一切君临一切波澜不起的她。

雅芬用手拍着床边,让我坐到她的身边去。她说:"我是病了。"她见我没作声,似乎有点发急地,"我头昏,下身无力全身都无力,坐也坐不起来,只有躺着才舒服。这是一种怪病,医生说是……"她伸手乱抓了一会,抓出一本病历来,让我看,那上面写着医生的潦草的形如外文的字。一段长长的字。

我想笑一下,我想我是笑了,雅芬瞪着我。我说:"你想要有病,什么病都会有的。"

雅芬听了,便不作声了。她朝我看了一会,点头说:"这像你说的。我为什么要想生病呢?这种怪病,我听也没听过。我怎么就想到有这种病呢。"说着,她也笑了一笑。她笑的时候,便有着了一点旧日明艳的色彩。这时,有一个人进来,说是找一个病人。雅芬便持续地露着她的笑,对那个人说,他找的病人吃饭和睡觉一般都回家的,只是上午趁医生来查房时在这里,拿一些药。那个人听了道了谢走了。雅芬的脸上便又恢复到无力的样子。在她和那人说话的时候,我看了房间,这里是一个双人病室,除了床上的白色布,其他地方都像是个招待所,门边上有一间卫生间,发着抽水马桶常有的滴水声。窗帘拉着,映着朦胧的光。我从走廊那边过来时,看到许多的房间里都摆着近十个病床,躺满着人。

"你是没听到过我这一种病吧?这一种病治不好的话,慢慢地就瘫在了床上,就像吃了武侠书上说的那种酥骨散,一切都要靠着别人弄,就这么躺着,一直躺下去……"雅芬的声音里带着一种从来没有过的夸张的调子。我摇着头。她却只顾说下去:"……你知道我旁边这一位是什么病吗?她也是个怪病,她的血里面缺少了一种成分,她血里面缺的是她造血的成分病,这种成分也就只有一点点,可是少了这么一点点就不行,就慢慢地整个皮肤发干,血管发脆。她只有靠输进这种成分活着。有时输进去还不行,就只能换血,换进去的血慢慢又不行了,新造出来的血还是缺了这种成分,她就只能再换血。每次换血之前看她的样子快不行了,但一换了血她就比正常人还要正常,进进出出的,亢奋得不行……旁边的房间里也有生怪病的人。一到这里你就能发现有那么多的怪病,平常不知道的怪病。世界上的怪病多得很,什么病都会有,什么事都会发生的。人想想真是没意思,也真是不值一提,什么英雄主义,什么人定胜天,说不准什么时候得了病,得了什么怪病,医都没法医。躺在这里就发现,人一世所争的都没意思,冥冥之中有一只手,人都无法摆脱它的拨弄。"

雅芬用她的眼看着我,只有这双眼还是旧样子,雾蒙蒙水汪汪的。她的手不时地抬一抬,仿佛在为她的说话出力。

我还是摇头。雅芬说:"看来不得病和得病的心理就是不一样,没病的永远是无法理解有病的,病是自己要得的,说说多容易。"她在叹息着。

"都有病,当然都有病,要想有病什么病都会有。病当然多,有多少人就可能有多少种病,没有一种病是一样的。我看到多少人都有着病,那都是他们想得的病,他们想得什么病就有什么病。你出门去看看街上走的人,这一个时代里,得着差不多的病。大多的人想得的病差不多,于是就流行什么病。现在流行的病就是怪病,什么怪病都有,也都是大差不差的怪病,都想着躺下来,都想伸手拿到什么,依赖着什么,不想出力气就能拿到最大的什么。都做着许多的病态,以病去吓唬人,展示自己的病,希望自己的病流行到四周,让所有的人和自己有一样的病。有事没事心里就想着病,根本不相信没有病的人,赶着病去,恶着没病的,喜着有病的,恨着苦着有病的。得一类病的人拢在一起,夸张着这种病,结成病党的力量流行,恨不得一口口地吐着自己的病菌,让空气中都是病,而自己便成了病的开创者,以病为荣,以病为乐,以病为理,以病为先,以病为尊,说着病的恐惧,谈着病的夸张。人就在这种病的环境中,不再相信有不病的可能,不再做一个不想得病的英雄。英雄都不存在了,理想都不存在了,历史都不存在了,只存在着病。美善都不存在了,相信病就是一切,任外在的病蔓延到一切地方。内在迎着了病,有什么病念就迎什么病,也就有什么病,最好是有着一种和世界一同毁灭的病,这种病没药医,当然没药医,自己想得的病当然没药医。"

我说着,冲着雅芬的脸说着。我自己也没想会说这么多,会吐出那么多个"病"。也许我和雅芬平时相交加起来也没有说过这么多话。雅芬只是木木呆呆地看着我,不知她是不是听进了我的话。我想她也许根本没有听进我说的这许多的话,她只是想着她的病。她还是反复地向我说着她的病状,很细微的病态感觉,和病情的发展,病的抗药性,病的顽固性,病的反复性,病的排他性,病的不可理解性。她的那些熟人都来慰问过她的病,一旦知道了她的病后都不再来了,她曾经有过那么多的熟人。她的病还没听说过是传染的,但人家大概都怕传染。现在只有她一个人对着病,所有的都是空的,只有病是她实实在在能感到的。

雅芬躺在那里,显着是说多了话,便脱了力。这时医院里开饭了,双人间的饭是护士送到病房里来的。她去端饭,险些闪了碗。我扶着碗的时候,她便松了手。但我还是把碗放到了她的手上,我看着她自己端着碗把一碗饭菜都吃下去。她吃得很慢,像没有力气再嚼,她的手无力地托着碗,慢慢地吃完了那顿饭。

到我要走的时候,雅芬对我说:"你多来看看我,我会死的。"

我站着说:"要是想死的话,总是会死的。"

三十五

有一阶段,我觉得我的心很静,我的思想都离我而去,我不再想什么,时间对我来说也没有意义。我做很多的事,不再负着流动的想法,我吃饭,我睡觉,我搬书,我把书目打进电脑,看着屏幕上显出来的一行行字,没有想法浮上来。我走路,我乘车,我觉得头脑清清明明、空空荡荡的。我觉得一切都自然,在我的感觉中,思想都沉落下去,沉落到了很深处,它们无力再浮飘上来。我的心很静,没有冲动,没有欲望,没有烦恼,也没有突然飘来的思绪,我不去思考什么。

那一次,馆里有人通知我说,吴馆长让我去她那里。我便去了馆长室,我发现馆长室变了许多,铝合金的窗下,摆着很漂亮很有气派的老板桌与老板椅,使原来暗蒙蒙的房间变亮堂了。吴馆长看着我,似乎还是没有认出我来,办公室主任正在和她交谈,先招呼了我一声。吴馆长这才和我说话,她说,馆里要举办一些活动,和社会联系,打破原来单纯的图书的收借,眼界要打开,这是一种改革。她说了一会儿理论,便说到要请一位社会上很有知名度的文学理论家来做讲座,时间放在图书馆的休息日,听说我每个休息日都在馆里,便将这件事交我顺带办一办。我便点头。几年前,大约是我刚进图书馆时曾经搞过讲座,忘了那时说图书馆是改革还是另外什么话题了。

忙这件事,也简单,出一张海报,贴在图书馆的大门口,按计划给一些单位发通知,到那个休息日,我便在大阅览室门口,迎着那位文学理论家。有读者陆陆续续进厅里去,散散落落地坐着。我一直在门口站着,看到有一个人,往图书馆走廊里走去,在几个办公室的门口转着,我想告诉他那里找不到人的。就看他回头走过来,依然眼睛东转转西转转。他和我对了一对眼,于是,很快清楚我是谁了,他自报了家门,原来就是那个文学理论家。他的脸一时有点灰,很快又浮着了一点笑,而那点笑又很快地落下去。也许是因为我没认出他来吧。他确实让我有点吃惊,他还显得年轻,举动和长相都让我有这种感觉。他穿着一件年轻时髦的长线型灯芯绒衫,一直拖到近膝盖的地方。他的个头不高,双手插在口袋里,走路的时候,双肩拢起来,肩头朝前拱着。我把他带到了讲台上,给他倒了水。大厅里坐的人不多,散落着到处都是,他让大家靠近一点,话筒被手指碰到了,发出很大的响声。响声拉扯着了我的思绪。有几个人往前坐了,还有一对对的人依然散坐着。他便开始了讲座。他的声音有点急促,有点乱。大厅太大了,声音有点散。我带点礼貌的笑在前面看着他。他的眼光有时会长时间地停在我的脸上。但他的眼光虚浮着,都凝在说话中。他说着一些西方的理论,报着西方理论家的名字。那些理论我也看过,从他的口中说出来,觉得陌生地熟悉。他更多的一个词是"操作",那个"操作"被他当作很有分量的词读着。他说文学是一种操作,创作是一种操作,作品是一种操作,艺术整个是一种操作,写书和出书成名都是操作,操作便是一切。这就是时代的文学,这就是时代的艺术。他说得那么理直气壮,这对我来说确实新鲜,因为我一直和书接触着,对作家有着一种内在的崇敬。我一直认为艺术是一种创造,必须是个性的独特的。是的,操作的东西也许可以是时代的,但不是艺术的。我想到我这种想法还是传统的,我只能在传统中。这想法只一瞬间,我又回到了空空荡荡的状态中。他在台上说到由于他的操作,使许多的作家成名、产生影响。他报着一个个名头,也许那都是现时的名人,台下的人对那几个名字有着些许的反响。他说到了眼下社会上的两种论争,他便是其中一方的理论主帅。他说理论也就是操作,他给它冠了一个很西方化的名称:操作论。由操作而流行,就如生产一样,这就是艺术生产论。后现代的,排除深度的,社群的,一切都是流行的。而旧的艺术正在死亡。他宣布一批作家和作品的死亡和另一批作家和作品的兴盛。有一个读者在下面问,那些由他兴出来的作家和作品是不是很快都会死亡呢?这一句问话引着了一片哄笑。他便说,这问得好,作家和作品都会死亡的,这就是后现代法则。操作嘛,一批批出来,一批批过期作废,剩下就只有操作的过程。每一个都是被操作出来的,说得明白些,作者都渴望名声而愿意被操作,所以操作者的作用是根本的。下面又有人说了句什么,便有人笑。他在台上笑了一下,很快地笑落下去。他说,他经常遇到很尖锐的对立,因为他是操作者,成功的操作者,与不成功的操作者的区别就在他总处在尖锐的对立之中。而尖锐的对立对他来说,使他更有名,更利于他的操作。这也是一种法则,一种公开的、有用的,比那些虚伪的法则更明确的、实在的、有益的、发展的、改革的法则。他说操作的时候,举着一根手指,打着旋。

他在台上用着了一批排比句,让我的思绪中浮着了孙小圣的形象。我觉得他之所以让我一见便有一点熟悉感,那正是因为孙小圣。于是我静静地听着他的一连串的排比句,我从他的理论上浮虚上去,那些声音还在我的感觉之上。我没忘了给他续水,续水的时候,他用眼看看我,由于他连着说话,他的眼眸上虚浮着一层雾一般的色彩。我再坐下去,听着他虚浮起来的声音,一直到他讲结束,送他出了门,并把预先准备了的一个红包交给他。

我突然兴致好起来,觉得身子内里像是被拨动了似的旋着。收拾了大厅,我也走出图书馆门去。有好些日子我没有逛街了。以前我总是和雅芬一起逛街。街上走动很多的人,仿佛都为一种东西所拨动着、操作着。也许是很长时间不逛街了,也许过去走在街上时根本没有注意,眼下街面上的精品商店多起来,装潢得很漂亮,闪着晶光,越来越豪华。我身边的这条闹市街上,阳光照在高楼的铝合金窗框的蓝色玻璃上,闪着亮。一片亮光的世界,有点炫目。街上的一个个女孩子穿着漂亮的春装,在这并不暖和的气候里,都穿得很单,露得很透,绣花边中透出肌肤来,也透出内衣来。她们走着扭动得好看的步子,那也是流行的,不知是被谁操作的。

在女孩子的旁边,都有一个男人。一对对相依地走着,仿佛是一种与这华美的商店相配的风景。有的女孩子显得很小,小巧的样子仿佛刚发育起来。修长的身子小巧的脸,嗲嗲的一张很生动的脸,无限的情态又具同一性,也仿佛是流行地操作出来的。我仿佛是游动在这社会中的天外来客,我是走进了一个陌生的天地里,一个不属于我的天地里,隔着了一层的天地里。我只能欣赏而无法走入。我有着了欣赏的感觉,因为我内心空空荡荡,流动都入欣赏的眼中,浅浅地流过去。思想不起,我不接受也不排斥。我只是一路看过去。

前面有一对男女也是相依地走着,他们从一家精品商厦走出来,一下子吸引着我眼光的是那个女人,她的背影显得年轻漂亮,肩上挎一只精致的小坤包,手上提着好几个商品袋。她身材很好,腿显得修长,在黑绸裙裤里显着白皙匀称。我跟在他们后面走了一段路,带点欣赏地注视着女子的腰腿。街中一辆银灰色高级轿车缓缓开过时,前面两个人停步看了看,我也停步看了,我的眼光从华贵的轿车上移过,依然落到前面两个人身上时,我感觉跳闪了一下,我似乎刚注意到那个男人,在浑身都装饰得漂亮青春的女人身边,男人的衣着和形态都显得随便简单,以致形成了分明的反差。同时在那个男人移身的时候,那种陌生的熟悉感扑进我的意识,蓦然是孙小圣的一片感觉,然而我却看清了冯立言的形象。这个穿着潇洒的男人,这个举动合着流行很有气派的男人正是冯立言。他因为我的眼光移过头来,我几乎是迅速地浮起笑来,我的笑和我本来的神情之间仿佛蹦着了一个高度。

冯立言站住了。那个女子也站住了,她扭脸过来的时候,我看到了一个流行的妆化得俗美的女孩的脸。我站着,用眼光静静递过习惯的笑意。

冯立言向我走过来,他的一只手像是随意地向后挡了一下,那个女孩很懂他的手语站在那里。冯立言走近来,我难得在白天的大街上见着他,他的举止与步态都显着难得一见的潇洒。

"是你吗?"冯立言说,是习惯的语气。

"是我。"我说。我突然生出一种强烈的意识,我一下子意识到了我存在的背景:一条繁华的街,街上流动着车与人,街边高楼林立,窗里满是精美的商品,前面站着一个他的女伴,一个身材修长漂亮青春的女孩。而在这背景中出现的我,正穿着清理完大厅后的衣装,显着没加修饰的四十岁女人的容貌,浮着一点在阳光下不习惯的笑。这意识很快地游动着,我尽力想把它压下去,它却凝定在我的心间。我努力显得自然地迎着他。我看到他眼中的一丝疑惑,我不知那是因为他见了眼前的我,还是因为他现今的生活所带给他的,那丝眼中的疑惑一瞬间中正映着华厦外装饰玻璃墙反射的光,摇曳着波动的色彩。他没有像那日电话里一样,对我显得随便和炫耀,不知那次是因为喝了酒还是没听出我是谁。这次他背后站着个女人而面对着我,神情却含着旧日的游移和恍惚,他很想向我倾诉着什么的样子。

我抬起了一只手,我的手指动了一下,我觉得我的心静下来,感觉沉静下来。对着冯立言,我是一直有自信的。

"你怎么……"

冯立言大概是要问我怎么一个人这个样子走在这条街上的。我没有被他问着的习惯,我浮着笑,让笑带着一点亲近知己的问候:"还好吗?"

"这段时间我真是累极了,真的是累……"他说"累"似乎有着一点流行的意味,"……你好长时间没和我联系了,我一直……"

"好长了吗?"我想到了那次的电话。他扬起眉头来,眼光凝着那丝疑惑。我心里也便有点疑惑,是不是离那次电话的时间也是很长的了?时间在我空空荡荡的感觉中缩短了?

冯立言张了张嘴,他想说什么,也许是意识到了这一背景,他停下了。我和他都默默的,我很想打破这沉默,他平时总会说很多话的。我把眼光移开去,看一眼他身后的女孩。那个腿修长的女孩,神情无所谓地站着,微微晃动着身子。冯立言没在意我移开的眼光,他还是看着我。

"你的累是因为生意吗?"

"生意就是那么一回事,进去了便就是吃,玩和……骗。也弄不清是你给我吃,我给你吃;也弄不清是你给我玩,我给你玩;也弄不清是你骗我,我骗你,就是那么沉下去,飘下去。眼下的一切没有什么规则的,都是可操作的。和你说这……"

他戛然而止,肩头耸动了一下,这个动作是我第一次看到的。他静了静说:"……我离婚了。"

我似乎是吃了一惊。应该没有什么可奇怪的,我没有想到的也许只是时间,这段过程竟流得那么短、快、平。从他离开母亲到结婚,经过的时间是多么长;从他建立家庭开始到离开机关,时间也是那么负累着。可这一次感觉上是太快了,仿佛是直冲下去的。我定神看着眼前这个男人,他毕竟是变了,无论是相貌还是气度都变了。我想着要笑一笑,我想着要说祝贺他的,我想着要抚慰他一下的。我想到他神情和眼光的疑惑,似乎便是由此带着的重负,他们毕竟是多少年的夫妻了,时间上也经历了许多许多了。

但是我说:"是为了她?"我朝他身后努努嘴,这句话说出的时候,我觉得话里也沾着了俗气。我仿佛收不住自己意识的流动。离婚与婚外恋相融,这也是流行的。我似乎心理有些不平,因为他的这一步似乎没有我手指的引动。

冯立言顺着我的示意,回转头去看了看,那女孩朝他投过一个眼色,含着一点媚意和娇嗔。她的身子幅度很大地扭晃了一下。但冯立言没有表情地转过头来。

他的手动了动,朝上摊了一下,仿佛是对那女孩他没什么可说的。我清楚那意思是:那女孩就是那么回事。离婚的老板,旁边自然少不了女孩,这也是流行的吧。

"我把家里的一切都留给了她,那个家,我和母亲生活过的家。我是一个人走出来了,她也不用再黏着我。我仿佛是飘浮出来的。我在旋转地飘浮着,她无法适应我的飘浮。我一个人出来了,我一时感觉自己赤条条无牵挂……"冯立言把这一过程浓缩了,以前他会细细地倾诉着。这是在白天的街上,他和我都无法进入习惯的情景,也许随着时间的流动,我和他也都已无法再进入那情景之中了。

我一时不知道对他说什么,也许我能够对他说一句:我来给你说一个我过去的故事。但在这个场合下,我没法说,我只有向他浮着微笑。

三十六

  我在我家的院子里发现了一串串的花,那花从院子里绕到楼门口的过道上,花是红色的,朵儿像牙刷似的,朝着过道这边鲜艳地奔放般地伸着,在黄昏时看上去依然很鲜亮。我从院外进来,一下子就看到了它们,我必须从过道走,也就必须要擦着它们。我想到它们的花瓣会被我擦下来,便犹豫地站停了一下。我不知它们是什么人栽的,是什么时候开的,如何会开得这么艳。为什么我每天回家都没有看到过。后来我不再注视它们,按平常习惯地走过过道,我想象着它们会沾着我的裤管,一片片地抖搂下来,铺着灰白的水泥过道。

  回到我的阴暗的楼上,灯光亮起来,还是幽幽的。我去洗漱的时候,对着水池上的一面方镜,我看到了我自己,我的形象在灯光掩映下很明亮地映在镜里,这似乎也是我以前没有感觉到的。我看着那镜子里的我,额上的一绺头发沾着了水发着亮,相映我的脸便显着了灰暗,特别是额边腮角的几处。我的脸有些富态,皱纹并不多,但已能看清粗线条。我整个的脸似乎显大了,显长了,显平板了,那上面不知什么时候生出一点点的黑痣和褐色斑点,皮肤的白色也沉着了,石灰岩似的。这就是"我",我应该天天洗漱时都会看到的"我",但我还没有这么仔细地看过现时的"我"。我应该是一个中年的女人了,无法再如街上走动的女孩子那样生动鲜明。每一块肌肉显现出来的,乍看上去差不多,但那是天然的鲜活的,并不需要表情和化妆,而我却明显是板结着的。我就是以"我"的面目走在街上的,"我"就是这么对着别人的,别人的眼中便是这样真实的我。从镜子里的"我"之中,时间的流动感真切地显现出来,在我的感觉中浮着旋转快速的指针,旋转得使人眼花。我离开镜子,我习惯地独自坐到窗前,我嗅着了窗外空气溢进来的花香,是不是就是那一串串的花香呢?我刚才站在花前并没有这样细细地嗅到。还传着不安静的夜声,是笑语,有乐声,这些都是习惯了的,习惯了便不知觉了,如今一下子都涌到感觉中来,许多日子中的所见所感都涌到感觉中来。在那许多的日子里空空荡荡的感觉,仿佛一下子卷着了烟霭似的,逐渐就满了,如压抑不住地都从沉入的底部浮上来,仿佛有着一种力鼓吹着它们涌上来,涌得我的心像盛开着了一串串的花。伤春悲秋,我对自己说。也许别人看来,我便是一个传统的女子,我的形象我的举动我的做法都和传统连着。但我不是传统的,我有现代的书给的许多知识和思想,我能用现代的眼光来看社会、世界。我也不是现代的。我应该是超越传统和现代的。但我现在还具体地感觉着我的无可超越。我也不知我是传统还是现代的。所有传统和现代的那些弱点我都有。我就坐在这里,无可奈何地感觉着充满的感觉。我的感觉中还杂着我身体里的一点感觉,那是一点生理需要的感觉,勃勃而发的感觉。周身的肌肤产生着反应,肌肤上敏感着暖意和交杂着的凉意。我知道那是情欲,我独自坐着时,偶尔会悄悄而至,都让我化解开了。我是一个知识女性,那些东西都为我知识的重压而化解,也仿佛蛰伏到最底层,而今也悄悄地浮出一点气息来,乃是为社会的气息所引动。这个社会现时仿佛流行着了情欲,似乎是一下子被释放出来了。男人和女人,似乎是唯一可以注意的了。那些大的重力般的东西都冰消瓦解了,于是很轻很巧的情欲渗出来,弥漫着,到处都渗透弥漫着。内在都空空荡荡,于是外部便弥漫了。情欲的雾气,遮满了整个物的世界。手指的拨动,拨到这里,无可拨了。那后面应该是痛苦和毁灭,是内在一切摧毁了的痛苦,却也可能是内在的空空荡荡。我又沉入了思想的流动中,是我对社会的现状不满而生出来的思想。思想的分量已经失落,社会正盛行操作,正合着手指操作的拨动。然而,无论思想如何沉重,或者如何轻巧,时间都无声地流过去。这是传统和现代都有的命题。时间都流过去,无论游戏还是严肃,无论现代还是传统,无论淡然还是痛苦,无论享受还是禁欲。我觉得我无法再想下去,总会有一个虚浮的时间在流动。思绪涌满我的感觉,一次又一次地涌满,而每一次的涌满带着更深一层的感受。似乎是同一的,却又渗进了时间旋动的重量。一切都是那么简单,也许本来就那么简单。

我病了。或许是我那天在窗前坐久了,按中医说,是被春日淫邪之湿气所感。也许是内在一下子由空空荡荡而涌得过满了,涌得过猛了,竟无法承受。过了两天我便病了。我在图书馆的走廊上坐倒下去,也不知怎么被人发现了。但我的意识还在,我坚持自己回到家中,我在家中躺了几天,我还坚持着自己的生活,有一刻我怀疑自己是不是传染上了雅芬的病。我觉得浑身无力,无力的感觉是那么明显,是入骨的。身受之时,我便会有那日雅芬的感觉。但我不去医院,我不喜欢医院,我不喜欢躺在一片白色之中,所看到所感到的都是白色的,那只会加重无力。我躺着,我坚持自己起来做一点必须的事。我并不想病,我对自己说,我很少得病,是我不想病。我对雅芬说了:只有想病的才得病。我不知如何会有想病的可能。在无力中我也无力思想。病是流行的,我也得了流行的病。在这个时代中,我也无法避免流行的病。我还朦胧记得,在病的前一天,我在资料室里,关了电脑,对着秦老师,问了他一句话。我很少和他说话,接触只是少许的眼光和动作。我似乎是问他,如何在流行中不流行。我那时以为只有他能够回答我。他放下眼镜来,看着我。他摘去了眼镜的眼睛里,突出的白眼球像泡久了水。他就那么看着我,他的嘴像是动了,又像没有动。我能说给你听吗?他似乎是这样说的,他的意思似乎是:我是我,你是你,我说了你能听懂吗?他的意思又像是:我本来也在流行中,我能对你说什么吗?他又似乎什么也没有说。一切只是我自己的感觉,听觉上的幻觉。似乎我问他问题的那一个情景,也只是我无力地躺着而生出来的,是在迷迷茫茫的梦境中感觉到的。那些迷茫的梦境都浮现在我的感觉中,我恍惚看到冯立言站在我的面前,他靠得我很近很近,他带着那种笑,笑中含着那种意味,那点意味似乎是孙小圣的,连着的是一串花一般的排比句,果然便有花的背景,群花背景之上是一根大的手指,又恍惚是一根大的指针,在不停地旋转。冯立言向我伸出手来,而我尽量想伸出手指,用习惯的微笑来阻止他,但我无力做这一切,就看着他一点点地靠近,我嘴里急着说:我来对你说一个我自己的故事。我说什么故事呢? 我应该对他说一个什么样的故事呢? 而这时他正一点点地贴近过来,一张很大很大的脸。我无力说出什么来……

无力的感觉化开来,游荡成一片片的无力的意识。无力的意识化开来,一点点的无数若有若无的雪似的点,灰灰茫茫,浮游在稀薄的境地,偶有一点知觉飘动着,便想着是不是我要死了。死也是人要死的,我想死吗? 这点知觉也是无力的。由这一点集中起来的意识,便觉身子直坠下去,在无力而稀薄的境地中飘坠,只觉得意象中作为"我"的一层层化开去,化得稀薄化得轻飘化得淡然化得自在,就这么一层层地化下去便归结为无。无也就是死吧。死,是"我"的没有吗? 念着了"我",便生出了一点"我"的意念,从化开去飘浮在虚境的点点中,瞥一眼,看到的是一片片的记忆意象,那便是"我"。死就是"我"化成无吗? 化得成无吗? 倘化完了,"我"便彻底不存在了吗? 倘化不完,"我"又在什么地方存在呢? 那一层层的意象是不是又与新一个"我"接连着了? 就在这一点意识活动的时候,飘坠感缓了,也就沾着了许多化下而还没化去的一层层,那些记忆意象都带着一点熟悉而陌生的感觉贴近来,触着了,嗅着了,闻着了,一片片放大开来,旋转着卷进"我"之中。无数的记忆意象都仿佛一瞬间凝结而来,圈成一个实实在在的"我"……

我不知自己病了几天,那些天一直下着绵绵的春雨,整个房中都暗阴阴的,眼前似乎浮着稀薄的白色淫湿之气,湿气在整个房间里弥漫着。到天转晴了,太阳照进房间的床前,亮晃晃的一片,我才有力站起来,我走出去,我觉得病还在我的内在虚浮着。外部的阳光有些晃眼,我不由得向脸伸出了手,遮着了一点。我感到内里的湿气都晒到了外部,蒸发着散开去,我的感觉也晒出了外部。我感觉到衣服在我身上的摩擦。在巷子口,又矗立了几幢几十层的高楼,一个个窗子如堆积木似的一排排列着。许多的色彩一下子进入了我的感觉;我行走时,有脚在地上的感觉;我吃饭时,有简单的美味的感觉。嗅觉中,溢着城市带点机油味的气息,也带点走过的女孩身上的化妆品气息。听觉中,街上人声车声,还有街市小铺里的音响声流动着。声色形象仿佛一下子都到我感觉中来,那么简单,又那么清晰。思想是淡淡的,紧连着外部的感觉,七音七色七味七感七气,都是彩色的,都是那么鲜明。我有点欣喜地感觉着一切。我不愿再沉进那深深昏暗的内在,外在的一切都那么饱满,那么坚实,那么多彩。一时间,我觉得脚下有点起飘,所有的感觉都浮着了,浅浅与物相融,让我有着快意。我深吸一口气,空气里也有着鲜明的味道。我让意识留在外部的感受上,周围的一切都是那么清晰。我使劲让脚下站稳实,脚踩得有劲些,脚在鞋子里有点空空落落的。

我走进图书馆,我看到一张张同事的脸,他们都向我投来关注的眼神,投来招呼的眼神,投来问候的眼神。我走进资料室,一时仿佛走错了路,那里的房间拓宽成了一大间,原来坐在一角的秦老师没再见着,而有几个像小马大小的姑娘在忙着搬着书,看到我,几张年轻生动的脸朝着我笑。我原来的办公桌上,变得空空,只放了一张烫金的通知,那是通知我去参加市先进工作者会议的。房里原来旧书的气息中掺着了年轻姑娘粉黛的气息。

就在我坐下来的时候,我听到了一阵很响的铃声,那是我旁边一个小搁板放着的那台黑色电话机发出的。我已注意到每个室里都拖着了电话。我拿起话筒来,我听到正是找我的。话筒里夹着一点细细的沙沙声,雅芬的声音在里面显得很清晰。我不知道她的声音如何还像原来一样,似乎她根本没有病过。她也没有对我提到她的病,似乎她的病也只是我病中产生的虚境。她的声音依然是那么悠闲而优雅。我也不知她如何就会打进这个电话来,她似乎也不知我病过,她在电话机里对我神神秘秘地笑一下,我知道她给我物色到新的恋爱对象了。她果然约了我,只是她没像往常见面时详详细细地谈着那个男人的情况,也许是电话上不便谈吧。她说:"这一次的一个,你就见面看吧。"她给我介绍的自然是社会上最出色的流行人物。她没有再说下去,她在电话里对我说:"你这次要好好谈了,反正,你自己不想谈,是怎么也谈不成的。"

雅芬的最后的一句话,勾着了我的一点微微的旧感觉,似乎是我对她说过的话,她用来回敬我。她说着便笑着挂了电话。

就在第三天,也是一个星期天,我在下午一点的时候,走到图书馆附近的市中心公园去,我在那里会齐了雅芬。雅芬显得雍容大方,穿着一套时髦的旗袍装。她的脸上还是一副优雅的富态,她还是那么健谈,分析着社会上许多新的时髦。而我也要问一问她的病,说一说我的病。我们都争着说话。后来她站起来,隆重推出般地说一句:"看,他来了。"

我看到了冯立言,是他。他从那边岔道走到我们这条道上来。

旁边再没有其他的男人,只有他。他走着很潇洒的步子,他的眼朝着我们,眼光与雅芬交流后定在我的脸上,一瞬间似乎是凝定着了。于是我看到他朝我举起了手,他的手指微微地晃动着,阳光正在他的手指上虚浮地亮着,重叠地闪亮着。